万卷楼
国学经典
修订版

汲取先贤智慧
铺就成功阶梯

万卷楼

万卷楼国学经典 修订版

花间集

[后蜀] 赵崇祚 编选

夏华 等 编译

胡莲玉 修订

北方联合出版传媒（集团）股份有限公司

万卷出版有限责任公司

2023年·沈阳

图书在版编目（CIP）数据

花间集 /（后蜀）赵崇祚编选；夏华等编译；胡莲
玉修订. —沈阳：万卷出版有限责任公司，2023.5
（万卷楼国学经典：修订版）
ISBN 978-7-5470-6219-7

Ⅰ. ①花… Ⅱ. ①赵… ②夏… ③胡… Ⅲ. ①词（文
学）— 作品集 — 中国 — 古代 Ⅳ. ①I222.82

中国国家版本馆CIP数据核字（2023）第041470号

出 品 人：王维良
出版发行：北方联合出版传媒（集团）股份有限公司
　　　　　万卷出版有限责任公司
　　　　　（地址：沈阳市和平区十一纬路 29 号 邮编：110003）
印 刷 者：辽宁新华印务有限公司
经 销 者：全国新华书店
幅面尺寸：170mm×240mm
字　　数：370 千字
印　　张：22
出版时间：2023 年 5 月第 1 版
印刷时间：2023 年 5 月第 1 次印刷
责任编辑：张洋洋
装帧设计：徐春迎
责任校对：张　莹
ISBN 978-7-5470-6219-7
定　　价：58.00 元
联系电话：024-23284090
邮购热线：024-23284050

出版说明

"读万卷书，行万里路"这是中国古人"修身"的两条基本途径。晋代著名史学家陈寿给自己的书斋命名为"万卷楼"，此后，历代以"万卷楼"命名的书斋，由宋至清有数十家：宋代有方略、石待旦等；元代有陈杰、汪惟正等；明代有项笃寿、杨仪、范钦等；清代有孙承泽、黄彭年等。可见，"读万卷书"的理想在中国传统知识分子中是何等的根深蒂固。

读"万卷书"不仅是古人的理想，当我们懂得了读书的意义，都会自然而然地产生强烈的"博览群书"的愿望。然而，人类历史悠久，书籍浩如汪洋大海，时代发展到今天，科技与经济的发展更使得人类的精神领域空前丰富，获取信息与知识的途径不断增加。"万卷书"早已不再是一个象征性的概念，如何从这"万卷"之中，找到最值得细细品读的作品，已经成为人们必须解决的问题。

爱因斯坦曾说过："在阅读的书中找出可以把自己引到深处的东西，把其他一切统统抛掉。"这正是在阐述读书时选择的重要性。而他所说的把我们"引到深处的东西"无疑就是我们所需要深度阅读的作品，也就是我们常说的经典作品。

卡尔维诺对经典作出的定义之一是：经典就是我们正在重读的。的确，在对经典作品反反复复的品味中，人们思想得到了升华，从浅薄走向思考，最后走到通达。我们都曾有这样的感触，面对海量的书籍和信息，一方面，人们在向着功利性浅阅读大张其道，另一方面，我们的精神深处又在不断地呼唤能够滋养自己内心的深度阅读。因此，经典的价值不仅没有因为浅阅读时代的到来而有所损失，反而更显示出其珍贵来。

在惜字如金的中国传统典籍当中，从来不乏这种需要反复品味的经典。从先秦诸子到历代的经史子集，这些经典为一代代的中国人提供了取之不尽的精神滋养，为中华文化的传承和发展建立了基础。我们把这种包蕴中国文化的学问称为国学。国学的范围非常广泛，它包含了文学、历史、哲学、艺术、语言、音韵等在内的一系列内容。

包罗万象的国学经典为我们提供了广泛的教育。阅读国学经典，也就是在与我们的"先圣先贤"对话和交流，一步步地揳进我们的历史和传统。这个过程可以让我们领会先贤的旨趣，把握他们的神髓，形成恢宏的历史意识，可以让我们通晓文义、熟习经史、通彻学问，让我们成为博学之士。另一方面，国学经典所代表的传统学问，更是具有极为厚重的伦理色彩。阅读国学经典的过程，不仅是增进知识的过程，而且是一个熏陶气质、改善性情、提高涵养的过程，这个过程在潜移默化中培养着行谊谨厚、品行端方、敦品厉行的谦谦君子。

当然，随着时代的发展，国学早已不再是人们追求事功的唯一法典，我们也不赞成对国学的功能无限夸大。但毫无疑问，阅读国学经典，必能促进我们对真、善、美的崇敬之心，唤起我们对伟大、深邃、美好事物的敏感和惊奇，同时也让我们了解到先贤们在探寻知识过程中思考的重大课题和运用的基本原则。这些作品体现着我们民族精神的精髓，如《周易》所阐述的"自强不息"的君子人格，《论语》所强调的"和而不同"的包容精神，《诗经》所培养的温柔敦厚的情感，《道德经》所闪耀的思辨智慧，等等，它们共同构筑了中华民族传统的精神范式。品读先贤留下的经典，恰如与他们进行一次次心灵的直接触碰，进而去审视我们自己的内心，见贤思齐，激浊扬清。

正是基于对国学经典的这种认识，我们精选了这套《万卷楼国学经典》系列丛书，以期引导步履匆匆的现代人走近国学经典、了解国学经典。在选编过程中，我们希望能够体现这样一些特点。

首先，我们希望这套丛书能够最具代表性。在选目中，我们注重于最经典、最根源的作品，在有限的时间内，把那些最具影响力，最应该知道的作品提交给读者。四书五经、先秦诸子、唐诗宋词等这些具有符号意义的作品无疑是最应该为我们所熟知的，因此，丛书所选的 30 种作品都是这些经典中的经典。

其次，我们希望能够做出好读的经典。在面对国学作品时，佶屈的文言和生僻的字词常让普通读者望而却步。所以，我们试图用简洁易懂的形式呈现经典，使读者可随时随地以自己的时间、自己的速度来进入阅读。因此，我们为原著精心添加了注音、注释和译文，使读者能够真正地"无障碍阅读"。同时，我们还邀请北京大学、南京大学、复旦大学等知名学府的古代文学方面专家对丛书进行了整体修订，对原文字句及标点进行核准，适当增删注释条目、校订注释内容，对白话翻译做进一步校订疏通，使图书内容臻于完善，整体品质得到了大幅度提升。作为一名读者，也许你会常常感慨，以前没有花更多的时间去读更多的经典，如今没有机会或能力来细读，但实际上，读经典什么时间开始都不算晚，"万卷楼"就是一个极好的途径。重读或是初读这些经典，一样可以塑造我们未来的生活。

第三，我们希望呈现一套富有美感的读物。对于经典而言，内容的意义永远排在第一位，但同时，我们也希望有精彩的形式与内容相匹配，因而，我们在编辑过程中选取了大量的古代优秀版画作为本书的插图，对图片的说明也做了精心设计。此外，图书的编排、版式等细节设计都凝聚了我们大量的思索。我们希望这套经典不只是精神的食粮，拥有文本意义上的价值，更能带来无限美感，成为诗意的渊薮。

"经典作品是这样一些书，我们越是道听途说，以为我们懂了，当我们实际读它们，我们就越是觉得它们独特、意想不到和新颖。"卡尔维诺经典的评论让人击节叹赏，我们也希望这套丛书能够彰显经典的价值，使读者在细细品读中真正融化经典，真正做到"开茅塞、除鄙见、得新知、增学问、广识见"。同时，经典又是可以被享受的。当我们走进经典之时，不能只作为被动的接受者，也可用个人自我的方式进入经典，做精神的逍遥之游，对经典作品进行贴近个体生命的诠释和阅读，在现实社会之中营造自由的人生意境和精神家园，获取一种诗意盎然的人生。

怎样阅读本书

原文：根据权威版本，精心核校，确保准确性，对生僻字反复注音，使读者无障碍阅读。

说明：附在每首词后，点出每首词的主题，阐述其主旨。

注释：准确、简明，极具启发性。

词解：详细解释词作记述的故事和表现的情感，语言生动，力求再现经典魅力。

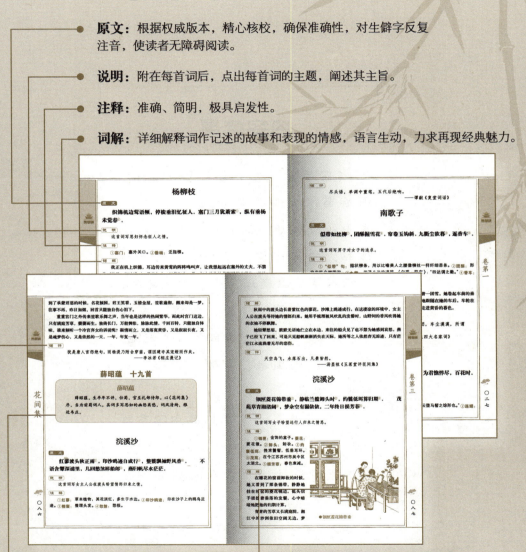

词评：搜集选取古今学者对作品的点评，言简意赅，一语中的。

插图：精选历代精品古版画，美妙传神，增强美感。

作者简介：记述作者生平概况，简要说明词作产生的社会和历史背景。

内容概要

　　《花间集》是中国五代十国时期由后蜀人赵崇祚编辑的一部词集。集中收录晚唐至五代十八位词人的作品，共五百首，分十卷。这十八位词人是：温庭筠、韦庄、皇甫松、和凝、薛昭蕴、牛峤、张泌、毛文锡、顾夐、牛希济、欧阳炯、孙光宪、魏承班、鹿虔扆、阎选、尹鹗、毛熙震、李珣。

　　《花间集》得名于作品内容多写上层贵妇美人日常生活和装饰容貌，女人素以花比，写女人之媚的词集故称"花间集"。

【目 录】

卷第一

温庭筠　五十首

卷第二

温庭筠　十六首

皇甫松　十二首

韦　庄　二十二首

卷第三

韦　庄　二十六首

卷第四

牛　峤　二十七首

张　泌　二十三首

牛希济　十一首

欧阳炯　四首

顾　敻　十八首

卷第七

顾 夐 三十七首

孙光宪　十三首

卷第八

孙光宪　四十八首

魏承班　二首

卷第九

魏承班 十三首

鹿虔扆 六首

阎选 八首

卷第十

毛熙震　十三首

李　珣　三十七首

卷第一

温庭筠　五十首

温庭筠

温庭筠（约 812—866），本名岐，字飞卿，太原祁（今山西太原）人，唐代著名词人。文思敏捷，精通音律，词作多写闺情，浓艳精工，被称为花间派鼻祖，有《金荃集》。其诗辞藻华丽，与李商隐齐名，并称"温李"；词与韦庄并列，有"温韦"之称。

菩萨蛮

原文

小山重叠金明灭①，鬓云欲度香腮雪。懒起画蛾眉②；弄妆梳洗迟。照花前后镜，花面交相映③。新帖绣罗襦，双双金鹧鸪。

说明

这首词通过描写女主人宿妆未解、晨起画眉、对镜簪花、试穿新衣的情形，含蓄地描写了闺中思妇独处怀人之情。

注释

①小山：指额黄，古代妇女脸部妆饰。金明灭：受光不同，或明或暗。②蛾眉：形容女子细长而美丽的眉毛。《诗经·卫风·硕人》："螓首蛾眉，巧笑盼兮，美目倩兮。"③花面：由唐代崔护"人面不知何处去，桃花依旧笑春风"句化来，人与花形成

美丽的对比，也暗示女主人的孤独寂寞之情。

词解

　　她的额黄因为宿妆未解，在睡眠过程中漫漶，金色的额黄粉在光的照射下忽明忽暗。像乌云一般的头发飘拂在雪白的脸庞，娇慵起身画细长弯曲的眉毛，缓缓描抹着妆容，慢吞吞，意迟迟。

　　她拿前后两面镜子照看头上的饰花，花与容颜交互辉映在镜子里。将画好的新帖绣在短袄上，图案是成双成对难以分离的金鹧鸪，不由得触动了她的思念与哀愁。

词评

　　此首写闺怨，章法极密，层次极清。

　　　　　　　　　　　　　　——唐圭璋《唐宋词简释》

菩萨蛮

原文

　　水精帘里颇黎枕[①]**，暖香惹梦鸳鸯锦。江上柳如烟，雁飞残月天。藕丝秋色浅，人胜参差剪**[②]**。双鬓隔香红**[③]**，玉钗头上风**[④]**。**

说明

　　这首词以精美富丽的画面，为我们展示了女子春眠相思的情景。

注释

　　①**水精：**即水晶。**颇黎：**玻璃。②**人胜：**又称花胜，人形的首饰。古代有正月初七（人日）剪彩纸为人形戴在头上的风俗。③**香红：**指美丽红润的脸颊。④**风：**颤动。

词解

　　门窗上挂着水晶的帘子，床上放着滑润细腻的玻璃枕头，锦被上绣的鸳鸯图案惹起了闺中人的相思之梦。在梦境里，江岸边的柳树迷蒙似烟，朦胧一片。在熹微的晨光中，大雁飞向残月高悬的天边。

　　她穿着浅浅秋色一般的藕合色衣裳，参差地剪出花胜准备佩戴。双鬓

●江上柳如烟

隔开美丽红润的脸颊，头上插着的玉钗在春风中轻轻摇曳摆动。

【词　评】

　　梦境凄凉。

——陈廷焯《词则·大雅集》

菩萨蛮

【原　文】

　　蕊黄无限当山额①，宿妆隐笑纱窗隔②。相见牡丹时，暂来还别离。翠钗金作股，钗上蝶双舞。心事竟谁知，月明花满枝。

【说　明】

　　这首词描写了相聚的短暂和离别的匆匆，抒发了主人公无限的怨恨与惆怅。

【注　释】

　　①蕊黄：即额黄，古代妇女点在额间的妆饰，黄色似花蕊。梁简文帝《戏赠丽人》："同安鬟里拨，异作额间黄。"山额：额间高处。②宿妆：头一天未卸的妆容。

【词　解】

　　宿妆的额黄只留下依稀残迹，迷蒙的窗纱又将你的笑容隐去。你来时已是晚春时节，刚刚来了又匆匆别离。相见时虽有牡丹花开，终难留住将逝的春意。

　　玉钗是用黄金铸做的分支，钗上妆饰的彩蝶舞弄着双翅。明月洒下遍地的银光，照着院里繁花满树。欲问明月和繁花，你可知道我的心事？

【词　评】

　　其结句独不言情，而反述眼前所见者，皆自状无可奈何之情。

——李渔《窥词管见》

菩萨蛮

【原　文】

　　翠翘金缕双𫛛𫛚（xī chì）①，水纹细起春池碧。池上海棠梨，雨晴红满枝。绣衫遮笑靥，烟草粘飞蝶。青琐对芳菲②，玉关音信稀③。

【说　明】

　　这首词通过景物描写，抒发了闺中人念远怀人之情。

注 释

①**翠翘**：翠鸟尾上的长羽。这里用来借指首饰。《山堂肆考》："翡翠鸟尾上长毛曰翘。美人首饰如之，因名翠翘。"**鸂鶒**：古代像鸳鸯的一种水鸟，又名紫鸳鸯，羽毛漂亮，雌雄相随，喜同宿并游。②**青琐**：华贵家门上的雕花成格的装饰，此处代指富贵人家。③**玉关**：一作"玉门"，指玉门关。

词 解

一对鸂鶒鸟儿，身上披拂着灿烂的金色花纹，翘起它们那翠绿的尾巴，在春水溶溶、碧绿滢滢的池面上，掀起了层层的细波水纹。岸边海棠花开，一阵潇潇春雨过后，天放晴了，红花满枝，滴着清亮的水珠儿，更加艳丽。

一位美丽的少女，出现在一个心有所悦但却陌生的男人面前，不由自主地抿嘴一笑，却露出了那一对可爱的酒窝儿，于是她赶紧用绣衫遮住了，恰如飞蝶迷恋于阳春烟景。华贵之家，芳菲时节，景物依旧，可是，当日春游之人，今已远戍边塞，而且连个信儿都没有！

词 评

语语是景，语语即是情。

——陈匪石《旧时月色斋词谭》

菩萨蛮

原 文

杏花含露团香雪①**，绿杨陌上多离别。灯在月胧明**②**，觉来闻晓莺。玉钩褰翠幕**③**，妆浅旧眉薄。春梦正关情，镜中蝉鬓轻**④**。**

说 明

这首词写女子的春梦相思。

注 释

①**团**：汇聚。**香雪**：指雪白而飘香的杏花。②**月胧明**：指月色朦胧。③**玉钩**：玉制的帐钩。**褰**：扯起。④**蝉鬓**：古代女子的一种发型。

词 解

杏花含着晶莹的晨露，一簇簇好似凝香的雪团。在我们分手的小路上，自古就有很多伤心的离别。孤灯摇曳在残月朦胧中，梦醒时闻晓莺啼鸣。

翠帐还需玉钩挂起，隔宿的淡妆眉上黛色已轻。梦中情景惹引情思种种，凝眸镜中的蝉鬓薄又轻。

菩萨蛮

原文

玉楼明月长相忆，柳丝袅娜春无力。门外草萋萋，送君闻马嘶。
画罗金翡翠①，香烛销成泪。花落子规啼②，绿窗残梦迷。

说明

这首词写女子的送别与思念。

注释

①**金翡翠**：金色的翡翠鸟图案。②**子规**：即杜鹃。啼于春末，叫声凄绝，据说啼
时流血不止。

词解

明月把楼阁拥在怀抱里，月光弥漫着我的回忆，婀娜的柳丝轻舞着春的娇柔，门
外的芳草含情萋萋。我送君远别，直到马的嘶鸣消逝在天际。

罗帷上描金的翡翠鸟在流着蜡泪的烛光下，显得那么艳丽。正当暮春时节，残花
飘落，杜鹃一声声凄切地啼鸣着，她倚着绿窗从睡梦中醒来，残梦已模糊迷离，连在
梦中相见相忆也不可得，怎不让她哀苦欲绝、黯然销魂呢？

词评

字字哀艳，读之魂销。

——陈廷焯《白雨斋词话》

菩萨蛮

原文

凤凰相对盘金缕①，牡丹一夜经微雨②。明镜照新妆，鬓轻双脸长③。
画楼相望久，栏外垂丝柳。音信不归来，社前双燕回④。

说明

这首词写闺中思妇新妆后画楼望远的情怀。

①"凤凰"句：用金丝线盘绣在衣上的凤凰相对双飞的图案。盘，盘错，此指绣盘。金缕，指金色丝线。②"牡丹"句：多解为喻人妆成之娇美。此句应与首句相连，皆为绣案，乃牡丹凤凰图。③双脸长：言人瘦。④社：社日，古代习俗祭祀土地神的日子。有春社、秋社之分，此处谓春社。

词 解

金缕的凤凰盘对相依，绣成的牡丹似经一夜微雨，格外地雍容富丽。新妆后照看明镜里，只见双颊消瘦，鬓发轻舞薄如蝉翼。

画楼上久久地眺望伫立，栏外的柳丝静静地低垂着，相思的人杳然没有一点儿声息。只有那春社的燕子，成双成对地飞回来了。

词 评

作者不求意象营造的标新立异，却刻意于将这些几乎在温词中成为写美女与爱情"定式"的词句，略作变化、重新组合，便形成又一种婉雅的词境。

——陈廷焯《白雨斋词话》

菩萨蛮

原 文

牡丹花谢莺声歇，绿杨满院中庭月。相忆梦难成，背窗灯半明。翠钿金压脸①，寂寞香闺掩。人远泪阑干，燕飞春又残。

说 明

这首词写闺中思妇忆念远人的悠悠情思。

注 释

①翠钿：把翡翠镶嵌在金属做成的头饰上。金压脸：指金玉饰物下垂遮住了脸。

词 解

牡丹花谢，黄莺啼歇，月光照映着种满了绿杨的院落。在这幽寂的环境中，她却因怀念远人而难以入眠，做不成相忆相见的美梦，她只能背对窗户，独自对着一盏昏暗的孤灯。

她戴着华贵的头饰，金玉饰物下垂遮住了她的脸。可是纵然盛装打扮，在这寂寞深掩的香闺里，又有谁来欣赏她的娇艳呢？想到远方的情人她不禁泪流满面，燕子飞走了，春天又快要过去了，她的美好青春也随着春光一去不返！

相忆梦难成，正是残梦迷情事。

——张惠言《词选》

菩萨蛮

原 文

满宫明月梨花白，故人万里关山隔。金雁一双飞，泪痕沾绣衣。
小园芳草绿，家住越溪曲①。杨柳色依依，燕归君不归。

说 明

这首词写闺中思妇月夜怀人之情。

注 释

①越溪：即若耶溪，在今浙江绍兴若耶山下。西施浣纱处。这里以西施自比。

词 解

洒满屋宇的月光啊，像院里的梨花一样白，你可照见我那思念的人儿吗，相隔万里多少关塞。绣衣上一双金雁展翅欲飞，泪湿罗衫时更愁欢情难再。

看小园绿草萋萋，想起故乡弯弯的越溪。杨柳轻舞着依依春情，春燕归来带着无边的春意。燕归人却不归来，不知何时才能与他相聚。

●杨柳色依依，燕归君不归

词 评

兴语似李贺，结语似李白，中间平调而已。

——汤显祖《玉茗堂评花间集》

菩萨蛮

原文

宝函钿雀金鹦鹉①，沉香阁上吴山碧。杨柳又如丝，驿桥春雨时。画楼音信断，芳草江南岸。鸾镜与花枝，此情谁得知。

说明

这首词写闺怨怀人之情。

注释

①钿雀、金鹦鹉：指钗饰。

词解

华丽的香枕，装饰有紫鸳鸯花纹的雀形头钗，在这个春天的早晨，女子已经起床梳妆一新。她来到了沉香楼阁遥望远处隐隐的吴地青山，如丝的杨柳枝条又泛起青色，在春风中袅袅飘荡，而驿桥上已经开始飘起了细雨。

在画楼上看见那江南岸边春草萋萋，女子暗叹心中的那个人竟一去未归，音讯全无，每天陪伴自己的只有手中的銮镜和枝上的花朵，但她那满腹的心事又有谁知道呢？

词评

"沉香""芳草"句，皆诗中画。

——汤显祖《玉茗堂评花间集》

菩萨蛮

原文

南园满地堆轻絮，愁闻一霎清明雨。雨后却斜阳，杏花零落香。无言匀睡脸，枕上屏山掩①。时节欲黄昏，无憀独倚门。

说明

这首词写一位女子的春日闲愁。

注释

①屏山：画有山水的屏风。

花间集

　　南园里满地都堆积着飘落的柳絮，却听得一阵清明时节的急雨骤然而来。雨后的夕阳又悬挂在西边的天际，一树杏花却在急雨过后显得稀疏飘零、香气清淡。

　　被那雨声惊醒的女子默然无语，在面颊上略敷脂粉，容颜显出秀美。女子起身将那枕后的屏山轻掩，望望窗外已是日暮苍茫的黄昏时分，靠在门楣上望着那黄昏风景，心境一时有些茫然无际。

词 评

　　此下乃记梦，此章言黄昏。

——张惠言《词选》

菩萨蛮

原 文

　　夜来皓月才当午，重帘悄悄无人语。深处麝烟长①，卧时留薄妆。
当年还自惜，往事那堪忆。花落月明残，锦衾知晓寒②。

说 明

这首词写闺中思妇长夜难眠的情态。

注 释

　　①麝烟：香炉中燃烧麝香所散的烟。②锦衾：锦被。

词 解

　　午夜，明月当空，重帘内静寂无声。深闺里缥缈的烟絮，缭绕着又理还乱的思绪。她独卧在床上，还留着淡淡的妆红。

　　当年，多么珍惜花一样的面容，如今怎堪再回首往日欢情。当花含露泪、残月西逝的时候，陪伴她的，只有那浸透锦被的阵阵寒意。

词 评

　　此自卧时至晓，所谓"相依梦难成"也。

——张惠言《词选》

菩萨蛮

原 文

雨晴夜合玲珑日^①，万枝香袅红丝拂。闲梦忆金堂^②，满庭萱草长。绣帘垂景毇软^③，眉黛远山绿。春水渡溪桥，凭栏魂欲销。

说 明

这首词写女主人公因景生梦、梦忆相生以及梦后愁思销魂之情态。

注 释

①夜合：合欢花。②金堂：华丽的厅堂。③景毇：下垂的样子。

词 解

夜合花沐浴着雨后的阳光，千枝万朵红丝轻拂，袅袅地蒸腾着浓郁的芳香。闲时又梦见那豪华的厅堂，旁边的萱草又绿又长，在那里我们相知相识。

绣帘的流苏仿佛坠压在我心头，远山的碧绿如我眉间浓浓的愁。溪桥下流水潺潺，凭栏远眺思魂更是难禁，春水流淌的都是我的愁。

词 评

此章正写梦。垂帘、凭栏，皆梦中情事，正应"人胜参差"三句。

——张惠言《词选》

菩萨蛮

原 文

竹风轻动庭除冷^①，珠帘月上玲珑影。山枕隐秾妆^②，绿檀金凤凰。两蛾愁黛浅，故国吴宫远。春恨正关情，画楼残点声^③。

说 明

这是一首宫怨词。

注 释

①庭除：庭前台阶。《汉书·王莽传下》颜师古注："除，殿陛之道也。" ②山枕：形状似山的枕头。③残点声：指滴漏将近、天色将明的时刻。

竹梢掠过石阶上，带来阵阵寒风，摇碎珠帘上玲珑的月光。依靠着山形枕梳妆浓艳，只看见枕头绿檀的底色上，画着一对描金的凤凰。

蛾眉淡淡地簇拥着忧伤，她虽身在吴宫，心儿却在遥远的故乡。恨春去匆匆春情更浓，画楼更漏声声敲打着她的无眠，无眠的情思里天边又泛起了晨光。

"春恨"二语，是两层，言春恨正关情，况又独居画楼而闻残点之声乎？

——陈廷焯《白雨斋词话》

更漏子

柳丝长，春雨细，花外漏声迢递①。惊塞雁，起城乌，画屏金鹧鸪。香雾薄，透帘幕，惆怅谢家池阁②。红烛背，绣帘垂，梦长君不知③。

这首词写女主人公在春雨之夜的怀人之情。

①迢递：声音绵长久远。②谢家池阁：唐代李德裕以华屋令美妾谢秋娘居之。这里借指女主人公所居处。③梦长：一作梦残。

柳丝长，春雨细，花墙外更漏一声接着一声，打破了深夜的寂静。雨夜的更漏声如此悲凄，惊飞了塞上的群雁，唤醒了城头的乌鸦，只有画屏上的鹧鸪默默无语。

薄薄的夜雾带着花香，穿透了帘幕，弥漫在她的闺房中，更牵动了她的思绪。红烛的光渐渐暗淡，绣帘静静地垂落在地，君不知，夜夜长梦与君相聚。

思君之词，托于弃妇，以自写哀怨，品最工，味最浓。

——陈廷焯《词则·大雅集》

"惊塞雁"三句，此言苦者自苦，乐者自乐。

——陈廷焯《白雨斋词话》

卷第一

〇一一

更漏子

原　文

星斗稀，钟鼓歇，帘外晓莺残月。兰露重，柳风斜，满庭堆落花。虚阁上[①]，倚栏望，还似去年惆怅。春欲暮，思无穷，旧欢如梦中。

说　明

这首词写女子深夜至拂晓的相思。

注　释

①**虚阁**：空阁。

词　解

天边的星辰渐渐地隐入晓雾，钟声鼓乐也已消失在远处，窗外的晓莺在啼送残月西去。兰花上凝结着晶莹的晨露，柳枝在风中翩翩飞舞，满庭的落花报道着春暮。

空荡荡的阁楼上，我还在凭栏远望，惆怅，还似去年一样。春天就要过去了，旧日的欢欣已仿佛梦中的幻影，我仍在无穷的相思中把你期待。

词　评

　　"帘外晓莺残月"，妙矣。而"杨柳岸晓风残月"更过之。宋诗远不及唐，而词不多让，其故殆不可解。

——汤显祖《玉茗堂评花间集》

　　"兰露重"三句，与"塞雁""城乌"义同。

——张惠言《词选》

　　"兰露重，柳风斜，满庭堆落花"，此又言盛者自盛，衰者自衰，亦即上章（《更漏子·柳丝长》）苦乐之意。颠倒言之，纯是风人章法，特改换面目，人自不觉耳。

——陈廷焯《白雨斋词话》

更漏子

原　文

金雀钗[①]，红粉面，花里暂时相见。知我意，感君怜，此情须问天。香作穗[②]，蜡成泪，还似两人心意。山枕腻[③]，锦衾寒，觉来更漏残。

花间集

〇一二

说 明

这首词写女子对负心郎的哀怨之情。

注 释

①**金雀钗**：雕有金雀的发钗。②**香作穗**：指香烧成灰烬，像穗一样垂下。③**山枕腻**：谓枕头为泪所污。

词 解

那时我头插金钗，面带微红的羞赧，在花丛中与你短暂相见。你知道我对你的情意，我知道你对我的爱怜，上苍可以作证。

香已燃成灰烬，红烛只剩蜡泪，恰似你我二人心境。枕上的清泪涟涟，我感受着锦衾的清冷，难耐更漏声声的敲打。

词 评

此以香穗比君，以蜡泪比我，故云"还似两人心意"也。

——华钟彦《花间集注》

更漏子

原 文

相见稀，相忆久，眉浅淡烟如柳。垂翠幕，结同心，待郎熏绣衾。
城上月，白如雪，蝉鬓美人愁绝。宫树暗，鹊桥横①，玉签初报明②。

说 明

这首词写闺中女子相思愁情。

注 释

①**鹊桥**：指银河。②**报明**：报天晓。

词 解

相见的机会总是那样的稀少，思念的时间也就越来越长，她那浅浅的眉色已淡如烟柳。夜已深，她放下翠帘，把同心结系在床头上，在熏香的绣被中等待情郎的到来。

城头的月色白如雪，蝉鬓的美人愁欲断肠。树影在月落时渐渐隐去，鹊桥空横。相思的人儿还不见踪影，只听报晓的玉签投落的声音在耳边回响。

词 评

口头语，平衍不俗，亦是填词当家。

——汤显祖《玉茗堂评花间集》

更漏子

原 文

背江楼，临海月，城上角声呜咽①。堤柳动，岛烟昏，两行征雁分。京口路，归帆渡，正是芳菲欲度。银烛尽，玉绳低②，一声村落鸡。

说 明

这首词写闺中思妇怀远之情。

注 释

①**角声**：号角之声。②**玉绳**：星名，北斗星斗柄上的开阳、摇光两星。常以玉绳借指北斗。

词 解

背倚江边楼阁，面对海上明月，听城头号角声呜咽。长堤上的垂柳轻轻摇动，小岛在暮烟里渐渐地隐没，两行征雁纷飞又似离别。

在那京口渡头，他的归帆已上路，正是花落春暮的时候。守着燃尽的银烛，看天边渐渐低垂的北斗，听村落一声鸡鸣似把晨曲奏。

词 评

就行役昏晓之景，由城内而堤边，而渡口，而村落，次第写来，不言愁而离愁自见。

——俞陛云《唐五代两宋词选释》

更漏子

原 文

玉炉香，红蜡泪，偏照画堂秋思。眉翠薄，鬓云残，夜长衾枕寒。梧桐树，三更雨，不道离情正苦①。一叶叶，一声声，空阶滴到明。

说 明

这首词写闺中女子秋夜的苦苦离情。

注 释

①**不道**：不管、不去理会的意思。**正苦**：一作"最苦"。

词 解

玉炉飘着缕缕香烟，红色的蜡烛滴着烛泪，摇曳的光影映照的是画堂中人的秋思。她的蛾眉颜色已褪，鬓发也已凌乱，漫漫长夜无法安眠，只觉枕被一片寒凉。

窗外的梧桐树，正淋着三更的冷雨，也不管屋内的她正为别离伤心。一滴一滴的雨点，正凄厉地敲打着一叶一叶的梧桐，滴落在无人的石阶上，一直到天明。

词 评

后半首写得很直，而一夜无眠却终未说破，依然含蓄；谭意或者如此罢。

——俞平伯《唐宋词选释》

此首写离情，浓淡相间，上片浓丽，下片疏淡。

——唐圭璋《唐宋词简释》

归国遥

原 文

香玉，翠凤宝钗垂簏簌。钿筐交胜金粟①，越罗春水绿②。　　画堂照帘残烛，梦余更漏促。谢娘无限心曲，晓屏山断续③。

说 明

这首词写一位艳丽华贵的女子梦醒的情态。或为冯延巳作。

注 释

①**钿筐、金粟**：皆指头饰。②**越罗**：春秋时越国（今浙江绍兴一带）所产的罗绸。③**晓屏山**：屏风上画的山景。

词 解

她头上佩戴着香玉，钗上凤坠低垂，钿筐和金粟等头饰交相辉映，身上的越罗衣裙，轻舞着春水般的碧绿。

画堂残烛忽明忽暗地照着帘幕，梦醒时只听见更漏声声急。她怀有无限的心事和愁绪，然而无人知晓，只能百无聊赖地看着屏风上的山影，明了又暗，断了又续。

词 评

芙蓉脂腻绿云鬟，故觉钗头玉亦香。

——汤显祖《玉茗堂评花间集》

此词及下一首，除堆积丽字外，情境俱属下劣。

——李冰若《栩庄漫记》

归国遥

原 文

双脸①，小凤战篦金飐艳②。舞衣无力风敛，藕丝秋色染。　　锦
帐绣帷斜掩，露珠清晓簟③。粉心黄蕊花靥④，黛眉山两点⑤。

说 明

这首词从衣饰和妆容方面描写了美女的情态。

注 释

①**双脸**：两颊。②**小凤战篦**：女子头饰，绘有彩凤的篦状首饰。**金飐艳**：形容首
饰金光闪烁的样子。③**簟**：凉席。④**粉心黄蕊**：形容面饰。⑤**"黛眉"句**：即远山眉。

词 解

她双颊透着粉红的娇艳，乌云般的黑发上戴着绘有凤凰花样的篦状首饰。舞衣在
风静时拖曳在地上，淡黄的长裙如秋色点染。

床前斜挂着锦帐绣帷，竹席上凝着清晨的露珠点点。她寂寞地独处闺中，如花朵
一般娇艳的脸颊上贴着粉心黄蕊的面饰，那两点眉黛，仿佛两道小山的峰峦。

词 评

全写美人颜色服饰之态，而情酝酿其中，却无一句写出。

——唐圭璋《温韦词之比较》

酒泉子

原 文

花映柳条，闲向绿萍池上。凭栏干，窥细浪，雨萧萧①。　　近来
音信两疏索②，洞房空寂寞。掩银屏，垂翠箔，度春宵。

说 明

这首词写春日闺情。

注 释

①**萧萧**：亦作"潇潇"，形容雨声。②**疏索**：冷淡，稀疏。

词 解

在这花红柳绿的春天，她闲游在绿萍池边，倚身在栏杆上，凝视着细波涟涟，那潇潇的细雨如同我的思愁绵绵。

近来他的音信稀疏难见，她更难忍独守空闺的寂寞无边。且掩闭银屏，放下竹帘，苦熬这长长的春夜，只怕又是孤愁难眠。

词 评

"银屏""翠箔"丽矣，奈洞房寂寞度春宵何！

——李冰若《栩庄漫记》

酒泉子

原 文

日映纱窗，金鸭小屏山碧①。故乡春，烟霭隔，背兰釭②。　　宿妆惆怅倚高阁③，千里云影薄。草初齐，花又落，燕双双④。

说 明

这首词写女子春日怀乡之情。

注 释

①**金鸭**：鸭形的铜香炉。②**背兰釭**：指熄灭油灯。背，熄灭。兰釭，油中掺有兰香的灯。③**宿妆**：隔夜的妆容。④**双双**：双双飞舞。

词 解

阳光已映照在纱窗上，映亮了金鸭香炉，屏风上的山水也闪烁着美丽的风景。远离故乡，那里的春天被一层层的云雾阻隔开来，只有青灯上燃着香香的兰膏。

女人懒洗宿妆，因为她爱恋的人远在千里，不知何时才能归还。她整日凭阁眺望，春色已老，花已凋落。正在暮春时节，双双飞舞的燕子更引起怨女之愁怀。

酒泉子

原文

楚女不归①，楼枕小河春水②。月孤明，风又起，杏花稀。　　玉钗斜篸云鬓髻，裙上金缕凤③。八行书④，千里梦，雁南归。

说明

这首词写男子对爱人的思念之情。

注释

①楚女：楚地的女子。②枕：临。③金缕凤：金丝绣的凤凰图样。④八行书：代指书信。

词解

她回南方去了，现在还没有回来。我独居的小楼枕卧溪畔，夜夜愁听那春水潺潺。明月像我一样孤独，孤零零地挂在天上。春风吹过，杏花片片凋零，更使我愁伤春暮。

她的头上梳着云鬓髻发，斜斜地篸着玉钗，穿着金丝绣凤的衣裙。我将满腔柔情都写进信里，请南飞的鸿雁，带去我的书信，带去我千里的思念。

词评

"八行书"三句，言相似既甚，乃欲借八行之书，抒千里之念，恰好鸿雁南飞，可达其意也。

——华钟彦《花间集注》

酒泉子

原文

罗带惹香，犹系别时红豆。泪痕新，金缕旧①，断离肠。　　一双娇燕语雕梁，还是去年时节。绿阴浓，芳草歇②，柳花狂。

说明

这是一首叙写离情的词。

注释

①金缕：指衣服上的金丝。②歇：散发。

罗带带来芳香，还系着分别时送我的相思豆。金丝线早已磨旧而泪痕总是新的，心头挥不去那断肠般的离愁。

一对对娇燕，呢喃轻语在梁间檐头，恰似去年我们欢爱的时候。春色更加浓绿，春草的芳香分外清幽，飞舞的柳絮伴随着我的愁绪。

纤词丽语，转折自如，能品也。

——汤显祖《玉茗堂评花间集》

离情别恨，触绪纷来。

——李冰若《栩庄漫记》

定西番

原 文

汉使昔年离别①。攀弱柳，折寒梅，上高台。　　千里玉关春雪，雁来人不来。羌笛一声愁绝②，月徘徊。

说 明

这首词写西域人对张骞的怀念。

注 释

①**汉使**：汉代的使臣，这里指张骞。②**羌笛**：一种乐器。

词 解

当年，张骞从这里别离，人们折柳赠梅情深依依。登楼远送一直送他到望乡台上，多少深情的目光，追随着他的身影远去。

玉门关外飞雪千里，中原的大雁带来春的信息。我思念的人啊，你何时再来西域？悠悠的羌笛寄托着我们的思愁，明月也在为这思念叹息。它徘徊着，徘徊着，不忍再离去。

词 评

攀柳折梅，皆所以写离别之思。末二句闻笛见月，伤之也。

——董其昌《评注便读草堂诗余》

定西番

原　文

海燕欲飞调羽①。萱草绿②，杏花红，隔帘栊。　　双鬟翠霞金缕，一枝春艳浓。楼上月明三五③，琐窗中④。

说　明

这首词通过景物表现了女子的闺怨之情。

注　释

①**海燕**：即燕子，古人认为燕子从海上来，故称。**调羽**：梳理羽毛。②**萱草**：又作"谖草"。③**月明三五**：即农历十五明月。④**琐窗**：镂刻有连锁图案的窗棂。

词　解

燕子欲飞时，尖尖的小嘴细心梳理羽毛。庭中萱草绿如春水，满树杏花姹紫嫣红。女主人公想要走进这春的画卷，却又隔着帘栊。

她两鬟戴金佩玉，似金霞飞虹，人如一枝春花，春情正浓。十五的明月高挂楼头，透过琐窗，洒下一片相思情浓。

词　评

如此良辰美景，而佳人幽居楼上，垂帘不卷，其情绪可想见矣。

——丁寿田《唐五代四大名家词》

定西番

原　文

细雨晓莺春晚。人似玉，柳如眉，正相思。　　罗幕翠帘初卷①，镜中花一枝。肠断塞门消息②，雁来稀。

说　明

这首词写少妇对征人的思念之情。

注　释

①**"罗幕"句**：指人刚起床。②**塞门**：塞外关口。

词 解

晚春时节，细雨如丝，晓莺娇啼。闺中思妇如花似玉，她轻颦着弯弯的柳眉，正在思念远征的爱人。

清晨初起，卷起罗幕翠帘，她对镜梳妆，镜中映出她娇媚的容颜，好像春花一般。可是她的大好青春却不能和爱人共度。边地辽远，大雁都难以飞抵，断了边关爱人的消息。

词 评

于平仄之中，出变化为拗体；其肆奇于词句，则始于飞卿。反其拗处坚守不苟者，当皆有关于管弦音度。飞卿托迹狭邪，雅精此事，或非漫为诘屈。

—— 夏承焘《唐宋词论丛》

杨柳枝

原 文

宜春苑外最长条①，闲袅春风伴舞腰。正是玉人肠绝处，一渠春水赤栏桥②。

说 明

这是一首咏柳词，借咏柳表达伤春自怜之情。

注 释

①宜春苑：春宫名，故址在今陕西长安县南。《史记·秦始皇本纪》："（赵高）以黔首葬二世杜南宜春苑中。"②赤栏桥：杜佑《通典》："隋开皇三年，筑京城，引香积渠水，自赤栏桥经第五桥西北入城。"

词 解

宜春苑外柳丝细又长，恰似舞女纤弱的腰肢。这风姿袅袅的柳树闲置宫外，不由得让人触景伤情，产生了伤春自怜之情。这里正是玉人伤心肠断的地方，那令人生愁的春水啊，汇积了多少离人泪，日夜不停，潺潺流淌。

词 评

风神旖旎，得题之神。

—— 李冰若《栩庄漫记》

柳条虽新，而舞腰不在。玉人感物自伤，不觉一渠春水，已流过赤栏桥边。而桥边杨柳，更觉依依可怜也！

——李冰若《花间集评注》

杨柳枝

　　南内墙东御路旁①**，须知春色柳丝黄。杏花未肯无情思，何事行人最断肠**②**？**

说　明

　　这首词写伤别之情。

注　释

　　①**南内**：唐时兴庆宫，《旧唐书·玄宗纪》："兴庆宫，在东内之南，故名南内。"**御路**：皇宫内的道路。②**何事**：何须。

词　解

　　南宫内苑，东墙路旁，柳树已经知晓了春的来临，吐出嫩绿的柳丝，泛起鹅黄。杏花也在含情相望，羞红的脸上又有几分彷徨。可是行人不解杏花的情意，依然为了柳丝愁伤肠断。

词　评

　　言柳乃无情之物，非杏花可比。杏花未肯似柳之无情，何为亦令人断肠耶！

——华钟彦《花间集注》

杨柳枝

原　文

　　苏小门前柳万条①**，毵毵金线拂平桥**②**。黄莺不语东风起，深闭朱门伴舞腰。**

说　明

　　这是一首咏柳词。

①**苏小**：苏小小，六朝时南齐著名歌妓，居钱塘（今浙江杭州），其家门前多柳。
②**氄氄**：形容细长的枝叶。

词　解

苏小小家门前繁盛的柳丝千万条，细长的柳枝像金线一样轻拂着平桥。黄莺沉默不语，东风轻轻吹过，柳枝在风中飘拂，让人不由得联想到美貌的女子，她深闭朱门，窈窕的腰肢就如柳丝一样轻盈婀娜。

词　评

白居易诗："涛声夜入伍员庙，柳色春藏苏小家。"是指苏小家多柳也。

——华钟彦《花间集注》

杨柳枝

原　文

金缕氄氄碧瓦沟①，六宫眉黛惹香愁②。晚来更带龙池雨③，半拂栏干半入楼。

说　明

这首词写宫女因柳而生的宫怨之情。

注　释

①**瓦沟**：瓦槽。②**六宫**：泛称妃嫔。《周礼》："天子后立六宫。"郑玄注："皇后正寝一，燕寝五，是为六宫，夫人以下分居焉。"③**龙池**：在唐长安隆庆坊，唐玄宗即位前故宅在隆庆坊。中宗时常有云龙呈祥，故名之龙池。

词　解

皇宫内绿瓦檐头，摇荡着一缕缕嫩黄的垂柳。得意的春风自在地舞，惹起宫女伤春的愁绪。晚风携来龙池雨，又将幽怨带上宫女心头。淋入高楼又轻拂着栏杆，宫女却愁倚栏杆望远。

词　评

新词丽句，令人想见张绪风流。

——李冰若《栩庄漫记》

杨柳枝

馆娃宫外邺城西①，远映征帆近拂堤。系得王孙归意切，不关芳草绿萋萋②。

说 明

这是一首咏柳词。全词以人情写柳，含蓄不尽。

注 释

①**馆娃宫**：春秋时吴宫，传说吴王夫差为西施而修筑。**邺城**：三国时魏国都城，曹操曾于此筑铜雀台。馆娃宫与邺城二地，皆为古时与美女有关之地，并多杨柳。
②**"系得"二句**：意为柳丝牵动王孙归思，其情更甚芳草。《楚辞·招隐士》："王孙游兮不归，春草生兮萋萋。"

词 解

馆娃宫外，邺城西边，生长着万缕千丝的依依柳树，婀娜的柳树令人联想到古时居住此地的美人。绿柳连着远去的白帆，轻柔地拂着长堤渡口，每一丝都牵惹着行人，系结着归心欲上归舟。碧绿的芳草也怀着浓绿的情思，却难比柔长的柳丝更能惹起行人的归意。

词 评

言王孙归意虽切，而杨柳能系之，非为春草之故。盖讽惑溺之士也。

——黄白山《唐诗摘抄》

杨柳枝

原 文

两两黄鹂色似金，袅枝啼露动芳音①。春来幸自长如线，可惜牵缠荡子心②。

说 明

这是一首咏柳词，借咏柳表达怀人之情。

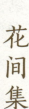

注 释

①**动**：一作惹。②**可惜**：可爱。**荡子**：久行于外忘归之人。

词 解

一对对金色的黄鹂鸟，在婀娜的柳枝间啼叫，歌里滚动着清晨的露珠，歌声迎来春的脚步。明媚的春光让闺中人顿生怀人之情，她看到细长如金线的柳条，思念起远游在外久久不归的情郎。丝丝柳条连接成长线一条，一端牵着她的思恋，一端在游子心头缠绕。

词 评

荡子：谓久行在外，流荡忘返者。古诗："荡子行不归，空床难独守。"梁简文帝《荡妇秋思赋》："荡子之别十年，倡妇之居自怜。"皆其例。

——华钟彦《花间集注》

杨柳枝

原 文

御柳如丝映九重①，凤凰窗映绣芙蓉②。景阳楼畔千条路，一面新妆待晓风。

说 明

这首词咏皇宫内的柳树。

注 释

①**九重**：指宫禁，言其深远。②**映**：一作近。

词 解

皇宫翠柳绿千般，映照着九重宫殿。雕有凤凰的花窗与绣有荷花的窗帘相映生辉。宫内楼边的条条道路上，柳枝千丝万缕，一抹青色，好像美丽的宫女们新妆一样清丽，迎接着晨风的吹拂。

词 评

凤凰窗：当为宫内之窗，绣芙蓉，窗内之帐。此言窗帐之属，皆因柳而生色也。

——华钟彦《花间集注》

杨柳枝

原　文

织锦机边莺语频，停梭垂泪忆征人。塞门三月犹萧索①，纵有垂杨未觉春②。

说　明

这首词写思妇怀念征人之情。

注　释

①塞门：塞外关口。②垂杨：泛指柳。

词　解

我正在机上织锦，耳边传来黄莺的阵阵鸣叫声，让我想起远在塞外的丈夫，不禁停下梭子，泪流满面。虽然如今已经是阳春三月，但塞外依然是那样荒凉萧条，纵然有杨柳树也未发新叶，征人还是感觉不到春天的来临。

词　评

此咏塞门柳也。感莺语而伤春，却停梭而忆远，悲塞门之萧索，犹春到而不知，少妇闺中，能无垂泪？

——黄叔灿《唐诗笺注》

南歌子

原　文

手里金鹦鹉，胸前绣凤凰。偷眼暗形相①。不如从嫁与②，作鸳鸯。

说　明

这首词写青年女子甜蜜的爱情幻想。

注　释

①形相：打量。②从：随。

词　解

一个风度翩翩的佳公子，手里托着金色鹦鹉，胸前的衣服上绣着华丽的凤凰，深深打动了少女的心。她在暗中偷偷打量自己的意中人，虽然满脸羞涩，她的心里却怀着炽热的爱情：不如就嫁给他这样的佳公子，与他做一对双宿双飞的恩爱鸳鸯。

词 评

尽头语，单调中重笔，五代后绝响。

——谭献《复堂词话》

南歌子

原 文

似带如丝柳①，团酥握雪花②。帘卷玉钩斜。九衢尘欲暮③，逐香车④。

说 明

这首词写男子对女子的追求。

注 释

①**"似带"句**：描状柳条，用以比喻美人之腰像柳丝一样纤细苗条。②**团酥**：形容皮肤白嫩圆润。③**九衢**：四通八达的道路。《尔雅·释宫》："四达谓之衢。"④**香车**：用香料涂饰的华贵车子。

词 解

她纤细的腰肢如嫩柳一样婀娜，雪白的双手就好像握着一团雪。她卷起车前的垂帘，斜挂在玉钩上，男主人公看到了她的倩影，情不自禁地跟随在她的车后。车轮在四通八达的大路上扬起阵阵香尘，踏遍了京城大街，一直走进黄昏的暮色。

词 评

此词言暮春傍晚，卷帘眺望，则见柳絮成团，车尘漠漠，所谓城市之光也。

——丁寿田《唐五代四大名家词》

南歌子

原 文

倭堕低梳髻①，连娟细扫眉②。终日两相思。为君憔悴尽，百花时。

说 明

这首词写闺中人春日相思之情。

注 释

①**倭堕**：古时妇女发型，《古今注·杂注》："倭堕髻，一云堕马髻之馀形也。"②**连娟**：

形容细长微曲的样子。

词 解

她的头发梳成了低低的倭堕髻，又仔细地描了细长微曲的秀眉。然而这样美丽的容貌，这样精心的妆容，却无人欣赏，没有人陪伴。她终日为相思心碎，待到百花争艳的时候，她却为了思念情郎而日渐憔悴。

词 评

低回欲绝。

——陈廷焯《白雨斋词评》

"百花时"三字，加倍法，亦重笔也。

——谭献《词辨》

南歌子

原 文

脸上金霞细①，眉间翠钿深。敧枕覆鸳衾。隔帘莺百啭，感君心。

说 明

这首词写女子的相思之情。

注 释

①金霞：指额头之饰，即额黄。

词 解

她的脸上映出朝霞点点金光，春色在眉间翠钿处徜徉。她斜倚着枕头，盖着绣有鸳鸯图案的锦被，心中是多么孤独和寂寞。帘外的黄莺唱着幽婉的歌，好像知道她思君的一片情肠。

词 评

婉娈缠绵。

——李冰若《栩庄漫记》

南歌子

原 文

扑蕊添黄子①，呵花满翠鬟②。鸳枕映屏山③。月明三五夜，对芳颜。

说　明

这首词写女子月夜相思之情。

注　释

①"扑蕊"句：取出花蕊作为面饰。黄子，额黄之类的面饰。②呵花：吹去花上露珠以簪之。③鸳枕：绣有鸳鸯的枕头。

词　解

取一点花蕊妆点眉上额黄，吹去花上的露珠，把它插在发髻上。十五的月光照亮闪光的屏风，映出枕上的绣鸳鸯。月光陪伴着孤独的少女，洒下一片深情的银光。

词　评

"扑蕊""呵花"四字，未经人道过。

——汤显祖《玉茗堂评花间集》

南歌子

原　文

转盼如波眼①，**娉婷似柳腰。花里暗相招**②。**忆君肠欲断，恨春宵**③。

说　明

这首词写相思之情。

注　释

①转盼：流动顾盼。②暗相招：指幽会。③恨春宵：恨春宵难过。

词　解

她转动的明眸好似清澈的秋波；纤腰娉婷，宛如婀娜的杨柳。想当初，这美丽动人的女子与她的情郎在花丛中幽会。可是那欢乐的往事已经过去了，如今回忆起曾经的美好、想到远方的爱人，只留下无尽的思念和凄恻，让人不由得恨这漫漫春宵，孤独一人该如何度过？

词　评

末二句率致无余味。

——李冰若《栩庄漫记》

南歌子

原 文

懒拂鸳鸯枕，休缝翡翠裙。罗帐罢炉熏①。近来心更切，为思君。

说 明

这首词写闺中人对情郎的思念之情。

注 释

①罢：停止。

词 解

无心拂去鸳鸯枕上的尘灰，翡翠裙子也不想缝缀，早已不再燃香熏罗帐，心中只想着你，天天心欲碎。

词 评

上三句三层，下接"近来"五字甚紧，真一往情深。

——陈廷焯《词则·闲情集》

"懒""休""罢"三字，皆为思君之故。用"近来"二字，更进一层。于此可悟用字之法。

——李冰若《栩庄漫记》

河渎神

原 文

河上望丛祠①，庙前春雨来时。楚山无限鸟飞迟，兰棹空伤别离②。何处杜鹃啼不歇，艳红开尽如血。蝉鬓美人愁绝，百花芳草佳节。

说 明

这是一首写离情的词。

注 释

①丛祠：林野间的神祠。②兰棹：指精美的船。

词 解

从河上望见古祠隐约在树丛里，庙前春雨蒙蒙。茫茫楚山笼罩在烟雨之中。眷恋的鸟缓缓飞去，离人的船越走越远，只能无奈地叹息，唱着孤独的别离。

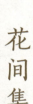

杜鹃在何处哀啼？染红杜鹃带血的心曲。相思欲绝的女子，鬓发飘逸如蝉翼。更难堪百花红艳、芳草茵绿，佳节又添相思意。

河渎神

原 文

孤庙对寒潮，西陵风雨萧萧①。谢娘惆怅倚兰桡，泪流玉箸千条②。暮天愁听思归乐，早梅香满山郭。回首两情萧索③，离魂何处飘泊。

说 明

这首词写女子伤别。

注 释

①西陵：长江三峡之一，此指孤庙所在地。②玉箸：此指眼泪。箸，筷子。③萧索：寂寞。

词 解

伫立在破败的孤庙前，迎着江上阵阵风涛寒，潇潇风雨笼罩着西陵峡。面对这凄风苦雨，远游的女主人公满怀惆怅地倚在船边，想起故乡她不由得泪流满面，行行泪水就像玉箸一般。

傍晚时听杜鹃啼叫，声声唱不尽思归的愁怨，风传递山里早梅的香气，把春的信息送到山城边。回忆欢情时更觉心苦，游魂何时把家还？

河渎神

原 文

铜鼓赛神来①，满庭幡盖徘徊。水村江浦过风雷，楚山如画烟开。

离别橹声空萧索，玉容惆怅妆薄。青麦燕飞落落[②]，卷帘愁对珠阁。

说　明

这首词写女主人公在赛神活动后的孤寂和别情。

注　释

①**铜鼓**：《通典》："铜鼓，铸铜为之，虚其一面，覆而击其上。南夷、扶南、天竺类皆如此。岭南豪家则有之。"**赛神**：古时还愿酬神赛会风俗。于春秋两季举行，用仪仗、箫鼓、杂戏来迎神。②**青麦**：麦青时节，约在农历三月。

词　解

铜鼓敲响，赛神的活动开始了，满庭里幡盖来往徘徊。神来去时疾鼓如风雷，一阵阵卷过江村水寨。吹开如烟的浓雾，露出楚山如画的风采。

离别时的橹声还在耳边回荡，声声震颤着空寂的愁怀。娇美的容颜在惆怅里消瘦，淡淡的妆粉画出她深深的哀怨。看青青麦田里春燕双双飞又落，她卷起珠帘，空对楼阁，愁情满怀。

词　评

上半阕颇有《楚辞·九歌》风味。"楚山"一语最妙。

——李冰若《栩庄漫记》

女冠子

原　文

含娇含笑，宿翠残红窈窕[①]。鬓如蝉，寒玉簪秋水，轻纱卷碧烟。雪胸鸾镜里[②]，琪树凤楼前[③]。寄语青娥伴[④]，早求仙。

说　明

这首词描写了一个娇美含情的女道士。

注　释

①**"宿翠"句**：谓面上虽是昨夜残妆，却仍然美丽。②**雪胸**：形容胸洁白如雪。唐代女装微露胸，故云。③**琪树**：仙家的玉树。**凤楼**：华丽的楼阁。④**青娥**：此处指身旁陪伴的女子。

词　解

女道士娇态含笑，翠眉已薄胭脂淡，青丝鬓发轻如蝉翼，身姿窈窕动人。头上的玉簪寒如秋水，身边的帷幕轻纱如卷碧烟。

坐到梳妆台前，銮镜中的她轻衣薄裳，肌肤胜雪，美丽性感；站在凤楼前，她亭亭如玲珑玉树，袅袅如弱柳扶风。她希望美丽的同修女道们，早日成为神仙。

女冠子

原 文

霞帔云发①，钿镜仙容似雪。画愁眉，遮语回轻扇②，含羞下绣帷。玉楼相望久，花洞恨来迟③。早晚乘鸾去，莫相遗。

说 明

这首词写女道士的外貌装束及内心的愿望。

注 释

①霞帔：彩色的披肩。②"遮语"句：用扇子遮着脸说话。③玉楼、花洞：皆女道士所居之处。一谓玉楼指女伴居所，花洞指女冠居所。

词 解

她披着一肩云霓，梳着流云一样的鬓发，钿镜里照见她雪白娇媚的容颜。她仔细描眉，却难掩眉间的愁思。她害羞地用轻扇遮着脸庞，心事重重却欲说还休；她含羞放下绣帏，柔情缠绵却又百般掩饰。

她的愁思皆因相思而生。她在玉楼上久久相望，只恨同伴迟迟不到她的居处来。她希望有朝一日乘鸾成仙而去，两人依然相伴、不离不弃。

词 评

"画愁"三句，叙女冠在凡时女伴，终日含羞倚愁也。"玉楼"二句，言玉楼中之女伴，思念女冠，望其早归，而花洞中之女冠，怀想女伴，恨其迟来也。

——华钟彦《花间集注》

玉蝴蝶

原 文

秋风凄切伤离，行客未归时。塞外草先衰，江南雁到迟。　　芙蓉凋嫩脸，杨柳堕新眉。摇落使人悲[①]，断肠谁得知？

说 明

这首词写秋日怀远之情。

注 释

①"摇落"句：谓秋天众芳摇落，使人悲伤。

词 解

凄切的秋风鸣咽地唱着离愁别苦的悲伤，远游天涯的爱人，依旧未归来。塞外的绿草已染上秋黄，仍未见鸿雁飞回南方。

曾那样娇嫩的面颊，凋萎得如秋天的荷花。新描的双眉如秋天的柳叶，柳叶在秋风中摇落坠下。每一片落叶都摇动人的相思，这断肠的相思就是爱的代价。

词 评

　　此调属"夹钟宫"，俗呼"中吕宫"或属"夷则羽"，或属"夷则商"。创始无考，《词律》谓此调"与张泌《蝴蝶儿》相近，决是一调"。窃以为此二调，句格声韵，均各不同，必非一调也。有四十一字，四十二字，九十八字，九十九字诸体，温词一首，四十一字。

——华钟彦《花间集注》

卷第二

温庭筠　十六首

清平乐

上阳春晚[1]，宫女愁蛾浅。新岁清平思同辇，争奈长安路远。
凤帐鸳被徒熏，寂寞花锁千门。竟把黄金买赋，为妾将上明君[2]。

这是一首宫怨词。

[1]上阳：唐代洛阳宫殿名。《旧唐书·地理志》："上阳宫，在宫城之西南隅。" [2]"竟把"二句：争着用黄金去买辞赋，请为她呈送给英明的君王。黄金买赋，典出司马相如《长门赋序》："孝武皇帝陈皇后时得幸，颇妒，别在长门宫，愁闷悲思。闻蜀郡成都司马相如天下工为文，奉黄金百斤为相如、文君取酒，因于解悲愁之辞。而相如为文以悟主上，陈皇后复得亲幸。"

上阳宫的春色已渐渐凋残，宫女的黛眉在深愁里日日暗淡。太平新年的时

●寂寞花锁千门

候，更盼着能与君王同行，怎奈去长安的路，却是那样的遥远。

一次次空熏锦被，一回回看千丛花锁千重门槛，锁住了寂寞，也锁住了愁怨。只好用黄金去买司马相如的辞赋，期待明君的垂青，长门里盼与君王相见。

词 评

> 长安路远：谓君恩疏远。

——华钟彦《花间集注》

清平乐

原 文

洛阳愁绝，杨柳花飘雪。终日行人恣攀折，桥下水流鸣咽。　　上马争劝离觞，南浦莺声断肠①。愁杀平原年少②，回首挥泪千行。

说 明

这首词写离情。

注 释

①**南浦**：南面的水边。泛指送别之地。江淹《别赋》："送君南浦，伤如之何！" ②**愁杀**：愁煞，愁之极。

词 解

阳春时节辞别洛阳，空中柳絮纷飞，如同雪花飘飘，这凄美的景色更是增添了离人心中的愁苦。路边的杨柳，每天都任行人恣意攀折，桥下的流水鸣咽悲叹，无情之物见惯了人间离别，仿佛也是满怀离愁。

上马的时候，送行的人们都争着劝离人饮下饯行的酒，在那水边的送别之地，这离别的情景让人听到黄莺的娇啼也会感到悲伤断肠。那远行的平原少年也深感离愁，他渐行渐远，却又回首相望，挥不尽千行离人泪。

词 评

> 上半阕最见风骨，下半阕微逊。

——陈廷焯《白雨斋词评》

> 此词悲壮而有风骨，不类儿女惜别之作，其作于被贬之时乎？

——丁寿田《唐五代四大名家词》

遐方怨

凭绣槛^①，解罗帏。未得君书，肠断潇湘春雁飞^②。不知征马几时归，海棠花谢也^③，雨霏霏^④。

说 明

这首词写一个女子春日凭栏思念征人之情景。

注 释

①**绣槛**：雕绘有纹饰的栏杆。②**潇湘**：水名，湘水和潇水之总称。其汇合处，在今湖南永州市零陵区北。③**海棠花谢**：谓暮春时节。朱淑贞诗："谢却海棠飞尽絮，困人天气日初长。"④**霏霏**：纷飞貌。

词 解

倚着雕花的窗栏，掀开锦绣的帐帘，望着潇湘的春雁排行飞过，期盼的书信却仍未到来，相思的人儿愁得肠断。不知出征的人何时才能归来？海棠花已在相思中凋谢了，细雨霏霏，好似泪涟涟。

词 评

神致宛然。

——陈廷焯《白雨斋词评》

遐方怨

原 文

花半坼^①，雨初晴。未卷珠帘，梦残，惆怅闻晓莺。宿妆眉浅粉山横^②，约鬟鸾镜里^③，绣罗轻。

说 明

这首词写女子梦醒后的惆怅之情。

注 释

①**坼**：裂开。②**粉山横**：形容眉浅。《西京杂记》："文君姣好，眉色如望远山"，为此句所本。③**约**：缠束。

【词解】

花儿含苞半放，小雨初晴，春光无限美好。她还未卷起珠帘，在刚刚梦醒之际，听到晓莺娇啼，她的心中满是惆怅。隔夜的妆容已残，眉色浅淡。她对着銮镜梳妆，缠束鬓发，春风撩动她轻盈的罗裙。梦里欢情，屋外美景，反衬着她的孤独和寂寞，怎不让她怅然若失呢？

【词评】

"梦残"句妙。"宿妆"句又太雕矣。"粉山横"意指额上粉，而字句甚生硬。

——李冰若《栩庄漫记》

诉衷情

【原文】

莺语花舞春昼午，雨霏微①。金带枕②，宫锦，凤凰帷。柳弱蝶交飞，依依。辽阳音信稀③，梦中归。

【说明】

这首词写闺中思妇对远方征人的思念之情。

【注释】

①雨霏微：细雨蒙蒙的样子。②金带枕：以金带为饰的枕头。③辽阳：在今辽宁沈阳市南部。泛指边防之地。

【词解】

莺儿娇语，花儿飞舞，这春天的白昼已过正午。蒙蒙细雨满天飞，女郎独守空屋。望着床上的金带枕、宫锦被，伤心地拉上绣着凤凰的帐帷。柔嫩的柳枝下，粉蝶儿比翼齐飞，那依依不舍的样子令人心醉。远戍辽阳的丈夫书信稀少，只能在梦中看他把家回。

【词评】

哀感顽艳，琢句遣字无不工妙。结三字凄绝。

——陈廷焯《云韶集》

思帝乡

原文

花花①，满枝红似霞。罗袖画帘肠断，卓香车②。回面共人闲语，战篦金凤斜③。惟有阮郎春尽④，不归家。

说明

这首词写在绚丽的春景里，一个少妇伤怀遣愁，对人倾吐衷曲，表现其春怨之情。

注释

①花花：繁花朵朵。②卓：立。③战篦：篦形首饰。④阮郎：阮肇。据《太平广记》载，东汉永平年间，刘晨与阮肇入天台山采药迷路，遇见了两位仙女，被邀至家中结为夫妇。后二人思归，离开仙界返回故乡，此时子孙已过了七代。待重入天台山访仙，已踪迹杳然。此处借指远游不归的男子。

词解

枝头上繁花朵朵，好似天边的红霞。美人伫立在香车上，收卷画帘的罗袖，摇曳着心底相思的牵挂。回头与人闲语的时候，只见凤钗金篦斜斜地簪住浓发。莫非她的爱人也像阮郎一样，春光逝尽却还不归家。

词评

"花花"二句，言花之繁茂也。卓：立也。言美人驻车而观也。
——华钟彦《花间集注》

梦江南

原文

千万恨，恨极在天涯①。山月不知心里事，水风空落眼前花。摇曳碧云斜②。

说明

这首词写思念远人之情。

注释

①在天涯：指远在天边的心上人。②摇曳：摇摆。

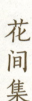

词解

恨意千万如丝如缕，飘散到了遥远的天边。山间的明月不知道我的心事。绿水清风中，鲜花独自摇落。花儿零落中，明月不知不觉地早已经斜入碧云外。

词评

此首叙漂泊之苦，开口即说出作意。"山月"以下三句，即从"天涯"两字上，写出天涯景色，在在堪恨，在在堪伤。而远韵悠然，令人讽诵不厌。

——唐圭璋《唐宋词简释》

梦江南

原文

梳洗罢，独倚望江楼①。过尽千帆皆不是，斜晖脉脉水悠悠，肠断白蘋洲②。

说明

这首词写登楼怀远之情。

注释

①**望江楼**：临江的楼。②**白蘋洲**：谓江南水乡开满白花的洲渚。

词解

梳洗完毕，独自一人登上望江楼，倚靠着楼柱凝望着滔滔江水。上千艘船过去了，所盼望的人都没有出现。太阳的余晖脉脉地洒在江面上，江水慢慢地流着，思念的柔肠萦绕在那片白蘋洲上。

词评

"千帆"二句窈窕善怀，如江文通之"黯然销魂"也。

——俞陛云《唐五代两宋词选释》

河 传

原文

江畔，相唤，晓妆鲜，仙景个女采莲①。请君莫向那岸边，少年，好花新满船。　　红袖摇曳逐风暖，垂玉腕，肠向柳丝断②。浦南归，浦北归，莫知，晚来人已稀。

说明

这首词写采莲女相思之情。

注释

①**个**：指示代词，犹这也、那也。②**柳丝**：指少年所在之地。

词解

清晨的江畔上传来采莲少女的声声呼唤，一个个晓妆鲜丽，穿梭在荷花丛中，好似仙境一般。请不要独自去那少年所在的地方游玩，这里的好花已采满船！

红袖在风中摇曳着，好似在追逐风的温暖，雪白如玉的臂膊哟，无力地低垂在船边。岸边的柳丝相连，一心牵挂着那少年，愁肠欲断。不知他从南浦走？或是北浦还？晚来行人少，心中的人儿你在哪边？

词评

《河传》一调，最难合拍。飞卿振其蒙。五代而后，便成绝响。

——陈廷焯《白雨斋词评》

此调体制最多，通篇用一韵而字少者，唯此词。

——万树《词律》

河　传

原文

湖上，闲望，雨萧萧①，烟浦花桥路遥②。谢娘翠蛾愁不消，终朝③，梦魂迷晚潮。　　荡子天涯归棹远④，春已晚，莺语空肠断。若耶溪⑤，溪水西，柳堤，不闻郎马嘶。

说明

这首词写游春怀人之情。

注释

①**萧萧**：形容刮风或下雨的样子。②**烟浦**：烟雾迷蒙的渡口。③**终朝**：整天。④**棹**：船桨，此处代指船。⑤**若耶溪**：水名，在今浙江省绍兴县东南。相传春秋时期越国美女西施曾浣纱于此。

词解

闲望湖上，雨丝凄凄迷迷。那长堤花桥，远远地隐入烟浦雾里。美人相思生愁怨，愁思在翠眉间凝聚。终日盼着爱人归来，梦里还听那雨中晚潮阵阵，似乎在传递他的消息。

浪子的归舟遥遥千万里，春光却又将逝去。听莺语声声，唱不尽断肠的心曲。若耶溪啊相思的溪，溪水西岸那洗纱女，天天看溪水空流，日日在柳堤寻觅，却总听不到郎君归来时马儿的嘶鸣声。

词　评

凄怨而深厚，最是高境。

——陈廷焯《云韶集》

河　传

原文

同伴，相唤，杏花稀，梦里每愁依违①。仙客一去燕已飞②，不归，泪痕空满衣。　　天际云鸟引晴远，春已晚，烟霭渡南苑。雪梅香，柳带长，小娘③，转令人意伤。

说　明

这首词写一个女子对情人的怀恋之情。

注　释

①依违：乍合乍离。②仙客：鹤的别称。③小娘：少女。

词　解

她呼唤着同伴赏春游玩，杏花已渐渐稀落，远行的人却还不来相见。梦里也梦过相聚，梦里也梦过离散。他就像仙鹤一去不返，就像燕子飞去天边，再也不归来，只留给她满衣的泪痕斑斑。

天上云飞鸟飞，引她遐思云天。当春光已晚的时候，她的情思伴着云霭飞渡南苑。从雪梅飘香的时候，直盼到柳丝如烟。姑娘啊，姑娘，愁肠已为相思寸断。

词　评

此词俱少轻情，似不宜于十七八女孩儿之红牙拍歌，又无关西大汉执铁板气概，恐无当也。

——汤显祖《玉茗堂评花间集》

蕃女怨

原文

万枝香雪开已遍①，细雨双燕。钿蝉筝②，金雀扇，画梁相见。雁门消息不归来，又飞回。

说明

《蕃女怨》为温庭筠自创之调。这首词写春怨之情。

注释

①**香雪**：此指杏花。②**钿蝉筝**：装饰以金蝉的筝。

词解

雪白馨香的杏花，在万千枝头开遍。细细的春雨里，飞来一双春燕。只有扇面上无语的金雀，古筝上默默的金蝉，与梁上双燕相见。他远征雁门一去无消息，春燕也不忍这孤寂难堪，才飞来，又飞还。

词评

字字古艳。

——卓人月《古今词统》

"又飞回"三字，凄婉特绝。

——陈廷焯《词则·别调集》

蕃女怨

原文

碛南沙上惊雁起①，飞雪千里。玉连环，金镞箭，年年征战。画楼离恨锦屏空，杏花红。

说明

这首词写征战之人忆家之情。

注释

①**碛**：浅水中的沙石。此处指塞外荒漠。

词解

碛南沙上的烽火，一次次把雁群惊飞起，像千里飞雪漫卷戈壁。连环弩，金镞箭，年年征战箭如雨。画楼中的美人，也恨这战火中的别离，愁时看着红杏花，独坐锦屏前。

词评

　　唐人每作征人、思妇之诗，此词意亦犹人，其擅胜处在节奏之哀以促，如闻急管弦。此词借雁以寄怀。

　　　　　　　　　　　　　　——俞陛云《唐词选释》

荷叶杯

原文

　　一点露珠凝冷，波影，满池塘。绿茎红艳两相乱①**，肠断，水风凉。**

说明

　　这首词借初秋时荷塘景色抒写悲秋之情。

注释

　　①**绿茎**：指荷茎，此亦指荷叶。

词解

　　清冷的晨风凝聚着点点露珠，波光水影荡开淡淡的晓雾。看那满池塘里，绿叶红花乱舞，愁思断肠的人儿啊，更难堪水冷风寒入骨。

词评

　　全词实写处多，而以"肠断"二字融景入情，是以俱化空灵。

　　　　　　　　　　　　　　——李冰若《栩庄漫记》

荷叶杯

原文

　　镜水夜来秋月，如雪，采莲时。小娘红粉对寒浪①**，惆怅，正思惟。**

说明

　　这首词描绘了一幅清幽雅丽的秋夜采莲图，写出了采莲女子秋夜冒寒采莲的辛勤劳作以及心中的怅恨。

注释

　　①**红粉**：指少女的面颊。

秋水平如镜面，映着夜空中圆圆的明月，月光如雪般洁白晶莹。又是采莲的时节，那红颜少女，却迎着秋水的清冷，相思如寒潮浪涌，正幻入团圆的梦。

词 评

正思惟：鄂州本误作"正思想"。《全唐诗》作"正相思"。万树《词律》谓"正思谁"，均非其旧。兹据明巾箱本改正。

——华钟彦《花间集注》

荷叶杯

原 文

楚女欲归南浦①**，朝雨，湿愁红**②**。小船摇漾入花里，波起，隔西风。**

说 明

这首词写女子驾舟归去的一刹那所引起的淡淡哀愁。

注 释

①**楚女**：泛指南国女子。**南浦**：泛指离别之地。②**愁红**：谓经风雨摧残的花。

词 解

那南国女子就要归家，在水的南岸边，正飘着迷蒙的朝雨。那些经受了风吹雨打的花朵，还带着湿漉漉的雨水，离别的愁思都包含在这凄清的情景中。小船缓缓地摇进了荷花丛中，她悠悠远去，那无情的西风吹起波澜，更将她与送别的人远远地隔开了！

词 评

曲调节拍短促，而韵律转换频数，这类词调形式与五、七言诗大异其趣，确足令人一新耳目。

——胡国瑞《论温庭筠词的艺术风格》

皇甫松　十二首

皇甫松

皇甫松，字子奇，自号"檀栾子"，睦州新安（今浙江淳安）人。生卒年不详。工诗词，亦擅文，终生未仕。其词清新秀雅，颇有民歌风味。

天仙子

原文

晴野鹭鸶飞一只，水葓^{hóng}花发秋江碧①。刘郎此日别天仙，登绮席，泪珠滴，十二晚峰高历历②。

说明

这首词写刘郎在天台山遇神女的事，截取了离别的一个场面。

注释

①**水葓**：即水荭，一年生草本植物，夏秋开花。②**十二晚峰**：指巫山十二峰。**历历**：清楚。

词解

一只雪白的鹭鸶，掠过碧野晴空飞去，江边红色的水荭花，点染了碧水秋江的浓绿。传说是今天刘郎与天仙别离，登上华丽的饯别宴会，送别的泪如珍珠滴落，化成十二座高峰。

词评

"飞一只"便妙。结笔得远韵，亦是从"曲终人不见，江上数峰青"化出。

——陈廷焯《白雨斋词评》

天仙子

原 文

踯躅花开红照水^①，鹧鸪飞绕青山觜^{zuǐ}。行人经岁始归来，千万里，错相倚，懊恼天仙应有以^②。

说 明

这首词亦写刘晨事，写行人经岁归来之情。

注 释

①**踯躅花：**即杜鹃花。②**有以：**有原因。

词 解

杜鹃花红艳夺目，朵朵绽放，映红了山间江流。鹧鸪围绕着青山入口飞来飞去，一声声叫得凄切。那远行的人经过了漫长的时间才归来，走过了千万里，当初错相托身，那天仙也要懊恼刘郎无情的离别啊。

词 评

无一字不警快可喜。

——陈廷焯《白雨斋词评》

浪淘沙

原 文

滩头细草接疏林，浪恶罾^{zēng}船半欲沉^①。宿鹭眠鸥飞旧浦，去年沙嘴是江心^②。

说 明

这首词借自然景象的变化表达了对社会人事变迁的感慨。

注 释

①**罾船：**渔船。②**沙嘴：**指岸边沙水相接处。

词 解

滩头的细草连接着稀疏的林木，渔船在恶浪里欲沉欲浮。沙鸥白鹭在江上飞来飞去，还在寻找宿眠的旧浦。岂知去年的江岸，今年已成沙洲江渚。

词　评

　　桑田沧海，一语破尽，红颜变为白发，美少年化为鸡皮老翁，感慨系之矣。

——汤显祖《玉茗堂评花间集》

浪淘沙

原　文

　　蛮歌豆蔻北人愁①，浦雨杉风野艇秋。浪起鸂鶒眠不得②，寒沙细细入江流。

说　明

　　这首词以风雨江流之景抒发愁情。

注　释

　　①蛮歌：南方人唱的歌。豆蔻：多年生草本植物，文人常用以比喻少女。②鸂鶒：一种水鸟。

词　解

　　南方人歌唱豆蔻，撩动了北方人的离愁。冷雨漫过江边岸，寒风吹过杉林，孤舟在秋江上漂泊浮沉，这凄苦的风雨之景更增添了离人的悲哀。风雨掀起江上的波浪，水鸟难以安稳入眠，细细的寒沙静静地流入了江流之中。

词　评

　　玉茗翁谓前词有沧桑之感。余谓此首亦有受谗畏讥之意，寄托遥深，庶几风人之旨。

——李冰若《栩庄漫记》

杨柳枝

原　文

　　春入行宫映翠微①，玄宗侍女舞烟丝②。如今柳向空城绿，玉笛何人更把吹③。

| 说 明 |

这是一首怀古词，以写唐玄宗的行宫来抒发诗人的兴亡之叹。

| 注 释 |

①**翠微**：青翠的林木山色。②**舞烟丝**：指侍女舞腰纤细，如烟柳柔丝。③**"玉笛"句**：谓无人再吹玉笛。唐玄宗曾亲自摆弄玉笛吹《杨柳枝》调。

| 词 解 |

春风又吹入唐玄宗的行宫，染绿庭院茂密的林木。宫女那舞姿轻盈袅娜，似轻柔的柳条在风中起舞。如今行宫空空，只是柳色依旧染绿。又有谁再摆弄玉笛，再吹奏《杨柳枝》曲呢？

| 词 评 |

"翠微"，山气青缥色，玄宗调玉笛而吹之。此以玄宗宫柳言。

——曹锡彤《唐诗析类集训》

杨柳枝

| 原 文 |

烂漫春归水国时①，吴王宫殿柳丝垂②。黄莺长叫空闺畔，西子无因更得知③。

| 说 明 |

这首词咏西施，寄寓了作者对她深切的同情。

| 注 释 |

①**水国**：指吴越一带，因多湖泊河流，故称。②**吴王宫殿**：春秋时吴王夫差专为西施建的馆娃宫。③**西子**：西施。

| 词 解 |

烂漫的春色来到水乡的时候，吴王的宫中，又飘垂着丝丝绿柳。黄莺仍依恋着西子的闺房，啼叫在空闺楼头，一声接着一声。西施姑娘早已在战乱中隐去，再也听不到它深情的歌喉。

| 词 评 |

吴为水国，唐有吴王宅，在长安禁城东，西子谓吴王美人也。此以吴王宫柳言。

——曹锡彤《唐诗析类集训》

摘得新

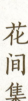

原文

酌一卮①，须教玉笛吹。锦筵红蜡烛，莫来迟。繁红一夜经风雨②，是空枝。

说明

这首词抒发了人生应该及时行乐的慨叹。

注释

①卮：酒器。②繁红：繁花。

词解

斟一卮美酒，再一次吹奏起欢乐的音调。红烛映照盛大的筵席，千万不要来迟。人生应当及时行乐，否则就像是经过了一夜风吹雨打的繁花，徒留空枝。

词评

"自是寻春去较迟"，情痴之感，亦负心之痛也。摘得新者，自不落风雨之后。

——汤显祖《玉茗堂评花间集》

摘得新

原文

摘得新，枝枝叶叶春。管弦兼美酒，最关人。平生都得几十度，展香茵①。

说明

这也是一首抒发及时行乐之情的词作。

注释

①香茵：香褥。

词解

采几束新绽的花枝，枝枝叶叶都带着春意。正如花开时要及时摘折欣赏，人生也应该及时行乐。在盛筵之上，悦耳的管弦和醉人的美酒，最容易触动人们的欢情。平生应该有几十回像这样的尽情享乐，对酒当歌，融入芳草绿茵中。

敲醒世人蕉梦，急当着眼。

——汤显祖《玉茗堂评花间集》

梦江南

原 文

兰烬落①，屏上暗红蕉。闲梦江南梅熟日②，夜船吹笛雨潇潇，人语驿边桥。

说 明

这首词写午夜梦回江南，暗含有怀人之意。

注 释

①**兰烬**：蜡烛之灰烬，因其形状似兰花之心，故称。②**闲梦**：寂寞中进入梦乡。

词 解

兰膏的灯花已经残落，屏风上的红蕉变得暗淡幽茫。寂寞中进入梦乡，又看到江南正是黄梅成熟的时节。夜晚的小船上吹着笛子，细雨正轻轻地作响，有人悄语在驿站小桥旁。

词 评

好景多在闲时，风雨潇潇何害？

——汤显祖《玉茗堂评花间集》

末二句是中晚唐警语。

——卓人月、徐士俊《古今词统》

皇甫子奇《梦江南》《竹枝》诸篇，合者可寄飞卿庑下，亦不能为之亚也。

——陈廷焯《白雨斋词话》

梦江南

原 文

楼上寝，残月下帘旌。梦见秣陵惆怅事①，桃花柳絮满江城，双髻坐吹笙。

说　明

这首词写深夜怀人之情。

注　释

①秣陵：即金陵，今江苏南京。

词　解

寝卧高高的楼上，残月西沉照在帘幕上。睡梦中来到金陵，重温惆怅的旧情。在这桃花绽放、柳絮飘飞、满城春色的美景中，梳着双髻的美少女，坐在席间吹笙。

词　评

凄艳似飞卿，爽快似香山。

——陈廷焯《白雨斋词评》

梦境、画境，婉转凄清，亦飞卿之流亚也。

——陈廷焯《词则·大雅集》

采莲子

原　文

菡萏香莲十顷陂（举棹）①，小姑贪戏采莲迟（年少）。晚来弄水船头湿（举棹），更脱红裙裹鸭儿（年少）。

说　明

这首词写少女采莲晚归的情景。

注　释

①菡萏：荷花。陂：水塘。举棹：与下文中"年少"，皆为唱词时众人相和之声。

词　解

荷花香莲十顷塘，采莲少女划船忙，划船忙，摘花戏水乐陶陶，忘采莲呀小姑娘，小姑娘。弄水船头湿漉漉，晚来心慌划船忙，划船忙，脱了红裙裹小鸭，好个天真小姑娘，小姑娘。

词　评

人情中语，体贴工致，不减觌面见之。

——汤显祖《玉茗堂评花间集》

"更脱红裙裹鸭儿"，写女儿憨态可掬。

——李冰若《栩庄漫记》

采莲子

原　文

　　船动湖光滟滟秋（举棹）①，贪看年少信船流（年少）。无端隔水抛莲子（举棹）②，遥被人知半日羞（年少）。

说　明

　　这首词描写了一个情窦初开的采莲少女。

注　释

　　①滟滟：形容水波闪烁摇荡的样子。②无端：无故，无由。

词　解

　　湖光秋色，景色宜人，姑娘荡着小船来采莲。她听凭小船随波漂流，原来是为了看岸上的美少年。姑娘没来由地抓起一把莲子，向那少年抛掷过去。猛然觉得被人远远地看到了，她因此害羞了半天。

词　评

　　写出闺娃稚憨情态，匪夷所思，是何笔妙乃尔！

　　　　　　　　　　　　　——况周颐《餐樱庑词话》

韦　庄　二十二首

韦　庄

　　韦庄（836—910），五代时前蜀词人，字端己，长安杜陵（今陕西省西安东南）人。唐末诗人、词人。昭宗乾宁元年进士，后入蜀为王建掌书记。王建称帝后，官至门下侍郎同平章事。工诗词，与温庭筠齐名，为《花间集》中大家。

浣溪沙

　　清晓妆成寒食天①，柳球斜袅间花钿②，卷帘直出画堂前。　　指点牡丹初绽朵③，日高犹自凭朱栏，含颦不语恨春残④。

说 明

　　这首词写女子的春恨。

注 释

　　①**寒食**：节令名，在农历清明前一日。为纪念介子推，寒食这天不生火点灯，只吃冷食。②**柳球、花钿**：古代女子头上的饰物。③**初绽朵**：初开放、刚刚开放。④**含颦**：含愁皱眉的样子。

词 解

　　寒食节早上，她起来精心装扮，头上斜插着柳球，在花钿间柔软晃动。盛妆之后，她卷起珠帘走到画堂前。

　　她对着刚刚绽放的牡丹指点，尽情欣赏美丽的春色。太阳高照之时，她依然独自倚着朱栏，默默不语地皱着眉头，只恨这春天过得太快，心忧春花的凋残。

浣溪沙

原 文

　　欲上秋千四体慵，拟交人送又心忪①。画堂帘幕月明风。　　此夜有情谁不极②，隔墙梨雪又玲珑③，玉容憔悴惹微红。

说 明

　　这首词写一荡秋千女子的残春伤感。

注 释

　　①**心忪**：惶恐。②**谁不极**：谁不尽其情。**极**：极致。③**梨雪**：梨花似雪。

词 解

　　她想在那秋千上飘荡一回，无力的四肢却软得难动，想叫人推着上秋千悠荡，心里又怕得不行。看清风徐徐地掀动帘帷，把明月的银光洒一掬在画堂中。

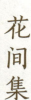

这样的良宵，这样的美景，有情的人怎能不被春情激动，尽情尽兴？隔墙的梨花白得如雪，轻轻摇动着玲珑的月影。相思的人面容已憔悴，憔悴的面容又有几分羞红，怕是相思又惹起旧时的梦。

词评

"松"字亦凑韵。

——汤显祖《玉茗堂评花间集》

浣溪沙

原　文

　　惆怅梦余山月斜，孤灯照壁背窗纱，小楼高阁谢娘家①。　　暗想玉容何所似：一枝春雪冻梅花，满身香雾簇朝霞②。

说　明

这首词写男子的相思之情。

注　释

①谢娘：唐代李德裕以华屋令爱妾谢秋娘居之，后多以谢娘指情人。②簇：簇拥。

词　解

梦醒了还留着梦中的惆怅，看到一轮山月低斜。孤灯将她的背影映在墙上，也投在窗上的碧纱上。这里原本是小楼高阁情人的家啊。

我心里暗暗寻找美妙华章来形容她那娇美的容貌，似是一枝春雪中凝冻的洁白梅花，她满身的香气就像是那天边簇拥的朝霞。

词评

"梨花一枝春带雨""一枝春雪冻梅花"，皆善于拟人，妙于形容，视"滴粉搓脂"以为美者，何啻仙凡。

——李冰若《栩庄漫记》

浣溪沙

原　文

　　绿树藏莺莺正啼，柳丝斜拂白铜堤①，弄珠江上草萋萋。　　日暮饮归何处客，绣鞍骢马一声嘶②，满身兰麝醉如泥③。

〔说 明〕

这首词写襄阳醉客。

〔注 释〕

①**白铜堤：**堤名。在今湖北襄阳市。②**骢马：**青白色的马。③**兰麝：**兰与麝香，皆香料。

〔词 解〕

黄莺在绿树中唱着春天的歌，翠柳斜杨把江堤轻轻地抚摩；弄珠江畔含情的萋萋芳草啊，茵绿里滋润着多少深情的离别。

落日里饮酒归来的是何方客？绣鞍骏马长长地嘶鸣着伤离的凄恻。你看他浑身散发如兰如麝的香气，烂醉如泥却仍带着浓浓的愁色。

〔词 评〕

"满身兰麝醉如泥"句，痛饮真吾师。

——汤显祖评《玉茗堂评花间集》

浣溪沙

〔原 文〕

夜夜相思更漏残①，伤心明月凭栏干，想君思我锦衾寒。　　咫尺画堂深似海，忆来唯把旧书看②，几时携手入长安。

〔说 明〕

这首词写深夜怀人之情。

〔注 释〕

①**更漏：**古时滴漏计时，夜间以此报更。②**旧书：**指往日对方写来的书信。

〔词 解〕

每个夜晚，我都处在深深的思念之中，一直到夜深人静，漏断更残，凝望着那一轮令人伤心的明月，我久久地依凭栏杆，想必你也思念着我，感到了锦被的冷、锦被的寒。

画堂近在咫尺，但是像海一样幽深。回忆往日，只好把你从前寄来的书信翻来看，不知何时再见，一起携手进入长安。

〔词 评〕

韦庄为蜀王所羁。庄有爱姬，姿色艳美，兼工词翰。蜀王闻之，托言教授宫人，强夺之去。庄追念悒怏，作《荷叶杯》《浣溪沙》诸词，情意凄怨。

——沈雄《古今词话》

菩萨蛮

红楼别夜堪惆怅，香灯半卷流苏帐①。残月出门时，美人和泪辞。琵琶金翠羽②，弦上黄莺语③。劝我早归家，绿窗人似花。

此词表达男子的相思。

①**流苏**：一种丝线制的下垂的穗子。②**金翠羽**：指琵琶上装饰的金色翡翠鸟图案。③**"弦上"句**：谓琵琶声宛似黄莺歌唱。

当时红楼离别之夜，令人惆怅不已，香灯隐约地映照着半卷的流苏帐。残月将落，天刚破晓时，"我"就要出门远行，美人含着泪珠为"我"送行，真是"寸寸柔肠，盈盈粉泪"的样子。

临别时为我弹奏一曲如泣如诉的乐章，那琵琶捍拨上装饰着金色的翠羽，雍容华贵；那琵琶弦上弹奏着娇软的莺语，婉转动人。那凄恻的音乐分明是在劝"我"早些回家，碧纱窗下有如花美眷在等待着。

词本《菩萨蛮》，而语近《江南弄》《梦江南》等，亦作者之变风也。

——汤显祖《玉茗堂评花间集》

语意自然，无刻画之痕。

——许昂霄《词综偶评》

菩萨蛮

人人尽说江南好，游人只合江南老。春水碧于天，画船听雨眠。

垆边人似月①，皓腕凝霜雪②。未老莫还乡，还乡须断肠。

说　明

　　这首词作于词人避乱江南之时。词中写江南春景，实含有游子欲归不得的凄苦。

注　释

　　①"垆边"句：暗用汉代卓文君当垆卖酒事。②皓腕：洁白的手臂。

词　解

　　人人都说江南好，游人应该在江南待到老去。春天的江水清澈碧绿比天空还青，游人可以在有彩绘的船上听着雨声入眠。

　　江南酒家卖酒的女子长得很美，卖酒撩袖时露出的双臂洁白如雪。年华未衰之时不要回乡，回到家乡后必定悲痛到极点。

词　评

　　一幅春水画图。意中是乡思，笔下却说江南风景好，真是泪溢中肠，无人省得。结言风尘辛苦，不到暮年，不得还乡，预知他日还乡必断肠也，与第二语口气合。

　　　　　　　　　　　　——陈廷焯《云韶集》

菩萨蛮

原　文

　　如今却忆江南乐，当时年少春衫薄。骑马倚斜桥，满楼红袖招。翠屏金屈曲①，醉入花丛宿。此度见花枝②，白头誓不归。

说　明

　　这首词也是以写江南乐事来表达词人的悲苦之情。

注　释

　　①金屈曲：形容屏风折叠处的环钮、搭扣等铜饰件散发出金光。②度：次，回。量词。

词　解

　　现在我才回想起江南的好处来，当时年少风流，春衫飘举，风度翩翩。我骑着大马，斜靠小桥，满楼的女子都被我的英姿所倾倒。

　　闺房屏障曲折迂回，掩映深幽，那就是我醉宿花丛之所在。现在要是能再有像当年那样的遇合，我就是到白头也一定不回来。

菩萨蛮

原　文

　　劝君今夜须沉醉，樽前莫话明朝事。珍重主人心，酒深情亦深。
须愁春漏短，莫诉金杯满①。遇酒且呵呵②，人生能几何。

说　明

　　这首词以写及时行乐表达了诗人对人生世事的悲苦和无奈之叹。

注　释

　　①诉：推辞。②呵呵：笑声。

词　解

　　今天晚上劝您务必要喝个一醉方休，酒桌前千万不要谈论明天的事情。就珍重现
在热情的主人的心意吧，因为主人的酒是满杯的，主人的情谊是深厚的。

　　我忧愁的是像今晚这般欢饮的春夜太短暂了，我不再推辞说您又将我的酒杯斟得
太满。既然有酒可喝再怎么样也得打起精神来，人生能有多长呢？

词　评

　　一起一结，直写旷达之思，与郭璞《游仙》、阮籍《咏怀》将毋
同调。

　　　　　　　　　　　　　　——汤显祖《玉茗堂评花间集》

菩萨蛮

原　文

　　洛阳城里春光好，洛阳才子他乡老①。柳暗魏王堤②，此时心转迷。
桃花春水渌，水上鸳鸯浴。凝恨对残晖，忆君君不知。

这首词写忆旧与乡思。

注 释

①**洛阳才子**：韦庄自称。韦庄曾两度至洛阳，写有长诗《秦妇吟》颇受赞赏，故自称为"洛阳才子"。②**魏王堤**：洛阳名胜之一，在魏王池边。③**渌**：清澈。

词 解

春暖花开，万象更新。洛阳城里，春光明媚，景色大好。可是，我这个天涯浪子，却只能异地漂泊，老死他乡。眼前的魏王堤上，杨柳依依，浓荫密密。而我心怀隐痛，满心凄迷，惆怅不已。

桃花嫣红，春水碧绿，烟笼柳堤，水浴鸳鸯。此物之出双入对，相守相依，更勾起我这个离人永隔之悲苦。无以释解，只好把一腔相思相忆之情凝结成的丝丝愁恨，化解到落日西沉的余晖之中。远方的人儿啊，遥远的故国啊，你知道不，我这是在怀念着你啊！

词 评

"洛阳才子他乡老"是至此揭出。项庄舞剑，怨而不怒之义。

——谭献《谭评词辨》

归国遥

原 文

春欲暮，满地落花红带雨。惆怅玉笼鹦鹉，单栖无伴侣。　　南望去程何许，问花花不语。早晚得同归去，恨无双翠羽①。

说 明

这首词写女子之春怨。

注 释

①**双翠羽**：双翅。

词 解

春天即将过去，满地落花，红色的花瓣沾着雨水。玉笼里的鹦鹉独自栖息没有伴侣，孤单的人远离了爱人，看到它更感到惆怅。

远望南去的路程，迢迢不知有几千里，问花花也默默无语。什么时候才能和爱人一同归去呢？只恨自己没有一双翅膀，不能立即飞去爱人的身边。全词以残春之景渲

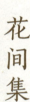

染愁情，更借鸟写人，表现出相思痴情。

词评

还不是解语花，不问也得。

——汤显祖《玉茗堂评花间集》

归国遥

原文

金翡翠^①，为我南飞传我意："罨^{yǎn}画桥边春水^②，几年花下醉。"别后只知相愧，泪珠难远寄。罗幕绣帷鸳被^③，旧欢如梦里。

说明

这首词写主人公对旧欢的思念与悔恨之情。

注释

①金翡翠：金色的翡翠鸟，神话中的青鸟，常作传信的使者。②罨画：彩画。③鸳被：绣有鸳鸯图案的锦被。

词解

金碧耀眼的青鸟啊，请你南飞传递我的心意：还记得那几年吗？春水桥边图画般美丽，我们沉醉在爱河中，多少次花丛中相聚！

久别才知悔恨，我不该让你远去，路遥遥相思泪珠难寄。依旧是这轻罗帐中鸳鸯被里，我们往日的欢情，却只能在梦中回忆。

词评

"别后只知相愧"真有此情。

——陈廷焯《白雨斋词评》

五代词有语极朴拙而情致极深者，如韦庄"别后只知相愧，泪珠难远寄"是也。

——李冰若《栩庄漫记》

归国遥

原文

春欲晚，戏蝶游蜂花烂漫。日落谢家池馆，柳丝金缕断。　睡觉绿鬟风乱，画屏云雨散。闲倚博山长叹①，泪流沾皓腕。

说 明

这首词写女子相思之情。

注 释

①**博山**：指表面雕刻有重叠山形的香炉。

词 解

暮春时节，蝴蝶和蜜蜂在烂漫的花丛中追逐嬉戏。落日的余晖斜照着女主人公所居的庭院，那金缕一般的柳丝被人们折断，用以表达离别的情意。

她从睡梦中醒来，发髻像被风吹乱，画屏后的恩爱欢情已散。她闲倚着博山香炉，忍不住发出一声声叹息，眼泪流下来沾湿了雪白的手腕。梦中的欢情与梦醒后的孤凄相对比，更让她感到失落和寂寞，相思之深、离别之苦，不言而喻。

词 评

好光景。

——汤显祖《玉茗堂评花间集》

"柳丝金缕断"，"断"字极劣。

——李冰若《栩庄漫记》

应天长

原 文

绿槐阴里黄莺语，深院无人春昼午。画帘垂，金凤舞①，寂寞绣屏香一炷。　　碧天云②，无定处，空有梦魂来去。夜夜绿窗风雨，断肠君信否。

说 明

这首词写怀人之情。

注 释

①**金凤舞**：指画帘上的凤凰因风吹动，好似翩翩起舞。②**碧天云**：比喻远行人行踪不定。

词 解

绿槐投给深深的小院一团团浓浓的阴凉，当春日中午空寂无人的时候，黄莺在绿荫中尽情地歌唱。垂地的绣帘上金凤翩翩似舞，寂寞的屏风围着一炷烟絮飞旋的香。

蓝天上随风飞动的白云，总是没有归宿地飘来飘去，就像我那如梦魂缠绕的相思，去了再来，断了又续。夜夜独听风雨吹打着绿窗纱，你可知我相思断肠的情意？

[词 评]

亦"忆君君不知"意。

——陈廷焯《词则·大雅集》

应天长

[原 文]

别来半岁音书绝，一寸离肠千万结。难相见，易相别，又是玉楼花似雪。　　暗相思，无处说，惆怅夜来烟月。想得此时情切，泪沾红袖黦①。

[说 明]

这首词写相思之情。

[注 释]

①黦：黄黑色。此处指红袖上的点点泪痕。

[词 解]

别后半年未收到你的信，思肠为你断作千百寸，每一寸都系结着万千的愁，每一个愁结都揪着我的心。相见的机会是那样难得，悔不该就那样轻易地离分，又是去年一样梨花白如雪，登楼看花更伤春。

相思的情只能在心中郁结，相思的话儿无处去诉说，愁过白天又愁烟云遮明月，愁到此时心情更凄恻。伤心的泪不停地流淌，把鲜红的袖口染成黑黄颜色。

[词 评]

押韵须如此，信笔直书，方无痕迹。

——陈廷焯《云韶集》

荷叶杯

[原 文]

绝代佳人难得，倾国①，花下见无期。一双愁黛远山眉，不忍更思惟②。闲掩翠屏金凤，残梦，罗幕画堂空。碧天无路信难通，惆怅旧房栊。

说　明

这首词写男子的相思之情。

注　释

①**"绝代"句**：《汉书·外戚传》："李延年侍上起舞，歌曰：'北方有佳人，绝世而独立。一顾倾人城，再顾倾人国。宁不知倾城与倾国，佳人难再得。'上叹息曰：'善！世岂有此人乎？'"②**思惟**：相思。

词　解

绝色佳人本来就难相遇，何况她那样倾城倾国的美女，曾经与她在花丛下约会，而今却再也无法相聚。想到她那一双远山眉，凝结着远山一样沉重的愁意，我的心好痛哟，不忍再想下去！

无聊地掩上绣凤的屏风，断续做梦，罗幕低垂，画堂空空，无人陪伴。苍天啊你是那样宽广，却无路让我们信息相通。愁眉凝望她曾倚着的窗口，迷惘里却再见不到她的倩影。

词　评

语淡而悲，不堪多读。

——许昂霄《词综偶评》

"不忍更思惟"五字，凄然欲绝。姬独何心能勿肠断耶。

——陈廷焯《词则·别调集》

荷叶杯

原　文

记得那年花下，深夜，初识谢娘时。水堂西面画帘垂①，携手暗相期。　　惆怅晓莺残月，相别，从此隔音尘②。如今俱是异乡人，相见更无因③。

说　明

这首词写相思之情。

注　释

①**水堂**：临近水池的堂屋。②**音尘**：音讯、踪迹。③**因**：缘由。

词　解

记得那年那个夜晚，我与谢娘在池塘边的花丛下初次相遇。堂屋西侧的画帘低垂，我们携手暗自约定再相会的日期。

　　不知不觉残月将尽，清晨的莺语已经响起。不忍别离，又不得不分手，从此就失掉了音讯。如今都成了异乡人，想见面恐怕更没有机会了。

词评

　　情景逼真，自与寻常艳语不同。"如今俱是异乡人"，惨。

——汤显祖《玉茗堂评花间集》

　　真能摅摒之忧，发踟蹰之爱。

——吴衡照《莲子居词话》

清平乐

原文

　　春愁南陌，故国音书隔。细雨霏霏梨花白，燕拂画帘金额①**。**
　　尽日相望王孙，尘满衣上泪痕。谁向桥边吹笛，驻马西望销魂。

说明

　　这首词写游子对故国的思恋。

注释

　　①**金额**：金线装饰的帘额。

词解

　　面对着城南的旷野，我思念故乡的春色，故乡早已音信隔绝。绵绵细雨里梨花白如雪，归来的春燕在门前飞舞，轻盈地掠过画帘金额。

　　终日期待着我那行路的人，他衣上扑满了漂泊的烟尘，也许还印着我斑驳的泪痕。是谁在桥边吹响哀怨的横笛，游子都勒马西望，那思乡的怨曲叫人断魂。

词评

　　下半阕笔极灵婉。

——李冰若《栩庄漫记》

清平乐

原文

　　野花芳草，寂寞关山道①**。柳吐金丝莺语早**②**，惆怅香闺暗老**③**。**

罗带悔结同心，独凭朱栏思深。梦觉半床斜月，小窗风触鸣琴。

说 明

这首词写闺思之情。

注 释

①**关山道**：代指远行人所行处。②**柳吐金丝**：柳树抽芽。③**香闺暗老**：香闺之人于不知不觉中渐渐衰老。

词 解

野花和香草，寂寞地生长在那关隘山川路旁。柳树吐出金黄的丝条，黄莺儿那么早就在歌唱。我满怀惆怅，在香闺里暗自虚度时光。

我多么悔恨，解下罗带与你结成同心。如今独自靠着朱栏，思念多么深沉。睡梦中醒来，一弯斜月照着半个空床。小窗吹来的风，触动琴弦哀鸣作响。

词 评

前半说远，后半说近。

——许昂霄《词综偶评》

起笔冷，清艳孤绝。

——陈廷焯《云韶集》

清平乐

原 文

何处游女①，**蜀国多云雨。云解有情花解语**②，**窣地绣罗金缕。**
妆成不整金钿③，**含羞待月秋千。住在绿槐阴里，门临春水桥边。**

说 明

这首词描写了蜀国游女。

注 释

①**游女**：外出游玩的女子。②**"云解"句**：比喻游女如有情之云，如解语之花。唐明皇曾指杨贵妃为解语花，因以比喻美人。③**金钿**：妇女的头饰。

词 解

郊游的是哪里的美女？蜀国的美女最多，像春天的云雨。她像云一样温柔，像花一样多情，你看她身着绣花的罗裙，金缕飘拂垂曳拖地。

梳妆后不用再戴金佩玉，她的美是天然的秀丽，像秋千旁那无言的含羞草，期待

花间集

着月光赐给她爱的洗礼。她的家就在桥边绿槐树下，门前的春水流淌着青春的朝气。

末二句写景如画。

——李冰若《栩庄漫记》

清平乐

原 文

莺啼残月，绣阁香灯灭。门外马嘶郎欲别，正是落花时节。　　妆成不画蛾眉，含愁独倚金扉①。去路香尘莫扫②，扫即郎去归迟。

说 明

这首词写离情。

注 释

①**金扉**：华丽的门扉。②**香尘**：芳香之尘，此处指男子步履产生之尘。

词 解

莺的晨歌送走西沉的残月，天明才将绣房的香灯吹灭。门外马儿频频嘶叫，就在这春深花落时节，郎君又要离别。

穿好衣服却无心描眉敷粉，忧愁地独自依偎着房门。请不要扫去他走时的足迹，怕扫掉他鞋底留下的香尘，更淡漠了他思归的心。

词 评

三、四句与飞卿"门外草萋萋"二语，意正相似。

——许昂霄《词综偶评》

望远行

原 文

欲别无言倚画屏，含恨暗伤情。谢家庭树锦鸡鸣①，残月落边城。人欲别，马频嘶，绿槐千里长堤。出门芳草路萋萋，云雨别来易东西。不忍别君后，却入旧香闺②。

说 明

这首词写送别之情。

注 释

①锦鸡：鸟名。胸前有五彩羽毛，尾羽可为冠服之饰。②却：还，仍。

词 解

你就要走了，我默默地倚着画屏，把愁苦和哀怨都暗藏心中。庭院里锦鸡在树上啼晓，天边的残月一点点隐没在边城。

你就要走了，骏马在一声声嘶鸣，在绿槐长堤上荡起长长的回声。门外的芳草萋萋满怀别情，云消雨散以后，你轻易地踏上离别的旅程。你就要走了，我不忍与你分别后，又回到闺房里触景伤情。

卷第三

韦　庄　二十六首

谒金门

原文

春漏促①，金烬暗挑残烛②。一夜帘前风撼竹，梦魂相断续。
有个娇娆如玉，夜夜绣屏孤宿。闲抱琵琶寻旧曲，远山眉黛绿③。

说　明

这首词写女子春夜寂寞无聊之情。

注　释

①春漏促：谓春夜过得快。②金烬：金花烛的余烬。③远山眉黛绿：像远山一样
的眉黛翠绿。

词　解

春夜里更漏声声急，看金花烛光渐暗，又一次次把残烛挑起。听帘外春风经夜不
息，摇响那门前翠竹，搅人相思梦断，断了又续。

闺中的人如花似玉，夜夜空守画屏独宿。无聊时又拨响琵琶，弹起追怀往事的旧
曲，弯弯的远山眉像远山一样深深的黛绿。

词　评

　　末二句与"弹到断肠时，春山眉黛低"相类，而《花间》《草堂》
语致自异，心手不知。

——徐士俊《古今词统》

谒金门

原文

空相忆，无计得传消息。天上嫦娥人不识，寄书何处觅。　　新睡
觉来无力，不忍把伊①书迹。满院落花春寂寂，断肠芳草碧。

说明

这首词写相思之情。一说这是韦庄为悼念亡姬所作。

注释

①伊：她，指所思之人。

词解

人去楼空徒然相忆，没有办法再传消息。天上嫦娥人间不识，欲寄书信何处
寻觅？

困倦小睡醒来无力，不忍再看伊人书信笔迹。满院落花春光清寂，虽有芳草色碧，
却更令人伤心断肠。

词评

"天上"句粗恶。"把伊书迹"四字颇秀。"落花春寂寂"淡语之
有情者。

——沈际飞《草堂诗馀正集》

江城子

原文

恩重娇多情易伤，漏更长，解鸳鸯。朱唇未动，先觉口脂香。缓揭
绣衾抽皓腕，移凤枕，枕潘郎①。

说明

这首词写男女欢情。

注释

①潘郎：晋人潘岳因貌美，为妇人爱慕。此处代指情人。

词解

恩重娇多更易伤情，漫漫长夜里更漏声声，她解开绣着鸳鸯的衣裳。朱唇未动，

先令人感觉到口脂的芳香。她缓缓揭开锦被，抽出雪白的手臂，移过凤枕，让她的情郎睡在身旁。全词从细节入手，生动地表现了女主人公的美丽与多情，将男女欢情表现得热烈而含蓄。

江城子

[原　文]

　　鬓鬟狼藉黛眉长，出兰房①，别檀郎②。角声呜咽，星斗渐微茫③。露冷月残人未起，留不住，泪千行。

[说　明]

　　这首词写离别之情。

[注　释]

　　①兰房：指女子所居的闺房。②檀郎：即潘岳。潘岳小字檀奴，故称为檀郎。后以指女子所爱慕之人。③微茫：景象模糊。此处指星斗渐渐稀少。

[词　解]

　　发髻早已凌乱，黛眉却还是那样修长，她走出闺房，恋恋不舍地去送别情郎。报晓的号角在城头呜咽，天空中的星星已渐渐稀少，寒露清冷，残月低沉，人们都还沉浸在梦里。她却再也不能留他在身旁，带着满脸千行泪，送他走进寒晓的凄凉。

河　传

[原　文]

　　何处，烟雨，隋堤春暮①。柳色葱茏，画桡金缕②，翠旗高飐香风，水光融。　青娥殿脚春妆媚③，轻云里，绰约司花妓④。江都宫阙，

清淮月映迷楼⑤，古今愁。

这首词写隋炀帝出游，寄托怀古之意。

注　释

①**隋堤**：隋炀帝时开凿运河，沿河筑堤，称为隋堤。②**画桡**：绘有彩画的船桨。**金缕**：指船的装饰。③**青娥殿脚**：隋炀帝乘龙舟游江都，强征民间十五六岁的女子五百人，为其牵挽彩缆，称为殿脚女。④**司花妓**：管花的女官。隋炀帝临幸江都，洛阳人献合蒂迎辇花，隋炀帝命御车女袁宝儿持之，号司花女。⑤**迷楼**：隋宫名，故址在今江苏扬州。

词　解

你可知道这里？当年，烟雨蒙蒙，也是这运河边的长堤，晚春的柳色是那样浓绿。那如画的楼船，装饰着锦带金缕，彩旗在香风中高高飘扬，缓行在水光交融的运河里。

引舟的少女春装妖媚，那司花的女官，婀娜的身姿，轻盈的步履，如云中的散花仙女。如今只剩江淮清月照着行宫，伴着空空的迷楼流连不去，惹起古今多少悲愁的回忆。

词　评

"清淮月映"句，感慨一时，涕泪千古。
　　　　　　　　　　——汤显祖《玉茗堂评花间集》
《浣花集》中，此词最有骨，苍凉。
　　　　　　　　　　——陈廷焯《白雨斋词评》

河　传

原　文

　　春晚，风暖，锦城花满①。狂杀游人②，玉鞭金勒，寻胜驰骤轻尘③，惜良辰。　　翠娥争劝临邛酒④，纤纤手，拂面垂丝柳。归时烟里，钟鼓正是黄昏，暗销魂。

说　明

这首词写暮春胜游。

注　释

①**锦城**：又称锦官城，成都的别称。②**狂杀游人**：即游人喜极若狂。③**寻胜**：寻

觅美景，指踏青游春。④**临邛**：县名，在今四川省邛崃市。汉时卓文君是临邛人，这里用以比拟卖酒女。

词 解

晚春时节，春风和暖，争艳的百花盛开在锦官城头，陶醉的游人狂喜难收。玉鞭儿响过金缰抖，公子寻芳踏春游，马蹄踏过扬起轻尘，莫辜负这春光美景好时候。

少女们争着劝饮临邛美酒，那纤纤如玉的素手，好似拂面的垂柳般温柔。踏着落日归来的时候，只见炊烟袅袅在村头，看黄昏在钟鼓声里降下帷幕，不由得心下惆怅，暗自伤愁。

词 评

"归时烟里"三句，尤极融景入情之妙。

——李冰若《花间集评注》引

河 传

原 文

锦浦①，春女，绣衣金缕。雾薄云轻，花深柳暗，时节正是清明，雨初晴。　　玉鞭魂断烟霞路②，莺莺语，一望巫山雨。香尘隐映③，遥见翠槛红楼，黛眉愁。

说 明

韦庄羁留蜀地，因见春日蜀女郊游而思旧的愁情。

注 释

①**锦浦**：锦江岸边。②**玉鞭**：指代骑马之人。③**隐映**：景象时隐时现。

词 解

锦江边，我看到很多的美女踏青春游。穿着薄薄的金缕绣衣，姗姗风姿如云雾般轻柔。花繁柳绿正是清明，又当雨住初晴的时候。

我却在马上停鞭暗自伤愁，看那烟霞深处，有情人云雨欢情正稠，那婉转的莺歌，声声震颤在我的心头。香尘缥缈的远处，仿佛又见那翠槛红楼，我思念的故人啊，正愁眉紧锁相思悠悠。

天仙子

原文

怅望前回梦里期，看花不语苦寻思。露桃花里小腰肢①，眉眼细，鬟云垂，唯有多情宋玉知②。

说明

这首词写怀人之情。

注释

①**露桃**：生长在露天水井边的桃树。②**宋玉**：战国时楚国人，辞赋家。

词解

苦苦地回忆着上一次梦中相约的日子；默默地凝望着盛开的桃花，心中涨满无尽的相思。像含露的桃花细蕊，风也能吹折那纤细的腰肢。细眉凤目凝含着深深的痴情，流云般的鬟发垂下缕缕青丝。绰约风姿和如花青春却无人相伴，她那相思的情意，只有多情的宋玉才知。

天仙子

原文

深夜归来长酩酊，扶入流苏犹未醒。醺醺酒气麝兰和①，惊睡觉，笑呵呵，长道人生能几何。

说明

这首词写醉汉夜归之态。

注释

①**麝兰**：指麝香与兰草的香气。

词解

大醉归来夜已深，扶入锦帐犹昏沉，醺醺酒气伴和着兰麝香气。一觉醒来，却憨笑呵呵道："人生如此能几巡？"

有此和法，便不觉其酒气，虽烂醉如泥受用矣。

——汤显祖《玉茗堂评花间集》

天仙子

原文

蟾彩霜华夜不分①，天外鸿声枕上闻，绣衾香冷懒重熏。人寂寂，叶纷纷，才睡依前梦见君。

说明

这首词摹写一位独宿空房的少妇在夜阑人静之时思念远方亲人的百无聊赖的心情。

注释

①**蟾彩霜华**：蟾彩，月光。俗传月中有蟾蜍，故称月为蟾。霜华，霜花。

词解

深夜里已分不清月光和霜花一样的银白，枕边上听到的雁叫悠悠地似远在天外。我无心重熏已冷的绣被，懒懒地还恋着梦里情怀。人声寂寂，叶落纷纷的时候我才入睡，又见到你和从前一样在梦中走来。

词评

端己词时露故君之思，读者当会意于言外。

——陈廷焯《词则·别调集》

天仙子

原文

梦觉云屏依旧空①，杜鹃声咽隔帘栊，玉郎薄幸去无踪②。一日日，恨重重，泪界莲腮两线红。

注释

①**云屏**：云母石屏风。②**薄幸**：薄情、负心。

词解

梦醒时云屏里依旧空空如也，帘外传来杜鹃的悲鸣。玉郎啊，你好薄情，竟然一去无踪影。时间一天一天过去，怨愁一重一重加重。那莲花一样的香腮，已被泪水冲得两线红。

词评

词用"界"字始于韦端己《天仙子》："泪界莲腮两线红。"宋子京《蝶恋花》词效之云："泪落燕支，界破蜂黄浅。"遂成名句。

——李调元《雨村词话》

天仙子

原文

金似衣裳玉似身，眼如秋水鬓如云，霞裙月帔一群群①。来洞口，望烟分，刘阮不归春日曛②。

说明

这首词借用刘晨、阮肇的典故描写了美若天仙的女子。

注释

①霞裙月帔：形容鲜艳美丽的彩绣服饰。②曛：日暮，黄昏时。

词解

黄金一样灿烂的衣裳，玉石一样洁白的身体，眼波流盼如秋水，鬓发浓密似流云。那一群美貌的女子穿着鲜艳夺目的彩绣衣装，令人惊羡。想那仙女来到仙居的洞口，望着人间烟霭飘散，春日微曛，可是刘晨和阮肇却不再归来。

词评

此首正合题目，唐五代词词意，即用本题者多有之，似非强弩之末也。

——李冰若《栩庄漫记》

喜迁莺

原文

人汹汹①，鼓冬冬，襟袖五更风。大罗天上月朦胧②，骑马上虚空。香满衣，云满路，鸾凤绕身飞舞。霓旌绛节一群群③，引见玉华君④。

说明

韦庄多次参加进士考试，但一直到昭宗乾宁元年他五十九岁时才考中。这首词描绘了考中进士登科后的隆重礼遇，正是他当时欣喜心情的写照。

注释

①汹汹：形容人声鼎沸。②大罗天：道教中诸天之中最高的一层，这是指代朝廷。③霓旌绛节：彩色的旌旗，暗红色的仪仗。④玉华君：即玉皇大帝，这里指代皇帝。

词解

五更拂晓，晓月朦胧，正是百官上朝时。街头人声鼎沸，鼓乐齐鸣，科举高中的士子衣袂襟袖迎风飘飘，志得意满，骑马直奔朝廷面见君王，好似登上了天庭。

花香满衣，祥云满路，衣上所绣的鸾凤绕身飞舞。彩色旌旗一队队绚烂如天上虹霓，绛红色仪仗一排排壮丽如彩霞，引领着中举的士子去拜见皇帝。

词评

《艺林伐山》云：世传大罗天发榜蕊珠宫。韦相此词所咏，虽涉神仙，究指及第而言，未得以鬼话目之。

——李冰若《栩庄漫记》

●骑马上虚空

喜迁莺

原文

街鼓动，禁城开①，天上探人回。凤衔金榜出云来，平地一声雷。莺已迁②，龙已化，一夜满城车马。家家楼上簇神仙，争看鹤冲天③。

说明

这首词写入朝归来、金榜公开之日的庆贺场面。

注释

①**禁城**：指皇城。②**莺已迁**：唐人称进士及第为迁莺。③**鹤冲天**：指进士及第之人如仙鹤冲天而飞。

词解

街头鼓声雷动，皇城门缓缓开启，去皇宫的探榜人已经回返。凤鸟衔着金榜从云彩中出来，顿时金鼓之声大作，让人间平地响起了雷声。

莺已飞迁，龙已化成，一夜之间满城车响马喧。家家户户神仙般的美人、小姐都聚在楼阁上，争看那登科中榜、一飞冲天的状元郎。

词评

　　读《张道陵传》，每恨白日鬼话，便头痛欲睡，二词亦复类此。
　　　　　　　　　　——汤显祖《玉茗堂评花间集》

思帝乡

原文

云髻坠，凤钗垂。髻坠钗垂无力，枕函欹^{qī}①。翡翠屏深月落，漏依依。说尽人间天上，两心知②。

说明

这首词写女子相思。

注释

①**枕函**：里面可以放置物体的匣状枕头。②**"说尽"二句**：回想临别誓言。

词解

云髻而坠，凤钗而垂，散乱的发髻和低垂的金钗都表现出女主人公的慵懒无力。她

花间集

斜靠在枕函上，思念远方的情郎。翡翠屏风的颜色渐渐暗了，天边残月西沉，一声声更漏在相思难眠的女主人公听来，只嫌它滴得太慢，漫漫长夜实在难挨。回想离别时，两人的誓言说尽了天上人间的事情，这缠绵的相思之苦，只有两心相爱相知的人才知道。

词评

　　调寄《思帝乡》，当是思唐之作，而托为绮词。身既相蜀，焉能求谅于故君，结句言此心终不忘唐，犹李陵降胡，未能忘汉也。

——俞陞云《唐五代两宋词选释》

思帝乡

原文

　　春日游，杏花吹满头。陌上谁家年少①，足风流。妾拟将身嫁与，一生休②。纵被无情弃，不能羞！

说明

　　这首词写少女的爱恋。

注释

　　①**年少**：少年。②**一生休**：这一生也就够满足了。

词解

　　春日踏青郊游，风吹杏花满头。田间路上是谁家少年，青春如花真风流。我想以身相许嫁给他，一生一世就此休。纵使他薄情无义抛弃我，也不后悔也不害羞。全词以爽朗平白的语言描绘了一个大胆热烈的少女，她那真挚的誓言和坚定的决心令人感动万分。

词评

　　徐士俊评："妾拟将身嫁与，一生休"句云："死心塌地。"

——卓人月《古今词统》

诉衷情

原文

　　烛烬香残帘半卷，梦初惊。花欲谢，深夜，月胧明①。何处按歌声②，轻轻。舞衣尘暗生，负春情。

说明

这首词写女子的怨情。

注释

①胧：微明。②**按歌声**：依节拍弹奏而歌唱。

词解

蜡烛已燃成灰烬，香烛只剩下残烟，珠帘还未卷起，人又被梦惊醒无眠。花儿将随着春逝而凋谢。只有朦胧的月在深夜与我相伴。是何处又响起一拍一节的歌声，轻轻地飘到我耳边？舞衣上已暗蒙尘垢，却仍不能见他一面，白白地辜负了我一片痴情，荒度了一个又一个春天。

词评

音节极谐婉。

—— 李冰若《栩庄漫记》

诉衷情

原文

碧沼红芳烟雨静，倚兰桡。垂玉佩，交带①，袅纤腰。鸳梦隔星桥②，迢迢。越罗香暗销，坠花翘③。

说明

这首词写女子的相思之愁。

注释

①**交带**：束结的腰带。②**星桥**：跨越银河的桥。③**花翘**：头饰，状似鸟尾。

词解

绿池红花，烟雨茫茫，一派寂静，她伫立在华美的兰舟旁。玉佩低垂，束结的腰带显出她婀娜的纤腰。与他相亲相会的鸳梦难成，两人好像隔着迢迢银河一样遥不可及。她身上穿着的越罗衣衫已渐渐熏香消散，她依然久久伫立等待，任头上的花翘坠落在地。

词评

《诉衷情》可考证当时妆饰，又岂徒资考证为胜哉。

—— 姜方锬《蜀词人评传》

上行杯

　　芳草灞陵春岸①，柳烟深，满楼弦管，一曲离声肠寸断。　　今日送君千万②，红楼玉盘金缕盏③，须劝，珍重意④，莫辞满。

　　这是一首送别词。

　　①灞陵：古地名，在长安城东，为汉文帝陵墓。汉代以来，人们送客至此常折柳赠别。其故址在今陕西西安市东。②千万：千万里。③金缕盏：刻有花纹的金酒杯。④珍重意：指珍惜送别的情意。

　　灞陵西岸长满了萋萋芳草，春柳深处烟浓荫绿。当满楼丝竹悠悠奏响那一支送别曲的时候，愁得人肠断心泣。

　　今日送君远行千万里，玉盘金杯为我们宴饯别离。劝君满饮这杯中的酒，不要推说不胜酒力，请珍重这相送的情意。

　　"劝君更尽一杯酒，西出阳关无故人。"同此凄艳。

　　　　　　　　　　　　——陈廷焯《白雨斋词评》

上行杯

　　白马玉鞭金辔，少年郎，离别容易，迢递去程千万里。　　惆怅异乡云水，满酌一杯劝和泪①，须愧，珍重意，莫辞醉。

　　这是一首送别词。

　　①劝和泪：指含泪劝酒。

白色的骏马已经备好金辔雕鞍，少年郎啊又将扬起玉鞭。好像离别就这样的容易，这一去竟万里遥远。

遥想那异乡的水、异乡的天，使我心生愁怨。含着泪劝饮送别的酒，一次次把酒杯斟满。请不要推说醉了，若是愧于我的爱恋，就珍重相送的真情一片。

女冠子

原 文

四月十七，正是去年今日。别君时，忍泪佯低面①，含羞半敛眉②。不知魂已断，空有梦相随。除却天边月，没人知。

说 明

这首词追忆离别，抒写了女主人公的相思之情。

注 释

①佯：假装。②敛眉：皱眉。

词 解

今天是四月十七，去年这个日子，正是与你离别的时候。忍住泪水假装着低下头，含羞皱着眉头。

自别后我魂销肠断，如今只能在梦里与你相见。我的相思之情，除了天边的月亮，又有谁知道呢？

词 评

徐士俊云：冲口而出，不假妆砌。

——卓人月《古今词统》

月知不知都妙。

——沈际飞《草堂诗馀别集》

女冠子

原 文

昨夜夜半，枕上分明梦见。语多时，依旧桃花面，频低柳叶眉。半羞还半喜，欲去又依依。觉来知是梦，不胜悲①。

说 明

这是一首相思之词，写男子对情人的思念。

注 释

①**不胜**：受不住。

词 解

昨天深夜，你出现在我的梦里。我们说了好多话。你依然像从前面若桃花，频频低垂的眼睑，弯弯的柳叶眉。

看上去好像有些羞涩，又有些欢喜。该走时却又依依不舍。醒来才知道只是个梦，心中不觉涌起难忍的悲哀。

词 评

韦相《女冠子》"四月十七"一首，描摹情景，使人怊怅。而"昨夜夜半"一首，稍为不及，此结句意尽故也。

——李冰若《栩庄漫记》

更漏子

原 文

钟鼓寒，楼阁暝①，月照古桐金井。深院闭，小庭空，落花香露红。烟柳重，春雾薄，灯背水窗高阁②。闲倚户，暗沾衣，待郎郎不归。

说 明

这首词写女主人公深夜等待郎君归来的情态。

注 释

①**暝**：晦暗。②**水窗**：临水之窗。

词 解

钟鼓寒重，楼阁晦暗，月光照着金井边的古桐。深深的院落紧闭，小小的庭院空寂，落花沾着香露铺满了一地残红。

烟柳重重，春雾淡薄，在高阁临水的窗前，灯光就要渐渐熄灭，眼见天色就要亮了。她百无聊赖地倚靠着门户，眼泪暗暗地落下来沾湿了衣裳，她苦苦等待情郎归来，他却迟迟不归。

词 评

"落花"五字，凄绝秀绝。结笔楚楚可怜。

——陈廷焯《白雨斋词评》

酒泉子

原 文

月落星沉，楼上美人春睡。绿云倾①，金枕腻②，画屏深。　　　子规啼破相思梦③，曙色东方才动。柳烟轻，花露重，思难任。

说 明

这首词写女子相思之情。

注 释

①**绿云**：形容浓密乌黑的头发。②**腻**：泪污。③**子规**：杜鹃鸟。

词 解

月已落了，星辰渐渐地向天边消隐。楼上的美人，依然还春睡沉沉。倾垂的浓发，像床边飞过一抹流云，幽暗的屏风遮住她的身影，枕上湿湿的是梦中的泪痕。

杜鹃鸟的声声歌唱，唤她走出相思的梦乡，起身时看见，朝霞灿烂染红了东方。细细的柳丝如烟，依旧在晨风中轻扬，看花瓣上露泪点点，更难忍相思的愁伤。

词 评

不做美的子规，故当夜半啼血。

——汤显祖《玉茗堂评花间集》

木兰花

原 文

独上小楼春欲暮，愁望玉关芳草路①。消息断，不逢人，却敛细眉归绣户。　　　坐看落花空叹息，罗袂湿斑红泪滴②。千山万水不曾行③，

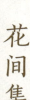

魂梦欲教何处觅？

[说 明]

这是一首闺怨词。

[注 释]

①玉关：玉门关。这里泛指征人所在之地。②红泪：指女子悲伤的眼泪。③"千山"句：谓远人所在玉关她不曾去过。

[词 解]

独自登上小楼，再看看将要消逝的春天，满怀愁怨地遥望远方，远处芳草萋萋，阡陌相连。玉门关外的音讯已断，又不知谁来往边关，只好微蹙着愁眉，回到绣帘窗前。

坐看落花一片片飘落，心中却只有空自哀叹；泪水湿透了绫罗衣襟，在衣上印下点点红斑。边关边塞我从未去过，万水千山是那样遥远。到哪里才能把你找到，我的梦魂该飘向哪边？

[词 评]

"千山""魂梦"二语，荡气回肠，声哀情苦。

——李冰若《栩庄漫记》

小重山

[原 文]

一闭昭阳春又春①，夜寒宫漏永，梦君恩。卧思陈事暗销魂，罗衣湿，红袂有啼痕。　　歌吹隔重阍②，绕庭芳草绿，倚长门③。万般惆怅向谁论？凝情立，宫殿欲黄昏。

[说 明]

这首词写宫女被弃的哀怨之情。

[注 释]

①昭阳：汉代宫殿名。这里泛指宫女居处。②阍：宫门。③长门：汉代宫殿名。汉武帝陈皇后失宠后幽居在长门宫。

[词 解]

从那一次闭隔昭阳，冷居深宫，年复一年，春来春去，岁月消逝。长长春夜，寒意料峭，直袭人心底。宫中清漏，点点滴滴，似乎永远没有停止的时候。恍惚中又回到了承蒙君恩的时候，名花倾国，君王笑看，玉楼金屋，笙歌遍彻，醒来却是一梦。往事不再，昨日如烟，回首只能独自伤心泪下。

重重宫门之外传来笙歌乐舞之声，当年也是这样的热闹繁华。而此时宫门这边，只有满庭芳草，萋萋而生。独倚长门，万般惆怅，脉脉此情，千回百转，只能独自体味，谁来倾听一个冷宫弃女的诉说呢？凝情而立，又是落寞黄昏，又是寂寂长夜，又是魂梦伤心，又是依然的一天，一年，年复一年。

词 评

犹是唐人宫怨绝句，而杨湜乃附会穿凿，谓因建夺其宠姬而作矣。

——李冰若《栩庄漫记》

薛昭蕴　十九首

薛昭蕴

薛昭蕴，生卒年不详，仕蜀，官至礼部侍郎。以《花间集》序，当为前蜀词人。其词多写思妇的幽怨离愁，词风清绮，雅近韦庄。

浣溪沙

原 文

红蓼渡头秋正雨①，印沙鸥迹自成行②，整鬟飘袖野风香③。　　不语含颦深浦里，几回愁煞棹船郎④，燕归帆尽水茫茫。

说 明

这首词写女主人公在渡头盼望情郎归来之情。

注 释

①**红蓼**：草本植物，其花淡红，多生于水边。②**印沙鸥迹**：印在沙子上的鸥鸟足迹。③**整鬟**：整理头发。④**愁煞**：愁极。

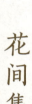

秋雨中的渡头边长着紫红色的蓼花，沙滩上鸥迹成行。在这凄凉的环境中，女主人公在渡头等待她的情郎归来。她用手梳理被风吹乱的发髻时，山野间的香风吹得她的衣袖不停飘舞。

她轻颦愁眉，默默无语地伫立在水边，来往的船夫见了也不禁为她感到哀愁。燕子已经飞了回来，可是只见船帆渐渐消失在天际，她所等之人依然杳无踪迹，只有茫茫江水流淌着无尽的悲伤。

词 评

天空鸟飞，水落石出，凡景皆然。

——汤显祖《玉茗堂评花间集》

浣溪沙

原 文

钿匣菱花锦带垂[1]，静临兰槛卸头时[2]，约鬟低珥算归期[3]。　　茂苑草青湘渚阔[4]，梦余空有漏依依，二年终日损芳菲[5]。

说 明

这首词写女子盼望远行人归来之情思。

注 释

①**钿匣**：金饰的盒子。**菱花**：菱花镜。②**卸头**：卸妆。③**约鬟低珥**：挽束鬟髻，低垂耳环。④**茂苑**：在今江苏苏州市吴中区太湖北。⑤**损芳菲**：春色衰减。

词 解

在雕花的窗前卸妆的时候，她又看到了那条锦带，静静地挂在妆奁的菱花镜边。低头信手搓捻着垂落的发髻，心中暗暗地把他的归期计算。

青青的芳草又长满庭院，湘江中的沙洲依旧空阔无边。梦

●钿匣菱花锦带垂

里常听到更漏声声，声声敲打着她空空的愁怀，两年来芳颜天天在相思里凋残。

浣溪沙

原文

粉上依稀有泪痕，郡庭花落欲黄昏，远情深恨与谁论。　　记得去年寒食日，延秋门外卓金轮①，日斜人散暗销魂。

说明

这首词写离别之情。

注释

①**延秋门**：唐长安禁苑中宫庭门。**卓**：立。**金轮**：车轮，指代车子。

词解

依稀又见你妆粉上的泪痕，随着落花飘进书院的黄昏。我不知向谁去诉说啊，这悠悠的情思、深深的愁闷。

记得去年寒食节的那一天，延秋门外你停下华美的车子，夕阳里我与你初识，又从此离别，我在茫然的离别中忧伤万分。

词评

日斜人散，对此者谁不消魂？

——陈廷焯《白雨斋词评》

浣溪沙

原文

握手河桥柳似金①，蜂须轻惹百花心，蕙风兰思寄清琴②。　　意满便同春水满，情深还似酒杯深，楚烟湘月两沉沉③。

说明

这首词写欢会与相思。

注释

①**柳似金**：指金丝柳，常种植于河边。②**蕙风兰思**：比喻美人的风度与情思。③**楚**：古楚国蜀地。**湘**：湘水流域。

花间集

〇八八

桥上，我们执手话别，<u>丝丝垂柳染上余晖的金色，像蜜蜂的须触深恋着花蕊</u>，每一次握手更依依难舍。我轻轻地拨响琴弦，用琴声把温情和爱恋诉说。

有你的爱，我便满足一切，像淙淙春水涨满江河。深情如杯中不尽的甘醇，一次次斟满了，一杯杯品酌。我的心将伴着你拨开楚山云雾，一叶轻舟摇碎湘江夜月。

"蜂须轻惹百花心"巧丽极矣，未经人道语，然只合入词，入诗则流于纤矣。

——李冰若《栩庄漫记》

浣溪沙

帘下三间出寺墙①，满街垂柳绿阴长，嫩红轻翠间浓妆。　　瞥地见时犹可可②，却来闲处暗思量，如今情事隔仙乡③。

这首词写偶遇后的相思。

①寺：自汉代以来，三公所居谓之府，九卿所居谓之寺。此处指官舍庭院。②可可：不在意。③"如今"句：现在好像是一个在仙境，一个在人间，无缘相见了。

穿过了重重垂帘，才走出相府的围墙，柳丝轻舞着满街浓浓的阴凉。绿荫下款款地走过一位少女，穿着红衣，化着浓妆。

蓦然相见还未曾留意，闲来却又把她怀想。如今情事已离我远去，一个还在人间，一个在九重云上。

瞥见都易错过，耐得思量，定不折本。

——汤显祖《玉茗堂评花间集》

浣溪沙

　　江馆清秋缆客船，故人相送夜开筵，麝烟兰焰簇花钿①。　　正是断魂迷楚雨，不堪离恨咽湘弦②，月高霜白水连天。

说　明

　　这首词写故人相别。

注　释

　　①麝烟：麝香燃烧时散发的香烟。兰焰：兰膏灯发出的光焰。花钿：妇女的首饰。指代浓妆的女子。②湘弦：传说湘水女神善于鼓瑟，这里借喻悲思。

词　解

　　清秋的江馆边停泊着即将远行的客船，送别的故人又摆开饯行夜宴。浓妆的少女簇拥着争相劝饮，袅袅的烟絮缠绕着兰膏灯的光焰。

　　迷茫的楚江雨更增添了离人的愁恨，不忍听那湘弦鸣咽。高悬的秋月洒下雪白的秋霜，放眼处江天渺渺茫茫一片。

词　评

　　一结便有怊怅不尽之意，可谓善于融情入景。

——李冰若《栩庄漫记》

浣溪沙

原　文

　　倾国倾城恨有余，几多红泪泣姑苏①，倚风凝睇雪肌肤。　　吴主山河空落日，越王宫殿半平芜②，藕花菱蔓满重湖③。

说　明

　　这是一首咏史词。

注　释

　　①姑苏：姑苏台。相传为吴王夫差所筑。在今江苏苏州。②平芜：长满荒草的原野。③重湖：深湖、大湖。

词解

　　西施那倾国倾城的容貌，带给她太多的忧愁。多少辛酸的泪，饮泣姑苏城头。想起她临风凝视的神韵，如雪的肌肤书写着吴越春秋。

　　昔日吴王的江山，如今只见夕阳残照，越国的宫殿墟残垣平，长满了荒芜的杂草，只有藕花菱蔓依旧开满重湖。

词评

　　伯主雄图，美人韵事，世异时移，都成陈迹，三句写尽无限苍凉感喟。此种深厚之笔，非飞卿辈所企及者。

——李冰若《栩庄漫记》

浣溪沙

原文

　　越女淘金春水上，步摇云鬟佩鸣珰[①]，渚风江草又清香。　　　　不为远山凝翠黛，只应含恨向斜阳[②]，碧桃花谢忆刘郎。

说明

　　这首词写淘金越女的怀人之情。

注释

　　①**步摇**：妇女的头饰，上有垂珠，步行即摇动，故名。②**只应**：只是。

词解

　　越女在春水上淘金，钗坠珠链随着步履轻轻晃，鬓发轻拂着耳边的玉佩，摇动了江风绿草阵阵的香。

　　没有把远山一般的眉毛涂抹上黛色，只是怨恨远山又遮住斜阳。桃树绿了，桃花已凋谢，春天去了更想念刘郎。

喜迁莺

原文

　　残蟾落[①]，晓钟鸣，羽化觉身轻[②]。乍无春睡有余醒[③]，杏苑雪初晴[④]。紫陌长[⑤]，襟袖冷，不是人间风景。回看尘土似前生，休羡谷中莺。

[说 明]

这首词描写了科举考试后胜利者的得意神态。

[注 释]

①**残蟾**：残月。传说月宫中有蟾，故称月为蟾。②**羽化**：修道成仙，飞升上天。此处形容及第后飘飘然之感。③**酲**：喝醉了神志不清。④**杏苑**：即杏园，在长安东南曲江边，唐时新科进士多游宴于此，也是登科后皇帝赐宴之地。⑤**紫陌**：禁城里的大路。

[词 解]

残月终于在天边落去，远处响起阵阵报晓的钟声，我仿佛已羽化腾云，只觉得飘然一身轻。蓦然间睡意顿时散去，昨夜的酒还在我的血液中涌动。皇家的赐宴在等待着我，杏苑正当雪后初晴。

●羽化觉身轻

禁城的大路是那样的长，我骑着骏马穿越京城，衣襟袖笼里鼓满了凉爽的风，仿佛已登临仙界，再不是人间风景。回首尘寰，好像已是前生往事，再不用羡慕幽谷鸣莺。

[词 评]

"杏苑"句不呆。

——汤显祖《玉茗堂评花间集》

喜迁莺

[原 文]

金门晓①，玉京春②，骏马骤轻尘。桦烟深处白衫新，认得化龙身。九陌喧，千户启，满袖桂香风细。杏园欢宴曲江滨③，自此占芳辰。

[说 明]

这首词描写了举人登科后的隆重待遇。

注　释

①**金门**：即金马门，汉宫中宫门名。②**玉京**：京城。③**杏园**：唐时在曲江池南，是新科进士游宴之地。

词　解

曙光照射着金马门，正值京城新春。骏马奔驰过长街，扬起如烟的轻尘。那桦烟深处身着白衫的新科进士，如今已飞越龙门。

京城的大道上一派喧嚣，千家万户都敞开大门争看新及第的进士，他的衣袖上满是微风吹来的桂花芳香。君王赐宴在曲江畔的杏园里，从此占尽了良辰美景。

喜迁莺

原　文

清明节，雨晴天，得意正当年。马骄泥软锦连乾①，香袖半笼鞭。花色融，人竞赏，尽是绣鞍朱鞚②。日斜无计更留连，归路草和烟。

说　明

这首词写新登科的举人外出游春的欢快得意之情。

注　释

①**连乾**：马的饰品。②**鞚**：套在马颈用以负轭的皮带。

词　解

清明时节，雨后初晴，应试登科的新贵，得意正当年。骑着骏马在软泥上轻驰，骏马身披障泥的锦垫；飘香的长袖里，笼着半截玉鞭。

在春色融融的曲江边，争相观赏春花的鲜艳，游春的都是新科进士，个个胯下骏马配绣鞍。直恨无计留住夕阳，陶醉在美景中流连忘返。归时已是夜色降临，路边的青草里暮霭如烟。

词　评

此首独脱套，觉腐气俱消。

——汤显祖《玉茗堂评花间集》

小重山

原　文

　　春到长门春草青①，玉阶华露滴②，月胧明。东风吹断紫箫声，宫漏促，帘外晓啼莺。　　　愁极梦难成，红妆流宿泪，不胜情。手挼裙带绕阶行③，思君切，罗幌暗尘生④。

说　明

　　这是一首宫怨词。

注　释

　　①长门：长门宫。汉武帝时陈皇后失宠，别居在长门宫。②华露：花上露水。③挼：揉搓。④幌：帷幔。

词　解

　　春天到了，长门宫里春草青青，玉石阶上晶莹的晨露，映出残月西坠的朦胧。东风送来断断续续的箫曲，传递着催人的更漏声声。帘外的莺鸟，又啼叫着唤醒黎明。

　　思愁到了极限的时候，愁得人难以入梦，她那红妆粉脸上，还凝着昨夜的泪痕。手按着裙带在阶上徘徊，再难忍受心中的愁情。夜夜盼望着君王再来，却只见绣罗帐上轻尘暗生。

词　评

　　怨女弃才，千古同恨。

——茅暎《词的》

　　词无新意，笔却流折自如。

——李冰若《栩庄漫记》

小重山

原　文

　　秋到长门秋草黄，画梁双燕去，出宫墙。玉箫无复理霓裳①，金蝉坠②，鸾镜掩休妆。　　　忆昔在昭阳，舞衣红绶带③，绣鸳鸯。至今犹惹御炉香，魂梦断，愁听漏更长。

说明

这首词写失宠宫女的哀怨。

注释

①**霓裳**：霓裳羽衣曲。②**金蝉**：头饰。③**绶带**：丝绸带子。

词解

秋天到了，长门宫的芳草又染上秋黄。画梁间的燕子相伴离去，成双成对飞出宫墙。玉箫已是久久地沉默，无须再吹奏伴舞霓裳。发上的金蝉摇摇欲坠，妆奁镜盒早已关掩上，再无心打扮那娇美的容妆。

忆往昔，昭阳宫内的美好时光，身着绫罗翩翩起舞，舞衣上绣着七彩的鸳鸯。那鲜艳的红绸飘带，在舞曲中飞旋飘扬，至今还带有御炉缕缕飘香。如今相思魂销梦断，夜夜愁听更漏声声悠长。

词评

两调之首句，非特相应，且音节入古。

——俞陛云《唐五代两宋词选释》

离别难

原文

宝马晓鞴雕鞍①，罗帷乍别情难。那堪春景媚，送君千万里。半妆珠翠落，露华寒。红蜡烛，青丝曲，偏能钩引泪阑干。　　　良夜促，香尘绿，魂欲迷，檀眉半敛愁低。未别心先咽，欲语情难说。出芳草，路东西。摇袖立，春风急，樱花杨柳雨凄凄。

说明

这首词写离情。

注释

①**鞴**：把鞍辔等套在马上。

词解

拂晓时分，骏马已备好了雕鞍，即将离别，她与情郎在罗帷里依依难舍。在这明媚的春景中，却要送他远行千万里，这离愁让人难以忍受。她匆匆妆饰，顾不得珠翠首饰散落，也顾不得屋外清露正寒冷。点起红蜡烛，弹起丝弦琴，离别的情景令人潸然泪下。

美好的夜晚是这样短暂，燃烧的香灰还散发着淡淡的青烟，离愁别恨让她心神迷茫，轻蹙蛾眉含愁低着头。还没有分离心中已在呜咽哭泣，想再多说些知心话，可满怀的深情却难以表达。她送情郎出门远行，道路上芳草萋萋，从此就要分隔东西。她望着情郎远去的身影久久伫立，衣袖在春风中飘动，凄凄春雨笼着樱花和杨柳，四野里一片迷茫。这凄清迷离的春景，烘托出女主人公送别之后惆怅凄苦的心情。

词 评

咽心之别愈惨，难说之情转迫。"平生无泪落，不洒别离间"，应是好看话。

——汤显祖《玉茗堂评花间集》

相见欢

原 文

罗襦绣袂香红，画堂中。细草平沙蕃马①，小屏风。　　卷罗幕，凭妆阁，思无穷。暮雨轻烟魂断，隔帘栊②。

说 明

这首词写闺中思妇怀远之情。

注 释

①**蕃马**：边地所产的马。②**"暮雨"二句**：隔着帘栊而见暮雨中带着淡淡的雾气，使人魂断。

词 解

鲜红的绣罗短袄，散发着阵阵馨香；她久久地凝立在画堂中看画屏一派边关景象，那细草、平沙、蕃马都勾起相思的愁肠。

卷起罗帏纱帐，倚着妆阁窗前，无尽的相思飞向远方。暮雨纷纷，荡起轻轻的尘烟，帘栊外天地一片茫茫，隔断了魂游天际的遐想。

词 评

即端己所云"断肠君信否"。

——陈廷焯《云韶集》

醉公子

慢绾青丝发，光矼吴绫袜①。床上小熏笼，韶州新退红②。叵耐无端处，捻得从头污③。恼得眼慵开，问人闲事来。

说　明

这首词写公子哥的醉态。

注　释

①矼：碾。以石碾磨纸、布、革等物，使之光滑，称为矼光。②韶州：地名，今属广东省。此地产的红色染料称为"韶红"。③捻：用手指搓转。

词　解

慢慢地挽起乌黑的头发，脚上穿着矼光的吴绫丝袜。床上放置着小熏笼，卧具都是用广东曲江染料新染的韶红。

公子醉卧床上，可恶的是无端地弄得一身污秽，他恼怒也懒得睁开蒙眬醉眼，刚想追究却又问起了别的闲事。

词　评

昔西王母宴群仙，戴矼光帽，簪花舞，"光矼"二字本此。
——汤显祖《玉茗堂评花间集》

女冠子

原　文

求仙去也，翠钿金篦尽舍，入崖峦。雾卷黄罗帔，云雕白玉冠。野烟溪洞冷，林月石桥寒。静夜松风下，礼天坛①。

说　明

这首词写女道士求仙的情状。

注　释

①礼天坛：登坛拜天。为道家的一种仪式。

求仙去了，抛弃了金篦翠钿，躲进重峦深谷，为成仙修炼。山间的雾就是她肩上的黄绸披风，天上的白云雕成她头上的玉冠。

烟雾笼罩着溪畔，洞崖分外清冷，林中的月映照石桥，散发着阵阵幽寒。当静夜的微风吹动松林，她虔诚地登坛拜天。

隽雅不及韦相，而直叙道情，翻觉当行，次首恨有俗句。

——汤显祖《玉茗堂评花间集》

女冠子

原文

云罗雾縠①，新授明威法箓②，降真函。髻绾青丝发，冠抽碧玉簪。往来云过五，去住岛经三。正遇刘郎使，启瑶缄③。

说明

这首词写女道士成仙后的情状。

注释

①縠：绉纱一类的丝织品。②明威：同"明畏"，惩恶扬善。法：天神所授予的符命。③瑶缄：精美的信封。

词解

身上穿着云雾般的绫罗绸纱，奉迎新授的函匣符命，天神的符命飘然降下。青丝挽成高高的云髻，碧云簪绾住冠中长发。

穿过来往飘浮的五色祥云去拜访海上三山神仙家，恰遇刘郎的使者送来书简，急忙拆开精美的信札。

词评

历祖中数目句子。

——汤显祖《玉茗堂评花间集》

谒金门

原 文

春满院，叠损罗衣金线。睡觉水晶帘未卷，帘前双语燕。　　斜掩金铺一扇，满地落花千片。早是相思肠欲断，忍交频梦见。

说 明

这首词写闺中女子春日怀人之情。

注 释

①金铺：门上兽形铜制环钮，用以衔环。此处指代门。

词 解

懒懒的，不知何时竟和衣而眠，满院的春花正开得烂漫，揉皱的罗衣已折损绣花的金线。醒时才发现珠帘未卷起，一双春燕正在檐下娇语呢喃。

那一扇斜掩的门外，满地的落花千瓣万瓣。早知是相思如断肠的痛苦，又何必教我和他在梦里频频相见。

词 评

曰"相思"，曰"肠断"，曰"梦见"，皆成语也。看他分作二层，便令人爱不忍释手。遣词用意当如此。

——陈廷焯《白雨斋词评》

牛 峤 五首

牛 峤

牛峤，字松卿，一字延峰，生卒年不详，陇西（今甘肃省陇西县）人，唐宰相牛僧孺之孙。乾符五年（878）进士，历任拾遗、补阙、校书郎。王建镇蜀，辟为判官，及王建称帝，为给事中，时称"牛给事"。博学有文才，诗学李贺，尤工于词，其词多写闺情，风格富丽浓艳。

柳 枝

解冻风来末上青①，解垂罗袖拜卿卿②。无端袅娜临官路③，舞送行人过一生。

这是首咏柳词。

①**解冻风**：春风。②**"解垂"句**：指垂柳婀娜飘荡之态，似女子敛袖相拜情人。**卿卿**：男女间的昵称。③**无端**：无由。

春风吹来，柳梢枝头长出嫩绿的新芽；柳丝低垂，好像是多情的女子敛袖相拜她的情郎。柳枝无端生长在大路边，这样袅娜摇曳，却只能日日送别来往的行人，总为人间的离别而忙碌，在轻舞中度过自己的一生。

"舞送行人"等句，正是使人悲惋。

——汤显祖《玉茗堂评花间集》

柳 枝

吴王宫里色偏深①，一簇纤条万缕金。不愤钱塘苏小小②，引郎松下结同心。

这是首咏柳词。

①**吴王宫**：春秋时吴王夫差为西施修筑的馆娃宫。②**不愤**：不服气。

昔日的吴王宫里，柳色总比别处深，一簇簇鹅黄的细丝，如阳光洒下万缕黄金。不服那钱塘的苏小小，她为什么哟，偏偏要去松树下，与情郎缔结同心。

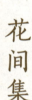

花间集

一〇〇

柳 枝

卷第三

原文

　　桥北桥南千万条，恨伊张绪不相饶①。金羁白马临风望②，认得羊家静婉腰③。

说明

　　这是一首咏柳词。

注释

　　①**张绪**：南朝齐人，风姿清雅，吐纳风流。据《南齐书·张绪传》记载：益州献柳数株，状如丝缕，齐武帝将之植于灵和殿前，曾玩赏嗟叹："此柳风流可爱，似张绪当年时。"②**金羁白马**：指代少年公子。曹植《白马篇》："白马饰金羁，连翩西北驰。借问谁家子，幽并游侠儿。"③**羊家静婉**：应是羊家净琬。南朝梁国羊侃家舞女净琬腰肢纤细。《南史·羊侃传》载："僖人张净琬腰围一尺六寸，时人咸推能掌上舞。"

词解

　　桥的南北两侧种满了柳树，千万条柳丝随风飘舞，那风姿可比当年风流清雅的张绪，只恨他已经故去不能相让。那金羁白马的少年公子临风望见这婀娜的柳枝，不由得联想到羊侃家舞女净婉那纤细窈窕的腰肢。

词评

　　　　徐士俊云：不怕白家小蛮生嗔耶！

　　　　　　　　　　　　　　　——卓人月《古今词统》

柳 枝

原文

　　狂雪随风扑马飞，惹烟无力被春欺。莫交移入灵和殿①，宫女三千又妒伊。

说明

　　这首词写柳絮的轻盈。

注释

　　①**灵和殿**：用齐武帝在灵和殿前植柳事。

词 解

　　柳絮漫天飞舞，就像一阵狂雪，随风扑向飞驰的骏马；轻柔无力的柳枝在轻烟中摇曳不定，任由春风吹拂。这婀娜可爱的柳树还是不要移植到灵和殿里去吧，它受到君王的爱怜，三千宫女又会嫉妒了啊。

柳　枝

原 文

　　袅翠笼烟拂暖波，舞裙新染麹尘罗①。章华台畔隋堤上②，傍得春风尔许多③。

说 明

　　这首词咏春柳。

注 释

　　①尘罗：淡黄色的罗衣。尘，酒曲所生细尘，为淡黄色。②章华台：相传为楚灵王高台，其地多柳。在今湖北沙市。③尔许：如此。

词 解

　　用如烟的温柔轻拂着春水，袅娜的翠绿荡起春的暖波，轻盈得如翩翩起舞的罗裙刚刚染上了鹅黄的嫩色。在长长的隋堤上，在楚王的章华台侧，只有她伴着春风起舞，独占了春天的秀色。

卷第四

牛 峤 二十七首

女冠子

原文

绿云高髻①，点翠匀红时世②。月如眉。浅笑含双靥，低声唱小词。眼看唯恐化③，魂荡欲相随。玉趾回娇步④，约佳期。

说明

这首词写男主人公对一位美女的迷恋之情。

注释

①**高髻**：指女子浓密乌黑光亮的头发。②**匀红**：指画胭脂。③**化**：指羽化成仙。④**玉趾**：女子的足履。

词解

她的发髻像浓云一般，盘在头上乌黑高耸；眉似天上细细的弯月，入时的装饰点翠滴红。酒窝里带着浅浅的笑，正低声把小曲吟咏。

她宛如仙女，又唯恐她像仙女弃尘升腾。痴痴地竟不知如何是好，只想紧跟着她的身影。直到她款款地停住脚步，回头与我把佳期约定。

●魂荡欲相随

一〇三

女冠子

原　文

锦江烟水，卓女烧春浓美①。小檀霞②。绣带芙蓉帐，金钗芍药花③。额黄侵腻发，臂钏透红纱④。柳暗莺啼处，认郎家。

说　明

这首词写闺情。

注　释

①**卓女**：即卓文君。此处泛指卖酒的美女。**烧春**：酒名。②**小檀霞**：指衣服浅红色如彩霞。③**芍药花**：此指金钗的花样。④**臂钏**：手镯，腕环。

词　解

锦江的春水烟波荡漾，美女当垆酒醇香浓。衣上披着如同天上云霞一般色彩的红袄，绣带帐帘上绣着朵朵芙蓉。发上的芍药金钗，在春风中轻轻摇动。

浓浓的黑发遮住了额黄，薄薄的红纱难掩臂间镯影。认得那柳绿莺啼的宅院，就是情郎家的门庭。

词　评

情到至处，勿含蓄。

——沈际飞《草堂诗馀别集》

女冠子

原　文

星冠霞帔，住在蕊珠宫里①。佩丁当。明翠摇蝉翼，纤珪理宿妆②。醮坛春草绿③，药院杏花香④。青鸟传心事，寄刘郎⑤。

说　明

这首词写女道士的情思。

注　释

①**蕊珠宫**：道教传说中的天上仙宫。②**纤**：纤细的玉手。**珪**：玉石。③**醮坛**：道士祈祷用的祭坛。④**药院**：仙家种药用的园圃。⑤**"青鸟"二句**：请青鸟传信给刘郎。

词 解

　　道冠上的明珠好像天上的星星，身上的披肩如天边的彩霞，她居住在犹如蕊珠仙宫一样的地方。她佩戴着美玉耳环，明丽翠绿的玉簪上蝉翼轻轻摇晃，她伸出纤细的玉手整理隔夜的妆容。

　　醮坛边长满了碧绿的春草，药院里盛开的杏花散发着阵阵芳香。她期待着那传信的青鸟飞来，将她的一片心事寄给刘郎。

词 评

　　前后丽情，多属玉台艳体，勿插入道家语，岂为题目张本耶？

——汤显祖《玉茗堂评花间集》

女冠子

原 文

　　双飞双舞，春昼后园莺语。卷罗帷。锦字书封了①**，银河雁过迟。鸳鸯排宝帐，豆蔻绣连枝**②**。不语匀珠泪，落花时。**

说 明

　　这首词写暮春怀人之情。

注 释

　　①**锦字书**：指写给丈夫的书信。②**豆蔻**：花名。

词 解

　　春天的黄莺成双成对，在后园的柳丛中雀跃欢唱。我轻轻地卷起绫罗纱帐。写给夫君的信早已封好，天上的大雁却迟迟不来这方。

　　帐帘上绣着鸳鸯，那豆蔻连理枝的图案，又引人遐思联想。默默地擦去脸上的泪痕，看春花飘落更加惆怅。

词 评

　　唐自武后度女尼姑，女冠甚众，其中不乏艳迹。如鱼玄机辈，多与文士往来，故唐人诗词咏女冠者类以情事入辞。牛氏四词虽题"女冠子"，亦情词也，插入道家语，以为点缀，盖流风若是，岂可与咏高僧同格耶？

——李冰若《栩庄漫记》

梦江南

原文

衔泥燕，飞到画堂前。占得杏梁安稳处①，体轻唯有主人怜，堪羡好因缘②。

说明

这首词借写燕子抒发了闺怨之情。

注释

①占得：占据。②因缘：指双燕同住杏梁安稳处，过美好安定的生活。

词解

一双衔着泥土的燕子，飞到装饰华丽的大堂前，占据着杏木梁间安稳的地方，体态轻盈只有主人怜爱，好姻缘可堪羡慕。

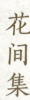

梦江南

原文

红绣被，两两间鸳鸯。不是鸟中偏爱尔，为缘交颈睡南塘①，全胜薄情郎。

说明

这首词借咏鸳鸯抒发了闺怨之情。

注释

①为缘：是因为。

词解

红色的绣被上，绣着一双双鸳鸯，惹人怜爱。不是我在鸟中偏爱鸳鸯，只是鸳鸯总是交颈睡在南塘，相依相偎不离不弃，全胜过了那负心的薄情郎。

词评

其《梦江南》两首，一咏燕，一咏鸳鸯，曾为姜尧章所称。
　　　　　　　　　　　　——唐圭璋《唐宋两代蜀词》

感恩多

　　两条红粉泪①，多少香闺意。强攀桃李枝，敛愁眉。　　　陌上莺啼蝶舞，柳花飞。柳花飞，愿得郎心，忆家还早归。

说　明

　　这首词写香闺念远。

注　释

　　①红粉泪：眼泪流过脸上的脂粉，故云。

词　解

　　她脸上带着两道的泪迹，流过了多少闺中思忆。勉力用手强攀桃李枝头，紧锁愁眉向远处望去。

　　田间小路上蝶飞莺啼，春风吹拂柳飘絮。柳絮飘呀，带去我缕缕相思情意，愿得郎君能相识，念家早定归计。

词　评

　　中有伤心处，借此消遣耳。

　　　　　　　　　　——汤显祖《玉茗堂评花间集》

感恩多

原　文

　　自从南浦别，愁见丁香结①。近来情转深，忆鸳衾。　　　几度将书托烟雁，泪盈襟。泪盈襟，礼月求天②，愿君知我心。

说　明

　　这首词写女子相思之情。

注　释

　　①丁香结：丁香花的花蕾，用以比喻愁思难解。②礼月：拜月。

词　解

　　自从南浦与君相别，绵绵的愁绪如丁香万千结。近来恩情愈加缠绵。常忆起同衾共枕情深切。

几度托云雁带去书信，相思愁伤泪满襟。泪满襟啊，拜月求天神相助，愿君知道我的心。

词评

二词情韵谐婉，纯以白描见长。

——李冰若《栩庄漫记》

应天长

原文

玉楼春望晴烟灭，舞衫斜卷金条脱①。黄鹂娇啭声初歇，杏花飘尽龙山雪②。　　凤钗低赴节③，筵上王孙愁绝。鸳鸯对衔罗结④，两情深夜月。

说明

这首词写舞女与公子王孙的一段恋情。

注释

①条脱：手镯。②龙山：在今辽宁朝阳市东南。此处泛指北方。③赴节：按声击拍。④罗结：罗带结成的花结，比喻结为欢好。

词解

春意盎然，站在玉楼上眺望，远处烟雨初晴。舞衣在春风中斜飞漫卷，露出臂上金环钏铃。静若黄鹂初歇，婉转的歌喉、流盼的目光里楚楚含情，动如龙山飞雪的翩翩舞姿，又似杏花片片在风中飘零。

那筵席上的王孙公子，也被舞姿激起春情，他手持凤钗轻轻敲打，玉簪拍拍和着歌声。夜来时同眠鸳鸯枕上，罗带缔结着鸳鸯情深。深夜里那圆圆的明月，就是他们相爱的证明。

词评

峭壁孤松，寒潭秋月，庶足比二词之高。

——汤显祖《玉茗堂评花间集》

应天长

原文

双眉淡薄藏心事，清夜背灯娇又醉。玉钗横，山枕腻，宝帐鸳鸯春睡美。　　别经时，无限意，虚道相思憔悴[1]。莫信彩笺书里，赚人肠断字[2]。

说明

这首词写一名被欺骗女子的觉醒，寄予了词人对弱女的同情。

注释

①**虚道**：空说。②**赚人**：骗人。

词解

淡薄的双眉里，藏着浓浓的心事，娇弱的身躯又一次醉倒在清夜灯尽时；玉钗斜斜地快要落了。绣枕已被泪水浸湿，绣帘上那对鸳鸯交颈春睡，美如一首爱情的诗。

分别已记不清多少时日，好似我不绝的愁伤，绵绵不尽的相思。你也说你为相思憔悴，虚情假意的，都是些漂亮的语词。我再也不相信那彩书香笺，都是哄人断肠的甜言蜜字。

词评

后人翻出"说情说意，说盟说誓，动便春愁满纸，多应念得脱空经，是哪个先生教的？"

——沈际飞《草堂诗馀别集》

更漏子

原文

星渐稀，漏频转，何处轮台声怨[1]。香阁掩，杏花红，月明杨柳风。挑锦字，记情事，惟愿两心相似。收泪语，背灯眠，玉钗横枕边。

说明

这首词写闺中思妇怀远之情。

注释

①**轮台**：地名，在新疆轮台县境内。此言为久戍轮台征人唱的怨歌。

星斗渐稀，更漏声频频转动，不知何处传来的轮台曲，是那么哀怨。她掩上香阁，不忍再看门外嫣红的杏花，明月映照下，依依杨柳在风中拂动，这清冷的春景更是触动了她的愁情。

她在灯下给丈夫写信，信中记下往昔的种种情事，只希望两心相似，他也正在把自己思念。她擦去眼泪，掩灯睡去，玉钗横在枕头边。

● 惟愿两心相似

词评

"月明杨柳风"五字，秀韵独绝。

——李冰若《栩庄漫记》

更漏子

原文

春夜阑，更漏促，金烬暗挑残烛①。惊梦断，锦屏深，两乡明月心。闺草碧，望归客②，还是不知消息。辜负我，悔怜君，告天天不闻。

说明

这首词写闺中思妇春夜怀人之情。

注释

①金烬：兰灯燃尽的灰烬。②归客：指思念中的丈夫。

词解

春夜如此深沉，只有急促的更漏频频。挑亮昏昏欲灭的残烛，灯中的兰膏已经燃尽。锦屏深处，一场春梦被惊醒，天上的明月，照着两处一样的心。

闺阁外春草碧绿，翘首盼望心上的人，还是不知他的消息，见不到他归来的身影。是他辜负了我一片痴情，悔恨我爱他爱得太深，把这心情向苍天倾诉，可恨苍天不闻不应。

女娲补不到，天有离恨天。世间缺陷事不少，天也管不得许多。

——汤显祖《玉茗堂评花间集》

更漏子

原 文

南浦情，红粉泪，怎奈两人深意。低翠黛，卷征衣，马嘶霜叶飞。招手别，寸肠结，还是去年时节。书托雁①，梦归家②，觉来江月斜。

说 明

这首词写闺中思妇怀远之情。

注 释

①**书托雁**：书信托付给鸿雁。古人相信鸿雁可以为人传书。②**梦归家**：梦见郎君回到家中。

词 解

还记得当初南浦送别的情景：难忍那深深的离愁，粉妆的脸上泪水盈盈。低低地垂下含泪的眼帘，双手抚弄着你的衣襟；看霜叶在风中飘舞，耳边任征马嘶鸣。

不停地挥着手，凝望你远去的行踪，为这别情愁肠寸断，也是去年的这个时令。曾托鸿雁带去我的书信，曾在梦里见你回到家中，梦醒时依然是我的孤独，斜斜的江月投下相伴的影。

词 评

"马嘶霜叶飞"五字，足抵一幅秋闺晓别图。

——李冰若《栩庄漫记》

望江怨

原 文

东风急，惜别花时手频执。罗帷愁独入，马嘶残雨春芜湿①。倚门立，寄语薄情郎，粉香和泪泣。

说 明

这首词写离别之情。

注 释

①春芜：草名，又称荃蘼。

词 解

暮春时阵阵东风吹得急促，记得与情郎依依惜别的时候，彼此紧紧握住对方的双手，反复紧握，难舍难分。分别后，闺房之中充斥着满屋的思愁。外面凄凄沥沥的小雨一直下个不停，把碧绿的春草都濡湿了，隐约听到远处马的嘶鸣声。赶紧倚门站在门口细细倾听，是不是情郎回来了呢？期望这骏马能替她传语寄给那薄情的郎君，还未启唇眼泪就从脸颊流了下来，把她精心妆扮过的容颜都弄脏了。

词 评

结得凄苦，可怜。

——陈廷焯《云韶集》

菩萨蛮

原 文

舞裙香暖金泥凤①，画梁语燕惊残梦。门外柳花飞，玉郎犹未归②。愁匀红粉泪，眉剪春山翠。何处是辽阳，锦屏春昼长。

说 明

这首词写闺中思妇怀远之情。

注 释

①金泥凤：以金粉涂饰的凤凰图案。②玉郎：古代女子对丈夫的爱称。

词 解

舞裙上弥漫着浓浓的暖香，装点着金泥印成欲飞的凤凰，梁上春燕呢喃的碎语，又惊醒了春梦一场。门外只有柳絮在飞舞，玉郎仍未归故乡。

含愁重匀红粉妆，却愁怎抹去珠泪千行；紧锁的双眉凝着深深的翠绿，好似远处春山一样。那辽阳到底远在何处，画屏里的春天为何这样长？

词 评

"惊残梦"一点，以下纯是梦境，章法似《西洲曲》。

——张惠言《词选》

菩萨蛮

原　文

柳花飞处莺声急，晴街春色香车立。金凤小帘开^①，脸波和恨来^②。今宵求梦想，难到青楼上^③。赢得一场愁，鸳衾谁并头。

说　明

这首词写一个男子路遇一名美女后的思慕之情。

注　释

①**金凤**：指车帘上的金色凤凰图案。②**脸波**：眼波。③**青楼**：这里指富贵人家所居住的豪华的楼房。

词　解

柳絮纷飞，空中飘来一声声莺歌，雨后的街长长的，枕着无边春色，谁在街边停下了那辆华美的马车？是她掀起绣凤的车帘，飞来含恨的眼波。

愿今宵有梦，梦中与她相守，可梦终是缥缈的虚幻，难上那豪华的闺楼。怕只是白白地相思赢来空空的忧愁，谁知那鸳枕绣衾，能与谁并头相欢？

词　评

"脸波和恨来"，传神栩栩欲活。

——李冰若《栩庄漫记》

菩萨蛮

原　文

玉钗风动春幡急^①，交枝红杏笼烟泣。楼上望卿卿^②，窗寒新雨晴。熏炉蒙翠被，绣帐鸳鸯睡。何处有相知，羡他初画眉^③。

说　明

这首词写女子怀春之情。

注　释

①**春幡**：立春日所剪的彩旗。②**卿卿**：男女间的昵称。③**"羡他"句**：用张敞事。汉代张敞夫妻恩爱，常为妻子画眉。

〔词 解〕

　　玉钗上的春幡在春风中摇晃，那枝头润过春雨的杏花，好似她伤愁饮泣的面庞，站在楼上盼望着心上的人，任初晴的湿寒袭进绣窗。

　　翠被蒙在熏炉上，绣帐上的鸳鸯还在交颈而眠，相知的人哟你在何方？真羡慕那朝朝暮暮的厮守，愿你像为妻画眉的张敞一样。

〔词 评〕

　　填词白描，须有微致，若全篇平衍，几同嚼蜡矣。

　　　　　　　　　　　　　——汤显祖《玉茗堂评花间集》

菩萨蛮

〔原 文〕

　　画屏重叠巫阳翠，楚神尚有行云意①。朝暮几般心，向他情谩深。风流今古隔，虚作瞿塘客②。山月照山花，梦回灯影斜。

〔说 明〕

　　这首词写女子的梦境和梦后的心理活动。

〔注 释〕

　　①**"画屏"两句：**以巫山神女故事，言主人公之多情。巫阳，巫山之阳，指巫山神女。②**瞿塘客：**典出唐代诗人李益《江南曲》："嫁得瞿塘贾，朝朝误妾期。早知潮有信，嫁与弄潮儿。"瞿塘，峡名，长江三峡之首，在今重庆市奉节县东。

〔词 解〕

　　画屏上的巫山映照在阳光里，重叠的山峦捧出诱人的翠绿，我好似朝云暮雨的女神，对巫山还那样深含爱意。朝朝暮暮的几多缠绵，深深的爱却白白地给了你。女主人公以巫山神女的典故，表达出自己的多情和思恋。

　　楚王神女的风流往事，早已成为遥远的过去，如今的我仍独守空寂，好像那瞿塘商客的妻。梦醒时只见山月照着山花，把残灯的斜影抛给墙壁。这凄凉寂寞的景象，表现出女主人公内心无限的怨恨之情。

菩萨蛮

原 文

风帘燕舞莺啼柳，妆台约鬟低纤手。钗重髻盘珊[①]，一枝红牡丹。门前行乐客，白马嘶春色。故故坠金鞭[②]，回头应眼穿。

说 明

这首词描写了屋内一位美貌的女子，惹起了路上行人的倾慕。

注 释

①**髻盘珊**：盘绕的发髻。②**故故**：频频，屡屡。

词 解

莺啼柳绿，燕舞翩翩，风儿轻轻掀起绣帘，妆台上那挥动的纤手，正把流云般的鬟发梳敛。盘绕的发髻金钗重重，妆后的人儿如一枝牡丹。

游冶的少年踯躅门前，白马频频嘶叫着春天，马鞭屡屡地故意落地，趁机再把她多看几眼。愈是回头就愈是留恋，回望得双眼欲穿。

词 评

《绣襦记》开场好词。

——沈际飞《草堂诗馀续集》

情景如在目前。

——李冰若《栩庄漫记》

菩萨蛮

原 文

绿云鬟上飞金雀，愁眉敛翠春烟薄。香闺掩芙蓉，画屏山几重。窗寒天欲曙，犹结同心苣[①]。啼粉污罗衣[②]，问郎何日归。

说 明

这首词写闺中思妇怀人之情。

注释

①**同心苣**：同心结。②**啼粉**：指眼泪带着脂粉流下。

词解

乌云一样浓密的发髻上，钗头的金雀似要展翅飞去，深深的愁锁着黛眉淡淡的绿。闺阁里我合上芙蓉镜无心梳妆，空对画屏上峰峦重重默默无语。

寒晓的窗纱又染上晨曦，我依旧佩着定情的绣带，绣带上还绣着同心苣；泪水和着脂粉染湿了身上的罗衣，心中在问心上的人，何时才是你的归期？

词评

芳草生兮萋萋，王孙归兮不归，问他何益？

——汤显祖《玉茗堂评花间集》

菩萨蛮

原文

玉楼冰簟鸳鸯锦①，粉融香汗流山枕。帘外辘轳声，敛眉含笑惊。柳阴烟漠漠，低鬓蝉钗落。须作一生拚②，尽君今日欢。

说明

这是一首描写男女欢情的艳词。

注释

①**冰簟**：凉席。②**拚**：舍弃，不顾惜。

词解

华贵的香炉旁，清凉的竹席上，鸳鸯锦被下盖着一对情侣，像并枝的连理同眠共枕，脂粉和着香汗在枕上流淌。窗外响起辘轳的声音，惊醒了温柔乡里的春梦一场，眉间有几分惊怨，含笑的相视里羞见晨光。

浓浓的柳荫里，淡淡的晨雾迷迷茫茫，残乱的缕缕鬓发，好似青云飞掠过脸庞。蝉钗已管不住飞乱的流云，三三两两地散落在枕上。她定是拼了一生的激情，才博得郎君一宵欢畅。

词评

牛峤"须作一生拼，尽君今日欢"，是尽头语。作艳词者，无以复加。

——彭孙遹《金粟词话》

牛松卿"敛眉含笑惊"五字三层意，别是一种秘密法眼。

——况周颐《餐樱庑词话》

酒泉子

原文

记得去年，烟暖杏园、花正发，雪飘香。江草绿，柳丝长。　　钿车纤手卷帘望①，眉学春山样。凤钗低袅翠鬟上，落梅妆②。

说明

这首词写一个男子追忆旧游。

注释

①**钿车**：饰金花的车子。②**落梅妆**：古代妇女的一种面部妆饰，又称"梅花妆"或"寿阳妆"。

词解

记得去年，春风送暖，杏园的花刚绽开枝头，花香如飘雪在空中弥散。江边的草又绿了，长长的垂柳轻舞翩翩。

那华丽的马车金装玉缠，一只纤纤玉手掀开了车帘，如含情凝望着无边的春色，新画的黛眉像远处的春山；凤钗低坠在翠鬟上袅袅地颤动，贴面的梅花更增添了她的娇艳。

词评

远山眉，落梅妆，石华袖，古语新裁，令人远想。

——汤显祖《玉茗堂评花间集》

定西番

原文

紫塞月明千里①，金甲冷，戍楼寒，梦长安。　　乡思望中天阔，漏残星亦残。画角数声呜咽②，雪漫漫。

说明

这是一首写征人思乡的边塞词。

注释

①**紫塞**：长城，也泛指北方边塞。②**画角**：古乐器名，因其外有彩绘，故称。

明月千里照着长城，将士的盔甲寒冷如冰，戍楼上寒风凛冽，又把长安吹入梦中。

思乡的时候仰望苍天，苍天像思愁浩渺无边。刁斗的残声里残星稀落，城头响起几声呜咽的号角，随着纷飞的大雪漫漫地飘散。

词评

塞外荒寒，征人梦苦，跃然纸上，此亦一穷塞主乎？

——李冰若《栩庄漫记》

玉楼春

原文

春入横塘摇浅浪，花落小园空惆怅。此情谁信为狂夫，恨翠愁红流枕上①。　　小玉窗前嗔燕语，红泪滴穿金线缕。雁归不见报郎归，织成锦字封过与②。

说明

这是一首闺怨词。

注释

①**恨翠愁红**：借代为泪水。　②**封过与**：封好后寄给他。

●雁归不见报郎归

词解

春风吹到横塘，水上荡起春波涟涟，令人惆怅的小园空空的只有几片飘落的花瓣。谁信这恩情是为那远方的浪子，怨愁的她翠眉色浅，那妆粉黛青已和着泪水，冰冷地浸染在枕边。

她久久地伫立窗前，嗔怪那燕语竟如此呢喃。泪珠带着妆粉的红色，湿透了衣上的金缕线。大雁又飞来了，却不报知他归来的时间，封好织成的锦书，请大雁带去他身边。

西溪子

原文

　　捍拨双盘金凤①，蝉鬓玉钗摇动。画堂前，人不语，弦解语②。弹到《昭君怨》处，翠蛾愁，不抬头。

说明

　　这首词写琵琶女难言的幽怨。

注释

　　①**捍拨**：弹奏琵琶用的拨子。②**弦解语**：是说弦解人意，能传出弹者心声。

词解

　　拨子的金凤在弦上翻飞狂走，鬓发和金钗在旋律中颤抖，画堂前的听众已入迷无语，琵琶弦声诉说着她的情思悠悠。弹到昭君出塞那哀婉的怨曲，只见她愁眉紧锁低下了头。全词婉曲含蓄，耐人寻味。

词评

　　徐士俊云：此"弹到断肠时，春山眉黛低"之蓝本也。

　　　　　　　　　　　　　　　　　　——卓人月《古今词统》

江城子

原文

　　鵁鶄飞起郡城东①，碧江空，半滩风。越王宫殿，蘋叶藕花中。帘卷水楼鱼浪起，千片雪②，雨濛濛。

说明

　　这是一首怀古词。

注释

　　①**鵁鶄**：水鸟名。②**雪**：喻浪花。

　　鹧鸪从郡城东边飞起，空阔的碧江上拂过半滩江风。昔日越王的宫殿所在之地，如今只有片片蘋叶和朵朵藕花。临水楼上垂帘高卷，鱼儿随着波浪跃起，仿佛卷起了千片雪花，飘散在蒙蒙烟雨中。这首词写越溪风物，以今日的烟雨空蒙之景，使人联想到昔日越王宫殿的沧桑变化，苍凉的怀古之情尽在不言之中。

词 评

　　起句率意。

——汤显祖《玉茗堂评花间集》

　　"越王"九字，风流悲壮。

——陈廷焯《云韶集》

江城子

原 文

　　极浦烟消水鸟飞，离筵分手时，送金卮①**。渡口杨花，狂雪任风吹**②**。日暮天空波浪急，芳草岸，雨如丝。**

说 明

　　这首词写渡口饯行。

注 释

　　①**金卮**：金酒杯。②**狂雪**：指杨花。

词 解

　　烟雾在江口远处渐渐飘散，一群水鸟刚刚飞过渠头。送别宴上分手时，金杯呈上送别的酒。渡口边杨花纷飞，好像片片雪花在风中飘游。黄昏时空阔的江面波浪急涌，岸边芳草萋萋，细雨绸缪。

词 评

　　升庵《词品》谓"暮"字应为"蓦"，不知所据何本。今传各本则均"日暮"矣。愚谓"暮"字自佳，若作"日蓦"，便不成语。

——李冰若《栩庄漫记》

张 泌 二十三首

张 泌

　　张泌，生卒年不详，字子澄，常州人。南唐后主征为监察御史，历任考功员外郎、中书舍人。其词多写艳情，风格介于温、韦之间而近韦，笔调柔弱，偶有蕴藉之作。

浣溪沙

原文

　　钿毂^{dian}香车过柳堤^①，桦烟分处马频嘶，为他沉醉不成泥。　　　　花满驿亭香露细，杜鹃声断玉蟾低^②，含情无语倚楼西。

说明

这首词写驱车送别。

注释

①**钿毂**：用金装饰车轮，此处指华美的车子。②**玉蟾**：月亮。

词解

　　华美的香车慢慢地走过长长的柳堤，与他分手时已是暮色渐起。骏马频频地嘶叫着，我想一醉方休，谁知沉醉也难将他忘记。

　　驿亭边开满了鲜花，细小的露珠凝着花的香气，杜鹃鸟已停止了歌唱，西沉的弯月越沉越低，我满怀着别情，默默地伫立楼西。

词评

　　桦烟字奇。

——卓人月《古今词统》

浣溪沙

　　马上凝情忆旧游：照花淹竹小溪流，钿筝罗幕玉搔头①。　　早是出门长带月②，可堪分袂又经秋③，晚风斜日不胜愁。

说　明

　　这首词写旅途追忆旧游。

注　释

　　①**玉搔头**：玉钗。②**早是**：已是。③**又经秋**：又是一年。

词　解

　　骑在马上一往情深地忆起旧游，啊！那条映照花丛浸润翠竹的小溪流，还有那溪边罗幕里的钿筝和晃动的玉搔头。

　　披星戴月地出门离家已经太久，又怎堪离别的相思又经一秋！晚风萧瑟，斜阳惨淡，令人不胜悲愁。

词　评

　　开北宋疏宕之派。

——周济《词辨》

浣溪沙

原　文

　　独立寒阶望月华①，露浓香泛小庭花，绣屏愁背一灯斜。　　云雨自从分散后，人间无路到仙家②，但凭魂梦访天涯。

说　明

　　这首春夜怀人的小词，抒写了作者对心上人的深切怀念与刻骨相思。

注　释

　　①**月华**：月光。②**"人间"句**：用刘晨、阮肇故事。此谓主人公没有办法与他所爱的女子相见。

词　解

　　他独自站立在寒冷的石阶上仰望明月，小庭院里露珠浓重，花儿散发着芳香。锦绣的屏风后一盏孤灯投射出斜斜的影子，这凄清的景象让人倍感愁苦。

自从云雨欢爱分散以后，他与心爱的情人仿佛是天上人间两地相隔。人间没有道路通向仙人的住家，他也无法与情人相会，只能让梦魂追随着他到天涯海角。

浣溪沙

原　文

依约残眉理旧黄①，翠鬟抛掷一簪长，暖风晴日罢朝妆。　　　闲折海棠看又捻，玉纤无力惹余香②，此情谁会倚斜阳。

说　明

这首词写一女子终日闲愁。

注　释

①**"依约"句**：写草草梳妆之态。　②**玉纤**：白而细嫩的手。

词　解

眉色隐约地只留下一抹残迹，额上还贴着旧日的花黄，翠鬟抛散着零落的乱发，一支玉簪斜斜地坠在耳旁。晴日的风暖得让人慵倦，倦懒得无心梳理晨妆。

闲寂时去折下一枝海棠，看罢又将它揉搓在掌，纤纤的玉手无聊地垂下，竟无力再抬手嗅那花香。这般的愁情有谁能理解？她孤独地倚栏望着斜阳。

词　评

写春困情态，入木三分。

——李冰若《栩庄漫记》

浣溪沙

原　文

翡翠屏开绣幄^{wò}红，谢娥无力晓妆慵①，锦帷鸳被宿香浓。　　　微雨小庭春寂寞，燕飞莺语隔帘栊，杏花凝恨倚东风。

说　明

这首词写女子自伤寂寞。

①**谢娥：**谢娘。此泛指女子。

词　解

打开翡翠屏风，露出红艳的绣幄，她正在闺房中慵懒无力地梳理晨妆，锦绣罗帐和鸳鸯绣被上还散发着昨夜的浓香。

屋外的小庭院里，细雨霏霏，春日寂寂，帘栊外燕子双双飞舞，黄莺呢喃私语，杏花在春风中无力地摇荡，好像是满怀怨恨。这春日的景象烘托出女主人公寂寞的心境，表现出她的春日闲愁。

浣溪沙

原　文

枕障熏炉隔绣帷①，二年终日两相思，杏花明月始应知。　　天上人间何处去②，旧欢新梦觉来时，黄昏微雨画帘垂。

说　明

这是一首悼亡词。

注　释

①**熏炉：**用来熏香取暖的炉子。②**"天上"句：**天上人间，不知逝者在何处。

词　解

枕边熏炉的香烟在帐幕飘袅，两年来我整天苦苦地怀念你。明月和杏花明白我的心思。

我为了寻你走遍天上人间，终于与你重新欢聚在一起，醒来才知道这又是在梦里。如今正是小雨纷飞的黄昏，画帘默默无声凄清地低垂。

词　评

到末句自然掉下泪来。

——沈际飞《草堂诗馀别集》

浣溪沙

原　文

花月香寒悄夜尘①，绮筵幽会暗伤神②，婵娟依约画屏人。　　人不见时还暂语，令才抛后爱微颦③，越罗巴锦不胜春④。

说明

　　这首词写男女的一次幽会。

注释

　　①悄夜尘：静静的夜晚。②绮筵：华丽盛大的筵席。③令：酒令。④越罗巴锦：越地的罗、蜀地的锦，指华贵的衣料。

词解

　　夜色静悄悄，明月清辉映照着芳香的鲜花，寂静的夜里轻尘微扬，他摆下华丽的筵席等待情人前来幽会，等待的焦急让他黯然神伤。想她那绰约的风姿，隐约就好像画屏上的美人。

　　还没有见到人时已听到了她的声音，酒令才行却又皱眉反悔，这娇媚可爱的情态总让人喜欢。她穿着越罗巴锦的华美衣衫，饱含着不尽的春意柔情。

浣溪沙

原文

　　偏戴花冠白玉簪，睡容新起意沉吟，翠钿金缕镇眉心。　　小槛日斜风悄悄①，隔帘零落杏花阴，断香轻碧锁愁深。

说明

　　这首词写女子午睡醒来愁情。

注释

　　①小槛：小栏杆。

词解

　　偏戴着花冠，斜插着玉簪，睡意还在恍惚中游移，脸上印着枕痕斑斑。额前的翠玉金饰，低垂在眉宇之间。

　　风儿静静地吹过窗栏，夕阳斜斜地坠向西边，隔帘见杏花在风中凋零，暮霭中飘落片片花瓣。残香断断续续地缭绕在嫩叶间，缠绕着我深深的愁怨。

词评

　　　　工于用字，开后人无限法门。

　　　　　　　　　　　　　　　　——李调元《雨村词话》

浣溪沙

晚逐香车入凤城，东风斜揭绣帘轻，慢回娇眼笑盈盈。　　消息未通何计是，便须伴醉且随行，依稀闻道"太狂生"①！

说 明

这首词写的是轻狂少年相思的形象。

注 释

①**太狂生**：太放肆了。

词 解

傍晚时，我追逐着她的香车，一直跟随到京城里，一阵东风吹来，将绣帘斜斜地掀起，终于看到她回首相视的容貌，娇美的眸子闪着盈盈笑意。

不知有什么办法，能让我对她倾诉衷肠？佯装作酒醉的狂徒，随着车行踉踉跄跄。隐约听得车中人的笑语，嗔骂"这生好轻狂"。

词 评

笔下无难达之情，无不尽之境，信手描写，情状如生，所谓冰雪聪明者也。

——李冰若《栩庄漫记》

浣溪沙

原 文

小市东门欲雪天，众中依约见神仙，蕊黄香画贴金蝉。　　饮散黄昏人草草，醉容无语立门前，马嘶尘烘一街烟①。

说 明

这首词写东门小市的景况。

注 释

①**街烟**：满街都是烟尘。

小市东门，即将下雪，在人群之中忽然见到一位神仙似的美女，她额上贴着芳香的蕊黄，鬓发上簪着金蝉钗。

黄昏时分，热闹喧腾的街市散去，人们都匆匆离开，只有一个人默默无语地醉立在门前，看着马儿嘶鸣着驰过街道，扬起一街的烟尘。

一"烘"字形容闹市极似，再无他字可代。此之谓工于炼字。

——李冰若《栩庄漫记》

临江仙

烟收湘渚秋江静，蕉花露泣愁红。五云双鹤去无踪[①]，几回魂断，凝望向长空。　　翠竹暗留珠泪怨[②]，闲调宝瑟波中，花鬟月鬓绿云重。古祠深殿，香冷雨和风。

这首词写湘妃的故事。

①**五云双鹤**：指仙人所乘的五色祥云、一双白鹤。②**"翠竹"句**：翠竹上留有湘妃带怨的点点珠泪。

秋天，湘江水烟雾全无，一片宁静，带露的美人蕉哀泪湿红。舜帝驾鹤飞去影无踪，二妃啊，几回魂断望长空。

翠竹上留下她们斑斑泪痕，幽怨的瑟声弹起在湘江浪中。如花似月的二妃鬟云浓重。而今在湘妃祠中灰遮尘蒙，粉销香冷，相伴苦雨凄风。

全词亦极缥缈之思，不落凡俗。

——李冰若《栩庄漫记》

女冠子

原 文

露花烟草，寂寞五云三岛，正春深。貌减潜消玉①，香残尚惹襟。竹疏虚槛静，松密醮坛阴。何事刘郎去，信沉沉②。

说 明

这首词写一位女道士思念情人之情景。

注 释

①"**貌减**"句：玉貌暗暗消减。②**信沉沉**：音信杳无。

词 解

花儿凝着颗颗寒露，如烟的雾在草丛中缭绕着，五色的云笼罩着三岛的寂静，正是暮春时节。容貌一天天在憔悴，悄悄地销蚀在空虚的岁月，只有衣襟上的残香，还常常惹起相思的凄恻。

三三两两的疏竹，在门槛外静静地默立着，拜天求神的祭坛，呆呆地卧在松林深处。为什么刘郎就这样去了，不知又要仙游何处？每天都在期盼他的消息，至今却还是杳无音信。

河 传

原 文

渺莽云水①，惆怅暮帆，去程迢递。夕阳芳草，千里万里，雁声无限起。　　梦魂悄断烟波里，心如醉。相见何处是，锦屏香冷无睡，被头多少泪。

说 明

这首词写傍晚离情。

注 释

①**渺莽**：辽阔的样子。

词 解

辽阔而迷茫的江水连接着苍茫云天，在这沉沉暮色中，目送那离别的船帆远行千里，不由得让人倍感惆怅。夕阳映照着绵延千里万里的萋萋芳草，天边传来一声声大雁的哀鸣。这凄清的景象，更增添了离人心中的别情。

那欢会的梦魂随着远去的烟波暗暗结束了，梦醒之后心中如同酒醉一样茫然。离别以后不知何时何处才能相见，锦屏里熏香已冷，她难以入眠，也不知流了多少眼泪，沾湿了被头。

河 传

〔原文〕

红杏，红杏，交枝相映，密密濛濛。一庭浓艳倚东风，香融，透帘栊。　　斜阳似共春光语，蝶争舞，更引流莺妒。魂销千片玉樽前，神仙，瑶池醉暮天①。

〔说明〕

这首词写花前沉醉，惜春惜时。

〔注释〕

①瑶池：神话传说里神仙所居处。

〔词解〕

红杏交相辉映，花团锦簇，重重密密。满庭院浓艳的杏花在春风中轻轻摇曳，阵阵香气透过帘栊传了过来。

斜阳仿佛在与春光窃窃私语，久久停留在天际，蝴蝶争着飞舞，更引来了流莺的羡妒。沉醉于浓艳花间，销魂于美酒樽前，这惬意的生活好似神仙，仿佛是黄昏时分醉入瑶池一般。

酒泉子

〔原文〕

春雨打窗，惊梦觉来天气晓。画堂深，红焰小，背兰釭①。　　酒香喷鼻懒开缸，惆怅更无人共醉。旧巢中，新燕子，语双双。

说　明

这首词写触景怀人。

注　释

①背兰缸：指熄灭油灯。

词　解

淅淅沥沥的春雨，滴滴敲打着窗棂；惊醒沉沉的春梦，醒来时已是黎明。画堂深处的红烛，小小的火苗跳动，香膏燃尽的烟絮，缠绕着熄灭的灯。

美酒的醇香扑鼻，却懒得打开酒瓮，愁闷时无人共饮，又何必如此香浓。一双新来的春燕，飞来去年的巢中，在梁间呢喃细语，甜甜的几多柔情。

词　评

抚景怀人，如怨如慕。

——汤显祖《玉茗堂评花间集》

酒泉子

原　文

紫陌青门①，三十六宫春色。御沟辇路暗相通②，杏园风。　　咸阳沽酒宝钗空，笑指未央归去。插花走马落残红，月明中。

说　明

这首词写京都胜景。

注　释

①紫陌：京都的道路。青门：京城的城门。②御沟：流入宫内的河道。

词　解

紫陌青门，御沟辇路，满宫杏花春色。皇宫中的御沟与车道暗暗相通，阵阵春风吹过杏园。

在咸阳的街市上，用金钗买酒散尽了珠宝，醉中笑指未央宫归去。骑着骏马奔驰而过，头上戴的花朵片片飘落，明月映照着这春风得意的人儿。

生查子

原　文

相见稀，喜相见，相见还相远。檀画荔枝红，金蔓蜻蜓软。

鱼雁疏[①]，芳信断，花落庭阴晚。可怜玉肌肤，消瘦成慵懒。

说　明

这首词写女子的相思。

注　释

①鱼雁：代指书信。

词　解

相见的机会太少，相见时多么欢喜；谁知他匆匆地相见，便又匆匆地远离。那时我衣上绣着荔枝，浅红的色彩风雅艳丽，钗头的蜻蜓轻轻地颤抖着，在软软的金丝上伫立。

别后的音信日渐稀少，终于断了他的消息。庭院幽深得凄清阴暗，落花片片凋零在暮霭里。可怜我白嫩的肌肤，如今光泽早已失去，消瘦得无心呵护，任皱纹条条历历。

词　评

信笔而往，无一浮蔓，非只口头禅也。

——汤显祖《玉茗堂评花间集》

思越人

原　文

燕双飞，莺百啭，越波堤下长桥。斗钿花筐金匣恰[①]，舞衣罗薄纤腰。　　东风淡荡慵无力，黛眉愁聚春碧。满地落花无消息，月明肠断空忆。

说　明

这首词写妇人相思。

注　释

①斗钿、花筐：皆头饰。

　　燕子在空中飞逐嬉闹，婉转的莺歌春语娇娇，那时我身着盛装为他送行，一直送到越波堤下的长桥。头上的花饰金碧璀璨，熨平的舞衣蝉羽一样薄，那舞衣在春风里轻轻拂动，衬托出我纤柔的细腰。

　　如今这春风淡淡的，暖得让人慵懒无力，黛眉凝聚着深深的愁，深深的愁浓如春山的碧绿。花儿一片又一片飘落，千片万片却没有他的消息；明月洒下多情的白光，照着我断肠的相思、空空的回忆。

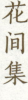

满宫花

　　花正芳，楼似绮，寂寞上阳宫里①。钿笼金锁睡鸳鸯，帘冷露华珠翠。　　娇艳轻盈香雪腻②，细雨黄莺双起。东风惆怅欲清明，公子桥边沉醉。

　　这首词写宫女的寂寞。

　　①上阳宫：唐宫名。遗址在今河南洛阳市。②腻：细腻。

　　春花绽开了她的华年芳龄，织锦一样的画楼美如仙境，上阳宫里空空的寂寞，寂寞得比仙境还要凄清。好似金笼金巢锁住了鸳鸯，鸳鸯昏睡着再无欢情，翠玉珠帘凝着颗颗露珠，每一颗露珠都透着森森的寒冷。

　　可惜了芳香玉雪的肌肤，可惜了娇艳的风姿轻盈，竟不如自由飞翔的莺鸟，双双遨游在细细的雨中。惹人相思的春风袅袅地吹来，催着春光又走过清明，早知今日空守着寂寞，不如伴公子醉倚桥头沐春风。

柳　枝

　　腻粉琼妆透碧纱，雪休夸。金凤搔头堕鬓斜，发交加。　　　　倚着云屏新睡觉，思梦笑。红腮隐出枕函花^①，有些些^②。

说 明

这首词写美人的睡态。

注 释

①**隐出**：隐隐出现。②**些些**：少许。

词 解

碧纱轻盈，肌肤胜雪，金凤钗斜坠在鬓发边，秀发纷纷披散。

她倚着云屏，刚刚从睡梦中醒来，想起梦中的欢娱不由得露出了微笑。嫩红的脸腮上隐约印着枕套上的花样，泛起点点嫣红。

词 评

"思梦笑"三字，一篇之骨。

——李冰若《栩庄漫记》

南歌子

原 文

柳色遮楼暗，桐花落砌香。画堂开处远风凉，高卷水晶帘额^①，衬斜阳。

说 明

这首词写傍晚春景。

注 释

①**帘额**：帘子上端的遮匾。

词 解

茂密的柳树为小楼把阳光遮挡，投下一片阴暗；桐花飘落在台阶上，留下阵阵芳香。画堂春风，景色撩人，高高卷起的水晶帘额上，映射着斜阳的光辉。

词 评

"帘额""斜阳"尤推佳句。柳暗花明，春色恼人耳。

——俞陛云《唐五代两宋词选释》

南歌子

原文

　　岸柳拖烟绿，庭花照日红。数声蜀魄入帘栊①，惊断碧窗残梦，画屏空。

说　明

　　这首词写春日闺怨之情。

注　释

　　①**蜀魄**：杜鹃。

词　解

　　岸边，垂柳摇曳，好似阵阵绿烟；庭中的花儿映照着阳光，显得更加红艳。几声凄厉的杜鹃啼鸣声传进帘栊，惊醒了碧窗下春睡的人儿，她从残梦中醒来，却只看见空空的画屏。梦醒后的情景表达出女主人公寂寞与空虚的心境，令人联想到她的梦中情事，含蓄地透露出相思怀人之意。

南歌子

原　文

　　锦荐红鸂鶒^{xī chì}①，罗衣绣凤凰。绮疏飘雪北风狂②，帘幕尽垂无事，郁金香。

说　明

　　这首词写雪天垂帘饮酒。

注　释

　　①**荐**：垫席。②**绮疏**：雕花的窗户。

词　解

　　织锦垫席上绣着双双鸂鶒，精美的罗衣上绣着凤凰，她的穿着是那样华贵。雕花的窗户外面雪花飘飞，北风呼啸。在这寒冷的冬日她闲极无聊，终日低垂帘幕，醉倒在郁金香的美酒之中。

卷第五

张 泌 四首

江城子

原文

　　碧阑干外小中庭。雨初晴，晓莺声。飞絮落花，时节近清明。睡起卷帘无一事，匀面了①，没心情。

说明

　　这首词写少女妆罢自怜。

注释

　　①匀面了：涂抹完脂粉。

词解

　　雨后初晴，晨光照着碧玉栏外的小庭，莺鸟婉转地唱着晨曲，纷飞的柳絮飘舞着落花残红，时节又将近清明。她空寂无聊无一事，醒来时漫卷帘栊，涂罢脸上妆粉，又了无心情。

●雨初晴，晓莺声

"飞絮落花，时节近清明"，流丽之句，却寓伤春之感。

————李冰若《栩庄漫记》

江城子

原 文

浣花溪上见卿卿①，脸波明，黛眉轻。绿云高绾，金簇小蜻蜓②。好是问他来得么③？和笑道：莫多情！

说 明

这首词是从男方的角度来写的一次难忘的男女会见。

注 释

①浣花溪：在成都市西。②"金簇"句：妇女的首饰。③好是：真心。

词 解

浣花溪畔我曾见到她：眼波如秋水般明净，画眉的黛色淡淡的，高高的发髻如盘绕的云，发上簪着金缕盘结的蜻蜓。真心地问她能否约会，她却含笑说道："不要如此多情！"

词 评

结六字写得可人。

————陈廷焯《云韶集》

河渎神

原 文

古树噪寒鸦，满庭枫叶芦花。昼灯当午隔轻纱①，画阁珠帘影斜。门外往来祈赛客，翩翩帆落天涯。回首隔江烟火，渡头三两人家。

说 明

这首词写寺庙祈赛的情景。

注 释

①昼灯：庙里白天燃的灯。

花间集

一三六

古树上寒鸦声声聒噪，秋风吹落的芦花、枫叶飘满寺庙的庭院。纱帐的后面，供神的灯中午还亮着，斜斜的灯影投给画阁珠帘。

寺门外来来往往的人声嘈杂，求神还愿的香客步履沓沓。远去的白帆似在江风中起舞，渐渐地消逝在茫茫的天涯。回头远望，隔江的炊烟袅袅，寂寥的渡口有三两户人家。

"回首隔江烟火，渡头三两人家"，可作画景，与首二句同一萧然其为秋也。

——李冰若《栩庄漫记》

蝴蝶儿

蝴蝶儿，晚春时，阿娇初着淡黄衣①，倚窗学画伊。　还似花间见，双双对对飞。无端和泪拭胭脂②，惹教双翅垂。

这首词是写一位少女在描画蝴蝶过程中的情思。

①**阿娇**：汉武帝刘彻的姑母长公主之女。此处代指美人。②**无端**：无故。

晚春时节，蝴蝶翩翩飞舞在花丛中。一个少女穿着淡黄色的衣服，娴静而优美。她倚窗学画，想画下这一双美丽飘飞的蝴蝶。

就像花间所见的那般，翩翩成双，双双飞舞。但她忽而就无故掉下了眼泪。大概是看到双双飞舞的蝴蝶而想起了自己，想起了自己孤单无伴，还比不上蝴蝶吧！刚刚想画翩翩蝴蝶的想法没有了，看她笔下的蝴蝶，双翼下垂，再不是那翩翩双飞的幸福姿态了。

"阿娇"二句，妩媚。

——汤显祖《玉茗堂评花间集》

毛文锡 三十一首

毛文锡

　　毛文锡，字平珪，生卒年不详，南阳（今河南省南阳市）人，一作高阳（今河北省高阳县）人。唐末进士，仕前蜀，官至司徒；后仕后蜀，以词章供奉内廷。其词多写艳情，流于率露，间有疏淡明净之作，亦有秀句传诵人口。

虞美人

原　文

　　鸳鸯对浴银塘暖，水面蒲梢短。垂杨低拂曲尘波①，蛛丝结网露珠多，滴圆荷。　　遥思桃叶吴江碧②，便是天河隔。锦鳞红鬣影沉沉③，相思空有梦相寻，意难任。

说　明

　　这首词写男子思念情人。

注　释

　　①曲尘：酒曲所生细尘，为淡黄色。②桃叶：指所怀之人。③锦鳞红鬣：红鲤鱼。这里指代书信，古人认为鱼能传书，故云。鬣，鱼颔旁的须。

词　解

　　池水清澈明净，一双鸳鸯沐浴在温暖的水波里，水面上生长着叶梢细短的蒲草。垂杨低拂着柔长的枝条，好似摇曳着淡黄色的烟波；蛛网上凝结着滴滴露珠，滴在滚圆的荷叶上。

　　遥想他心爱的姑娘，那碧绿的吴江就像天河一样将他们隔开。江中没有传书的锦鲤，他们书信难通，他的满怀相思只能在梦里将她追寻，这绵绵情意无穷无尽。

唐毛文锡词云："鸳鸯对浴银塘暖，水面蒲梢短，垂杨低拂曲尘波。"
汪彦章诗云："垂垂梅子雨，细细尘波。"然则"尘"亦可于水言之也。

——胡仔《苕溪渔隐丛话》

虞美人

原 文

宝檀金缕鸳鸯枕[1]，绶带盘宫锦[2]。夕阳低映小窗明，南园绿树语
莺莺，梦难成。　　玉炉香暖频添炷，满地飘轻絮。珠帘不卷度沉烟[3]，
庭前闲立画秋千，艳阳天。

说 明

这首词写春日闺怨。

注 释

①檀：粉红色。②绶带：古代系帷幕或印纽的带子。宫锦：宫廷内用的织锦。③沉烟：
沉香燃烧发出的香烟。

词 解

粉红色的鸳鸯枕上绣着金色丝线，华美的绸带束住艳丽的宫锦帐幔。夕阳似是有
意，在我幽暗的小窗前光临。南园里的绿树上，一对黄莺柔情蜜语，唉，我再也难以
入梦见你。

玉炉香暖，我还是频频添香，窗外柳絮轻飔飘荡。屋里尘烟弥漫，我却仍是不卷
起珠帘。秋千在庭前闲立如画，唉，真是辜负了这一片艳阳天。

词 评

富丽。又唐人旧曲云"帐中草草军情变"，宋黄载亦云"楚歌声
起霸图休"，似专为虞姬发论，二词虽芬芳袭人，何以命意迥隔？

——汤显祖《玉茗堂评花间集》

酒泉子

原 文

绿树春深，燕语莺啼声断续。蕙风飘荡入芳丛，惹残红。　　柳丝
无力袅烟空，金盏不辞须满酌[1]。海棠花下思朦胧，醉香风。

说 明

这首词写春不常在，须花下饮酒行乐。

注 释

①金盏：华贵精美的酒杯。

词 解

春深时，绿树荫浓色暗，燕语伴着莺歌时续时断，香风暖暖地荡入花丛里，舞起地上的落花片片。

春柳在晴空里舞着袅袅绿烟，莫辞春光美酒须将金杯斟满，海棠花下陶醉在香风里，醉入朦胧的思念。

喜迁莺

原 文

芳春景，暖晴烟，乔木见莺迁。传枝偎叶语关关①，飞过绮丛间。锦翼鲜，金毳软②，百啭千娇相唤。碧纱窗晓怕闻声，惊破鸳鸯暖。

说 明

这首词借写黄莺来抒发思妇情怀。

注 释

①关关：鸟叫声，一般指雌雄和鸣。②毳：鸟腹细毛。

词 解

明媚的春天，晴空里飘着淡淡的云烟，高高的树梢上一对莺鸟，飞过密密的枝叶间。繁枝绿叶里它们相依相亲，声声和鸣叫得好甜，好甜。

五彩的羽翼光泽鲜艳，金黄的羽绒又细又软，歌喉婉转着千百种娇柔，声声都在啼叫着眷恋。绿纱窗里的人却怕听这莺歌晓唱，怕将鸳鸯暖被里的好梦惊断。

赞成功

原 文

海棠未坼①，万点深红，香包绒结一重重。似含羞态，邀勒春风。蜂来蝶去，任绕芳丛。　　昨夜微雨，飘洒庭中。忽闻声滴井边桐，美人惊起，坐听晨钟。快教折取，戴玉珑璁②。

说明

这首词以咏海棠写惜春之情。

注释

①未坼：没有裂开。②珑璁：精巧明洁的样子。

词解

海棠花儿含苞待放，绿叶的枝头捧出万点深红，芬芳的花骨朵裹着层层花瓣，就像少女含羞的情态，请求春风留下相伴。蜜蜂和蝴蝶飞来飞去，围绕着花丛。

昨夜细雨飘洒在小院中，忽然听到井边的梧桐树上的水滴声，美人从睡梦中惊醒，坐着听晨钟声声。只怕风雨中海棠易落，她叫人快去折枝海棠，戴在头上犹如玉簪。

词评

曹掌公曰：董文友，殆仿毛文锡之《赞成功》而不及者也，颖异居然第一。

——沈雄《古今词话·词评》

西溪子

原文

昨日西溪游赏，芳树奇花千样，锁春光。金樽满，听弦管①，娇妓舞衫香暖。不觉到斜晖，马驮归。

说明

这首词写西溪游春之乐。

注释

①弦管：指音乐之声。

词解

昨天到西溪游玩赏春，芳树奇花百种千样，沐浴在明媚的春光里。金樽里斟满美酒，聆听着悦耳的管弦音乐，那娇媚的舞伎穿着香暖的衣衫翩翩起舞，这宴饮歌舞是多么快乐。不知不觉到了夕阳西下的时候，在余晖斜照下，骏马驮着醉意沉沉的游人归去。全词将游春玩乐的闲情写得生动传神。

有兴。

——汤显祖《玉茗堂评花间集》

中兴乐

原 文

豆蔻花繁烟艳深①，丁香软结同心。翠鬟女，相与共淘金。　　红蕉叶里猩猩语，鸳鸯浦②，镜中鸾舞。丝雨隔，荔枝阴。

说 明

这首词描绘了南国的风土人情。

注 释

①**豆蔻**：南方的一种植物，文人常用以比喻少女。②**鸳鸯浦**：鸳鸯栖息的小洲。

词 解

豆蔻花繁，艳丽深浓；丁香轻软，每一束都结着同心花瓣。一群美貌的翠鬟少女，相约一起在溪边淘金。

艳红的蕉叶里传来猴子的嬉闹声，江中小洲上栖息着双双鸳鸯，在镜子一般的水面上映出翩翩倒影。茂密的荔枝树洒下一片绿荫，隔开了蒙蒙如丝的细雨。

词 评

全首写风土，如入炎方所见，不嫌其质朴也。惟"镜中鸾舞"句，凭空插入，殊为减色。

——李冰若《栩庄漫记》

更漏子

原 文

春夜阑，春恨切，花外子规啼月①。人不见，梦难凭，红纱一点灯。偏怨别，是芳节②，庭下丁香千结。宵雾散，晓霞晖，梁间双燕飞。

这首词写女主人公相思怨情。

注　释

①子规：杜鹃鸟。②芳节：指春天。

词　解

春夜深沉，春的思愁绵绵不绝，花丛外杜鹃鸟的声声啼叫似在挽留西去的残月。相思的人不见踪影，相思的梦也难成，我那孤独的心，如红纱罩里的一点残灯。

最恨的是这时分别，在春暖花开的季节，阶下的丁香花繁叶茂，每一朵都似同心结。夜雾渐渐地飘散，朝霞在天边灿烂，梁间两只燕子呢喃细语，飞来了一双春天的燕。

词　评

此词上阕言春夜之怀人。质言之，人既不见，虚索之梦又无凭，则当前相伴，惟此一点纱灯，照我迷离梦境耳。下阕言春日之怀人，霞明雾散，见燕双而人独也。

——俞陛云《唐五代两宋词选释》

接贤宾

原　文

香鞯镂襜五色骢^{cōng}①，值春景初融。流珠喷沫蹀躞^{xiè dié}，汗血流红。
少年公子能乘驭，金镳玉辔^{biāo}珑璁。为惜珊瑚鞭不下，骄生百步千踪。
信穿花，从拂柳，向九陌追风②。

说　明

这首词咏宝马。

注　释

①香鞯镂襜：精美的马鞍垫。②九陌：京城里的大道。

词　解

身披着精美鞍垫的五色骢，正值暖意融融的春光美景。喷着珍珠一样的白沫来回踱步，流淌的汗水像鲜血一样红。

少年公子能驾驭这匹宝马，信手挽住金缕缰绳，给它戴上华贵的玉辔。他珍惜这宝马，不忍挥下镶着珊瑚的华贵马鞭，任它骄逸地奔驰。信步穿过花丛，从容拂过柳枝，驰骋在京城的大路上，迅捷得好像要追上呼啸的风。

着意刻画而缺生气。

——李冰若《栩庄漫记》

赞浦子

原　文

　　锦帐添香睡，金炉换夕薰。懒结芙蓉带，慵拖翡翠裙。　　正是桃夭柳媚，那堪暮雨朝云。宋玉高唐意，裁琼欲赠君[①]。

说　明

这首词写美人睡起，若有所怀。

注　释

①**琼**：美玉，引申指书信。

词　解

　　添过了燃香才睡入锦绣的罗帐，入夜又将金炉换上夜用的熏香，懒懒地连芙蓉绣带也懒得束结，任翡翠裙子散着拖曳在地上。

　　正是桃红柳绿春光妩媚的季节，怎能虚度这朝云暮雨的好时光？恰如宋玉抒发《高唐赋》的情意，想写在信中赠送给情郎。

词　评

繁丽似飞卿。

——李冰若《栩庄漫记》

甘州遍

原　文

　　春光好，公子爱闲游，足风流。金鞍白马，雕弓宝剑，红缨锦 襜（chǎn）出长楸[①]。　　花蔽膝，玉衔头。寻芳逐胜欢宴，丝竹不曾休。美人唱，揭调是《甘州》。醉红楼。尧年舜日，乐圣永无忧[②]。

【说 明】

这首词写公子游春欢宴的情景。

【注 释】

①**锦襜**：织锦的鞍鞯。**长楸**：有楸树的大道，代指大路。②**乐圣**：享乐于朝圣。

【词 解】

在春光明媚的时候，公子最喜欢闲游郊外，尽情地去潇洒风流。雕弓和宝剑衬托着英武，白马配金鞍显示着富有。帽上的簪缨火一样红，身着锦袍去长秋门外春游。

草中的鲜花丛生绕膝，树上的鲜花如冠佩碧玉，美景胜地里追逐着春的芳菲，优美的音乐伴着欢乐的宴席。美人婉转着温柔的歌喉，开篇唱着动人的《甘州》曲，优美的歌舞中品酌着美酒，忘情地醉倒在红楼里。生逢尧舜重现的盛世，享尽圣朝的欢乐永无忧虑。

【词 评】

丽藻沿于六朝，然一种霸气，已开宋元间九宫三调门户。

——汤显祖《玉茗堂评花间集》

甘州遍

【原 文】

秋风紧，平碛雁行低①，阵云齐。萧萧飒飒，边声四起，愁闻戍角与征鼙②。　　青冢北③，黑山西④。沙飞聚散无定，往往路人迷。铁衣冷，战马血沾蹄，破番奚⑤。凤凰诏下，步步蹑丹梯⑥。

【说 明】

这是一首描写征战生活的边塞词。

【注 释】

①**平碛**：无边的沙漠。②**鼙**：古代军中所用的小鼓。③**青冢**：王昭君墓。相传冢上草色常青，故名。在今内蒙古呼和浩特市南。④**黑山**：又名杀虎山，在今内蒙古和林格尔北。⑤**番奚**：北部边境少数民族。⑥**丹梯**：宫殿前的石阶，涂以红色，故称。

【词 解】

秋风正紧，沙漠中大雁正向南飞，在天地相接处感觉大雁飞得很低，战阵延绵如云，整齐排列。肃杀中的边境的各种声音从四面萧萧飒飒地响起，听到军中的戍角与战鼓声，让人不禁满怀愁情。

青冢北面，黑山西面，飞沙时起时落，常常让行人迷路。战士们穿着寒冷的盔甲，战马的马蹄沾满了鲜血，他们浴血奋战打败了敌人。当皇帝嘉奖的诏书颁下，领军的将领一步步走上皇宫前那朱红的阶梯。

［词 评］

描写边塞荒寒，景象颇佳。词亦无死声，佳作也。

——李冰若《栩庄漫记》

纱窗恨

［原 文］

新春燕子还来至，一双飞。垒巢泥湿时时坠，浼人衣^①。　　后园里看百花发，香风拂，绣户金扉。月照纱窗，恨依依。

［说 明］

这首词写春日闺怨。

［注 释］

①浼：沾污。

［词 解］

新春的燕子又回来了，双双飞舞。垒巢时湿泥时时坠落，弄脏了主人身上的衣服。后园里看百花初绽，吹拂门窗的香风如丝如缕，明月投给窗纱凄清的白光，像驱不散的怨愁含恨依依。

［词 评］

意浅词支。

——李冰若《栩庄漫记》

纱窗恨

［原 文］

双双蝶翅涂铅粉，咂花心^①。绮窗绣户飞来稳，画堂阴。月爱随飘絮，伴落花，来拂衣襟。更剪轻罗片，傅黄金^②。

说 明

这首词咏蝴蝶。

注 释

①咂：吮吸。②**傅黄金**：形容蝴蝶翅膀如涂上黄金色一样。

词 解

蝴蝶的翅膀好似涂着脂粉，双双在花丛中吸吮花芯。越过绣窗款款地飞来，落在画堂的阴处安顿。

春天里它常追随飘飞的柳絮，伴着落花来拂弄衣襟，双翼薄薄的如剪裁的绸片，闪亮的彩色像敷着黄金。

词 评

"咂"字尖，"稳"字妥，他无可喜句。

——汤显祖《玉茗堂评花间集》

柳含烟

原 文

隋堤柳，汴河旁①。夹岸绿阴千里，龙舟凤舸木兰香，锦帆张。
因梦江南春景好，一路流苏羽葆②。笙歌未尽起横流，锁春愁。

说 明

这首词借咏柳讽刺了隋炀帝的荒淫无度。

注 释

①**汴河**：即汴水，从河南商丘流经安徽，汇入淮河。隋炀帝游江都经此道，今久废。②**羽葆**：用羽毛连缀而成的华盖。

词 解

隋堤上的柳树，生长在汴河旁。沿河两岸绿柳成荫，绵延千里，河中雕龙画凤的皇家船队散发着木兰的清香，张开锦帆驶向江南。

只因梦见了江南美好的春景，便一路流苏羽盖地前往江南游赏，然而享乐的笙歌还未唱完，天下已是战乱纷起，只有这堤上的垂柳锁着深深的春愁。

柳含烟

河桥柳，占芳春。映水含烟拂路，几回攀折赠行人，暗伤神。
乐府吹为横笛曲，能使离肠断续。不如移植在金门^①，近天恩。

说 明

这首词咏河桥边的柳树。

注 释

①**金门**：汉有金马门，天子所居。

词 解

河桥边的柳树又绿了，茵茵的绿色独占芳春。舞姿映出水面婀娜的身影，如烟的垂丝拂着路上的轻尘。多少人折柳赠行客，让春柳在离愁中暗自伤心。

怨那缠绵的《折杨柳》词，被乐府谱成横笛曲，时时吟咏离别的伤愁，让相思的断肠接续。不如移植到皇庭作宫柳，总能得到君王的宠遇。

词 评

　　毛文锡词："河桥柳，占芳春。映水含烟拂路，几回攀折赠行人。"
遂名"柳含烟"。

　　　　　　　　　　　　　　　　——毛先舒《填词名解》

柳含烟

原 文

章台柳^①，近垂旒^②（liú）。低拂往来冠盖，朦胧春色满皇州^③，瑞烟浮。
直与路边江畔别，免被离人攀折。最怜京兆画蛾眉^④，叶纤时。

说 明

这首词咏章台柳。

注 释

①**章台**：汉长安的街道名，为歌楼舞馆所在之地。韩翃有诗："章台柳，章台柳，昔日青青今在否？纵使长条似旧垂，亦应攀折他人手。"②**垂旒**：旌旗下悬垂的饰物。
③**皇州**：京城。④**"最怜"句**：用汉京兆尹张敞为其妻画眉事，形容柳叶纤细如眉。

词 解

章台路边的丝丝绿柳，低拂着来往的冠服华盖，似旌旗上的条条垂旒。把浓浓的春色洒遍大地，让祥和的烟绿笼罩皇城。

一直希望能远离大路江边，免受离人折枝的伤愁。最羡慕张敞为妻画眉的故事，当柳丝抽出细细的嫩叶，将纤纤的绿叶画上眉头。

柳含烟

原 文

御沟柳①，占春多。半出宫墙婀娜，有时倒影蘸轻罗，曲尘波。昨日金銮巡上苑②，风亚舞腰纤软。栽培得地近皇宫，瑞烟浓。

说 明

这首词咏御沟柳，兼讽得宠者，语意双关。

注 释

①**御沟**：禁苑中的水渠。②**金銮**：皇帝的车辇。

词 解

禁苑中所植的柳树，占尽了明媚的春光。那婀娜的枝条一半飘出了宫墙，在墙外风姿婀娜；时时在水上投下轻罗般的倒影，时时轻蘸水面荡起嫩黄的清波。

昨日君王来上苑巡幸，更让御柳得意春风，春风里低下纤软的舞腰，妩媚的舞姿纤柔轻盈。它生长在宫内宝地，在祥和的烟云中受尽恩宠。

词 评

《柳枝》之外咏柳种类极多，今南词中亦尽有佳句，若追先进，当从始音。

——汤显祖《玉茗堂评花间集》

醉花间

原 文

休相问，怕相问，相问还添恨。春水满塘生，鸂鶒还相趁①。昨夜雨霏霏，临明寒一阵。偏忆戍楼人，久绝边庭信。

> **说　明**

这首词写闺中思妇怀念征人之情。

> **注　释**

①鸂鶒：水鸟名。**相趁：**互相追逐。

> **词　解**

不要问，怕人问，相问会增添几多怨恨。碧绿的春水涨满池塘，双双嬉戏追逐的紫鸳鸯正拨动春心。

昨天夜里春雨纷纷，天明时阵阵寒气相侵，偏又想起远征戍边的他，很久很久未收到边关的信。

> **词　评**

此种起笔合下章自成章法，自是一时兴到之作，婉约无比。后人屡屡效之，反觉数见不鲜矣。

——陈廷焯《云韶集》

醉花间

> **原　文**

深相忆，莫相忆，相忆情难极。银汉是红墙①，一带遥相隔。
金盘珠露滴，两岸榆花白。风摇玉佩清，今夕为何夕②。

> **说　明**

这首词写相思之情。

> **注　释**

①**银汉：**天上的银河。②**"今夕"句：**今晚如此洽意，是什么良辰啊！

> **词　解**

深深的回忆总在缠绕我的心，不要再让我回忆过去了吧，相忆的思情没有个穷尽！天上银河犹如人间的高墙，一条如水的星河已将我们分隔。

梦里登上柏梁台的铜柱，和着玉屑畅饮金盘里的甘露，银河两岸榆树的白花如雾。在风摇玉佩的叮当中你款款走来，是什么日子会让我们梦中相晤？

> **词　评**

创语奇耸，不嫌高调。

——汤显祖《玉茗堂评花间集》

浣溪沙

原　文

春水轻波浸绿苔，枇杷洲上紫檀开。晴日眠沙鸂鶒稳，暖相偎。
罗袜生尘游女过①，有人逢着弄珠回。兰麝飘香初解佩，忘归来。

说　明

这首词写男主人公与游女一见钟情的情景。

注　释

①**罗袜生尘**：游女过时罗袜上带着尘雾。

词　解

春水轻轻波动，浸湿了碧绿的苔藓，枇杷洲上盛开着紫檀花。在晴朗的阳光下，鸂鶒依偎着在沙洲上安睡。

以这美好的景象为背景，出外游春的少女款款经过，罗袜上带着尘露，与人相逢时拨弄着佩珠回身而走。衣上的兰麝飘着芳香，她解佩赠给一见钟情的男主人公，难分难舍地忘了归来。

浣溪沙

原　文

七夕年年信不违，银河清浅白云微，蟾光鹊影伯劳飞①。　　每恨蟋蟀怜婺女②，几回娇妒下鸳机，今宵嘉会两依依。

说　明

这首词咏牛郎织女的故事。

注　释

①**伯劳**：鸟名。②**婺女**：星名，即女宿，其北为织女。

●七夕年年信不违

牛郎和织女的七夕之约，从来不曾违背。清浅的银河上飘着淡淡的白云，月光映照着鹊桥，伯劳鸟飞来飞去。

常常恨秋蝉啼鸣能向婺女倾诉心中的愁情，几回娇妒地停下了织机。如今终于可以与牛郎相会，向他倾诉满腔的相思和深情。

词 评

　　意浅辞庸，味如嚼蜡。

　　　　　　　　——李冰若《栩庄漫记》

月宫春

原 文

水晶宫里桂花开，神仙探几回。红芳金蕊绣重台，低倾玛瑙杯。玉兔银蟾争夺护，姮娥姹女戏相偎①。遥听钧天九奏，玉皇亲看来②。

说 明

这首词写月宫景象。

注 释

　　①**姹女**：少女。②**玉皇**：玉帝，传说为天国之主。

词 解

月宫里桂花盛开的时候，神仙们多次来看月桂的风采。红花金蕊下铺着重重的绣幔，低倾玛瑙的酒杯畅饮开怀。

白兔和宝蟾争当护花的使者，伴饮的嫦娥、仙女喜笑颜开。远远的中天响起庄重的九成乐，玉皇大帝已起驾到月宫来。

恋情深

原 文

滴滴铜壶寒漏咽，醉红楼月。宴馀香殿会鸳衾①，荡春心。　　真珠帘下晓光侵，莺语隔琼林。宝帐欲开慵起，恋情深。

说 明

这首词写女子恋情。

[注　释]

①会鸳衾：拥着绣有鸳鸯的锦被。

[词　解]

寒夜的铜漏声声震颤在心头，月夜里相思沉沉醉愁在红楼。宴罢回香阁拥着鸳鸯绣被，春心荡漾更添了几分恋愁。

清晨的阳光透进珠帘，林中的莺语惊破晓眠，欲掀帘帐却懒得起身，梦中的恋情多么深情缠绵。

[词　评]

"宝帐欲开慵起，恋情深"。毛文锡以调名结句。

————沈雄《古今词话·词品下》

恋情深

[原　文]

玉殿春浓花烂漫①，簇神仙伴。罗裙窣(sū)地缕黄金，奏清音。　　酒阑歌罢两沉沉，一笑动君心。永愿作鸳鸯伴，恋情深。

[说　明]

这首词写筵席上男女一见钟情的情状。

[注　释]

①玉殿：华丽的厅堂。

[词　解]

春意正浓，鲜花烂漫，在华丽的厅堂上，簇拥着神仙一般的女子。她的金缕罗裙拖曳在地，奏起了清婉动人的乐曲。

酒酣歌罢，两人情意沉沉，嫣然一笑打动了他的心。只愿永结同心，像鸳鸯一样相依相伴，恋情深深。

[词　评]

缘题敷衍，味若尘羹。

————李冰若《栩庄漫记》

诉衷情

● 惆怅恨难平

原 文

桃花流水漾纵横，春昼彩霞明。刘郎去，阮郎行①，惆怅恨难平。愁坐对云屏，算归程。何时携手洞边迎，诉衷情。

说 明

这首词写天台神女思念刘、阮之情。

注 释

① 刘郎、阮郎：刘晨、阮肇。

词 解

桃花花瓣随着碧波荡漾纵横，春日的清晨彩霞明媚动人。刘郎、阮郎已经离去，神女心中满怀惆怅，离恨难平。

神女愁闷地坐在云屏前，计算情郎的归程。不知什么时候才能在洞边迎接他归来，手牵手向他倾诉心中的相思和深情。

诉衷情

原 文

鸳鸯交颈绣衣轻，碧沼藕花馨。偎藻荇①，映兰汀，和雨浴浮萍。思妇对心惊，想边庭。何时解佩掩云屏②，诉衷情。

说 明

这首词写闺中思妇怀念征人之情。

注 释

①藻荇：水草。②解佩：此处指征人解佩，比喻征人回归。

[词解]

　　一对鸳鸯交颈相依，美丽的羽绒好似锦绣，碧绿的池塘荡漾着荷花的芳馨。它们在水草间紧紧地相互依偎，水边的香草映衬着交颈的身影。它们双双对对在浮萍中嬉戏，沐浴着春日细雨的温情。

　　良辰美景惊动思妇的情思，情思飞向遥远的边庭。何时能为你解去环佩，关掩上闺中的云屏，让我依偎在你的怀抱，向你诉说我的思情。

[词评]

　　无定河边，春闺梦里，不止寻常闺怨。

　　　　　　　　——汤显祖《玉茗堂评花间集》

　　此二词亦如《恋情深》之嵌字格，虽较匀净，终为庸滥之音。

　　　　　　　　——李冰若《栩庄漫记》

应天长

[原文]

　　平江波暖鸳鸯语，两两钓船归极浦。芦州一夜风和雨，飞起浅沙翘雪鹭[①]**。　　　　渔灯明远渚，兰棹今宵何处？罗袂从风轻举，愁杀采莲女。**

[说明]

　　这是一首送别词。

[注释]

　　①**翘雪鹭**：长颈高举的白鹭。

[词解]

　　平静的江波送来鸳鸯温柔的戏语，三三两两的钓鱼船向远岸归去。一夜风雨吹打的沙洲芦花凋落，长颈的白鹭从浅浅的沙滩飞起。

　　渔火照亮远处江中的小洲，你的船今宵将在何处歇息？江风吹动罗裙轻轻地飘舞，离愁别绪笼罩着江边采莲女。

　　毛词简质而情景具足。后人但能歌柳词耳。"知者亦不易",诚哉是言。

——况周颐《餐樱庑词话》

河满子

原文

　　红粉楼前月照,碧纱窗外莺啼。梦断辽阳音信①,那堪独守空闺。恨对百花时节,王孙绿草萋萋。

说明

　　这首词写闺中思妇思念征人之情。

注释

　　①**辽阳:**今辽宁省辽阳市。泛指征人戍守的边关之地。

词解

　　月光下,她伫立在窗前,绿纱窗外黄莺声声叫人心烦。梦中曾见边关有音信传来,谁知好梦又被莺啼惊断,怎能忍这独守空闺的愁怨?面对百花盛开的时节又添怨恨,萋萋芳草更牵动了对游子的思念。

巫山一段云

原文

　　雨霁巫山上①,云轻映碧天。远风吹散又相连,十二晚峰前。暗湿啼猿树,高笼过客船。朝朝暮暮楚江边,几度降神仙。

说明

　　这首词写巫山神女的故事。

注释

　　①**雨霁:**雨停天晴。

词解

　　雨后的巫山,淡淡的白云衬着蓝蓝的天。远处的来风吹散了白云,风过后又连绵一片，依旧徘徊在十二晚峰前。

　　阵阵云雾暗暗润湿了啼猿栖息的大树，高高地笼罩江中过往的客船。朝为轻云，暮为细雨，朝朝暮暮期待在楚江边，神仙何时再降临人间？

词 评

　　　　徐士俊云：画云第一手。

　　　　　　　　　　　　　　　　——卓人月《古今词统》

临江仙

原 文

　　暮蝉声尽落斜阳，银蟾影挂潇湘。黄陵庙侧水茫茫①。楚山红树，烟雨隔高唐。　　岸泊渔灯风飐碎，白蘋远散浓香。灵娥鼓瑟韵清商，朱弦凄切，云散碧天长。

说 明

　　这首词写月夜凭吊湘妃。

注 释

　　①**黄陵庙**：在今湖南湘阴县北湘水入洞庭湖处，祠舜之二妃娥皇、女英。

词 解

　　斜阳落日送走最后一声蝉鸣，潇湘江面高悬起银色的明月，黄陵庙边的江水卷起阵阵涛声。楚山的红树笼罩在茫茫烟雨里，烟雨隔断了高唐台下的迷梦。

　　江水摇碎岸边渔船的灯影，远处白蘋飘散着浓浓的香风。涛声仿佛湘妃在弹奏凄清的怨曲，那朱红的瑟弦凄切地悲鸣，久久地回荡在蓝天白云中。

词 评

　　　　就调名使事，古法本如此，结超越。

　　　　　　　　　　　　　　——陈廷焯《词则·别调集》

牛希济　十一首

牛希济

　　牛希济，前蜀词人，生卒年不详，陇西（今甘肃陇西县）人，牛峤之侄。仕蜀任起居郎、翰林学士、御史中丞，后降于后唐，拜雍州节度副使。工于词，风格清新自然，深婉真切。

临江仙

原文

　　峭碧参差十二峰，冷烟寒树重重。瑶姬宫殿是仙踪，金炉珠帐，香霭昼偏浓。　　一自楚王惊梦断，人间无路相逢。至今云雨带愁容，月斜江上，征棹动晨钟①。

说明

　　这首词凭吊巫山神女事。

注释

　　①**征棹**：远行之船。

词解

　　巫山陡峭绿浓，十二峰起伏不平，轻云缭绕峭崖参天，寒雾笼罩着古树重重。传说这神女的庙宇，曾是瑶姬的遗迹仙宫，香炉的烟絮缠绕着珠帘，把清晰的白昼锁入了朦胧。

　　自从楚王的高唐梦被惊断，人间再无路与神女相逢，如今的朝云暮雨依旧，却凄切面带愁容。弯月斜斜地照着江面，江波摇碎玲珑的月影。伴着征帆起航的号子，远远地传来晨钟声声。

词评

　　全词咏巫山女神事，妙在结二句，使实处俱化空灵矣。

　　　　　　　　　　　　——李冰若《栩庄漫记》

临江仙

　　谢家仙观寄云岑[1]，岩萝拂地成阴。洞房不闭白云深[2]，当时丹灶，一粒化黄金。　　石壁霞衣犹半挂，松风长似鸣琴。时闻唳鹤起前林，十洲高会[3]，何处许相寻？

　　这首词吟咏传说中的仙人谢真人之事，蕴含着一种失意、怅惘之情。

　　①**谢家**：谢真人，传说谢女得道，白日飞升，被封为东极真人。②**洞房**：指神仙居住的地方。③**十洲**：海中仙境。

　　谢真人成仙的道观，坐落在云中高高的山顶，拂地的藤萝将峭崖掩蔽，深深的白云遮蔽修行的仙洞。据说当年炉中的仙丹，每一粒都是黄金炼成。

　　飞舞的流霞如仙衣挂在石壁，松涛里久久回荡着仙女的琴声。庙宇前幽幽的松林深处，时时传来仙鹤的啼鸣。谢女已去十洲与神仙聚会，哪里才能见到她的身影？

　　词作道教语而妙在"石壁霞衣犹半挂，松风长似鸣琴"，用一"犹"字，一"似"字，便觉虚无缥缈，不落板滞矣。

——李冰若《栩庄漫记》

临江仙

　　渭阙宫城秦树凋[1]，玉楼独上无聊。含情不语自吹箫，调清和恨，天路逐风飘。　　何事乘龙人忽降，似知深意相招。三清携手路非遥[2]，世间屏障，彩笔画娇娆。

　　这首词咏萧史、弄玉事。

注 释

　①渭阙宫城：秦地宫城，因地近渭水，故称。②三清：指仙人所居之玉清、上清、太清。

词 解

　渭水边的宫阙都城，秦时的树木已凋零。无聊的弄玉独上玉楼，风箫诉说着说不尽的恋情。箫声里深含离愁别恨，凄清的曲调逐风回荡在天空。

　为什么萧史乘龙飞降？因为他听到箫曲召唤的深情。夫妻携手乘龙凤仙游，三清仙境不过咫尺行程。人间传诵着美丽动人的故事，将他们的仙姿画上锦帐玉屏。

词 评

　七调独此不称。

　　　　　　　　　　——汤显祖《玉茗堂评花间集》

临江仙

原 文

　江绕黄陵春庙闲，娇莺独语关关①。满庭重叠绿苔斑，阴云无事，四散自归山。　　箫鼓声稀香烬冷，月娥敛尽弯环②。风流皆道胜人间，须知狂客，拼死为红颜。

说 明

这首词凭吊湘妃事。

注 释

①关关：莺啼声，象声词。②月娥：指月亮。

词 解

　江水绕过黄陵庙流去，春天的庙宇闲静空寂，只有黄莺在独自娇鸣，满庭的青苔重叠茵绿。阴云轻轻地悠悠飘扬，四散自归山里。

　自从湘妃离去箫鼓声稀，冷却的香灰已是旧时陈迹，月神将最后的弧线也收进天幕里。人道是神仙风流胜过尘世，须知如屈原一样的人间才子，为红颜知己可将生命抛弃。

词 评

　"须知狂客，拼死为红颜。"可谓说得出，妙在语拙而情深，然以咏二妃庙，又颇觉其不伦。

　　　　　　　　　　——李冰若《栩庄漫记》

临江仙

　　素洛春光潋滟平①，千重媚脸初生。凌波罗袜势轻轻，烟笼日照，珠翠半分明。　　风引宝衣疑欲舞，鸾回凤翥堪惊②。也知心许无恐成③，陈王辞赋④，千载有声名。

说　明

　　这首词咏洛神事。

注　释

　　①素洛：清澈的洛水。②鸾回凤翥：形容洛神的舞姿如鸾鸟回旋、凤凰飞举。③心许：心愿。④陈王辞赋：陈思王曹植作《洛神赋》。

词　解

　　春光明媚，清澈的洛水水波荡漾，仿佛幻化成洛神千万种娇媚的面容。罗袜踏上清波，步履是那么轻盈，水烟笼罩，阳光映照，那饰以珠翠的仙姿若隐若明。

　　风吹动她的衣裙好似要翩翩起舞，那曼妙的舞姿犹如鸾鸟回旋，又似凤凰飞举，让人见了惊叹不已。陈王曹植也知道他那爱慕洛神的心愿难以达成，因此写下了《洛神赋》，声名千古流传。

词　评

　　洛神写照，正在阿堵中，惊鸿游龙数语，已为描尽。

　　　　　　　　　　——汤显祖《玉茗堂评花间集》

临江仙

原　文

　　柳带摇风汉水滨，平芜两岸争匀。鸳鸯对浴浪痕新。弄珠游女①，微笑自含春。　　轻步暗移蝉鬓动，罗裙风惹轻尘。水晶宫殿岂无因？空劳纤手，解佩赠情人。

说　明

　　这首词咏弄珠神女事。

①**弄珠游女**：《列仙传》中载：江妃二女逢郑交甫，解佩玉赠郑交甫。

词 解

汉水之滨，柳条好似碧绿的飘带在风中飘舞，长满芳草的两岸争把春色匀分，双双鸳鸯在水中嬉戏，搅起新的涟漪。弄珠游女微笑含情，笑容里流盼着春心。

她移动轻盈的步履，蝉鬓飘动，罗裙荡起轻风扬起微尘。水晶宫殿里怎能有人与她相爱，只能空自劳动她的纤纤玉手，解下佩珠赠给有情之人。

临江仙

原 文

洞庭波浪颭晴天，君山一点凝烟。此中真境属神仙①，玉楼珠殿，相映月轮边。　　万里平湖秋色冷，星辰垂影参然。橘林霜重更红鲜，罗浮山下，有路暗相连。

说 明

这首词写洞庭仙境。

注 释

①**"此中"句**：《拾遗记》卷十《洞庭山》："洞庭山浮于水上，其下有金堂数百间，帝女居之。"

词 解

洞庭的碧波荡涤着万里晴空，君山一点仿佛凝在烟波中。山中的美景真是神居仙境，楼阁如玉砌，殿堂连珠影，镶嵌在月轮边上，与明月相映。

万顷平湖凝着秋色的清冷，天边闪烁着时隐时现的辰星。经霜的橘林色更鲜浓。听人传说，罗浮山下，有暗道与仙境连通。

酒泉子

原 文

枕转簟凉，清晓远钟残梦。月光斜、帘影动，旧炉香①。　　梦中

花间集

一六二

说尽相思事，纤手匀双泪。去年书，今日意，断离肠。

说　明

这首词写相思之情。

注　释

①旧炉香：香炉里还燃着昨夜的残香。

词　解

枕上辗转着无眠，凉席上听远处清晓的钟声，惊断了相思的残梦。月儿斜斜地照着飘动的帘影，隔夜的香炉里飘来阵阵香风。

相思的话儿已在梦中说尽，纤手抹去两眼的泪，纤手也抹乱了妆红。重读去年的书信，更增添今日思情，那断肠的离恨别怨，越是相思越是愁浓。

词　评

罗罗清疏。

——李冰若《栩庄漫记》

生查子

原　文

春山烟欲收，天淡稀星小。残月脸边明，别泪临清晓。　　　语已多，情未了，回首犹重道："记得绿罗裙，处处怜芳草①。"

说　明

这首词写拂晓时的离别。

注　释

①"记得"两句：因芳草与罗裙同色，故因物及人。

词　解

春山上的烟雾即将散去，淡色的天空上，星星稀疏且小。将落的月儿照在我们脸上，流着离别的泪水，天已经接近黎明。

话已经说了很多，情意却没有尽头。回过头来仍说道：记得绿罗裙，无论走到何处都要怜惜芳草。

词　评

"春山"两句十字，别后神理。"晓风残月"，不是过也。结笔尤佳。

——陈廷焯《云韶集》

中兴乐

原文

池塘暖碧浸晴晖，濛濛柳絮轻飞。红蕊凋来①，醉梦还稀。　　春云空有雁归，珠帘垂。东风寂寞，恨郎抛掷，泪湿罗衣。

说明

这首词写春日闺怨。

注释

①**红蕊凋来**：红花凋谢了。

词解

池塘里温柔的碧波轻摇着日影，飘飘的柳絮纷扬着如飞雪蒙蒙。花芯的红蕊一天天地枯萎凋谢，人在酒中沉醉，愿醉后少一点梦。

春云伴着雁群空空地归来，珠帘静静垂地默默无声。春风的寂寞里没有一点他的音讯，泪湿罗衣流不尽恨郎抛弃的怨情。

词评

"池塘暖碧浸晴晖"，又有春云柳絮，已具四难之半，那得更生他想。

——汤显祖《玉茗堂评花间集》

谒金门

原文

秋已暮，重叠关山歧路。嘶马摇鞭何处去，晓禽霜满树。　　梦断禁城钟鼓①，泪滴枕檀无数。一点凝红和薄雾，翠蛾愁不语。

说明

这首词写晨别。

注释

①**禁城**：宫城。

词解

暮秋时节，重重关山连着条条歧路。马儿嘶鸣，那骑马的人儿摇动马鞭将去向何

花间集

处？清晨的鸟儿默默无语，满树结着寒霜。皇城中的钟鼓声将她从梦中惊醒，眼泪一滴滴落在檀枕上留下无数泪痕。一轮殷红的朝阳从薄雾中冉冉升起，她翠眉紧蹙，默默无语，那满怀离愁不知能向何人倾诉。

词评

"嘶马"二句，好一幅秋林晓行图，惜下阕不称。

——李冰若《栩庄漫记》

欧阳炯　四首

欧阳炯

欧阳炯（896—971），益州华阳（今四川成都市）人。仕前蜀、后唐、后蜀、宋四朝，先后任中书舍人、门下侍郎、兼户部尚书平章事、散骑常侍等。其词多写艳情，风格浓艳华丽。

浣溪沙

原文

落絮残莺半日天①，玉柔花醉只思眠，惹窗映竹满炉烟。　　独掩画屏愁不语，斜倚瑶枕髻鬟偏②，此时心在阿谁边。

说明

这首词写一妇人春日午睡后的慵倦神态。

注释

①半日天：中午时分。②瑶枕：精美的枕头。

词解

中午的柳絮飘来几声黄莺稀落的啼鸣，玉暖花醉的骄阳，晒着人思睡的懒慵。翠竹在窗口轻轻地摇摆，满炉的熏香缭绕着烟气蒙蒙。

她独自掩上画屏，默默地眉锁愁容，懒懒地斜倚着玉枕，偏坠的髻鬟似乌云浓。不知此时情思飘向何处？

"玉柔花醉"，用字妍丽。

——李冰若《栩庄漫记》

浣溪沙

原 文

天碧罗衣拂地垂，美人初着更相宜，宛风如舞透香肌。　　独坐含
颦吹凤竹①，园中缓步折花枝，有情无力泥人时②。

说 明

这首词写美人情态。

●宛风如舞透香肌

注 释

①**凤竹**：指凤箫。②**泥人**：软弱，
打不起精神。

词 解

　　天蓝色的罗绸衣裙曳地轻拂，
美人初穿时更显得娇艳相宜，宛如
风吹轻舞，透出白皙如玉的肌肤。
　　她独自幽坐，含愁颦眉吹着凤
箫；又在花园中缓缓漫步，折下花
枝。她情思悠悠，慵散无力。

词 评

　　《十国词笺》云：李后主
伎妾尝染浅碧色，经夕未收。
会露下，色愈鲜明。煜爱之，
自是宫中竞收露水染碧以衣
之，谓之天水碧。是五代时
宫女衣着尚浅碧色有由来也。欧阳炯词云："天碧罗衣拂地垂。"是蜀
时女衣已尚浅碧也。

——李冰若《栩庄漫记》

浣溪沙

原文

相见休言有泪珠，酒阑重得叙欢娱①，凤屏鸳枕宿金铺。　　兰麝细香闻喘息，绮罗纤缕见肌肤，此时还恨薄情无?

说　明

这首词写男女欢情。

注　释

①酒阑：酒钱。

词　解

已相见了就不要再多说，不要再将你的泪珠儿抹，饮罢酒让我们重叙欢情，凤屏后鸳枕上同入爱河。

兰麝香里闻着你细细的喘息，绫罗衣中看见你肌肤的玉色，这时的你是否还怨我薄情，这时的你是否还会恨我?

词　评

结语情致可想。

——陈廷焯《白雨斋词评》

三字令

原文

春欲尽，日迟迟，牡丹时。罗幌卷，翠帘垂。彩笺书，红粉泪，两心知。　　人不在，燕空归，负佳期。香烬落，枕函欹①。月分明，花淡薄，惹相思。

说　明

这首词写春日相思之情。

注　释

①枕函：枕套子。

词　解

春天就要过去了，天还是长长地难熬，牡丹又绽放了。罗帐高高地卷着，翠绿的绣帘垂地轻飘。我重读了旧时的书信，红粉脸上泪痕条条，你和我的相爱，我们相互知晓。

你不在我的眼前，我就像春燕空归旧巢，白白地空守佳节良宵。香炷的灰烬又落了，相思的无眠揉皱了枕套。今夜的月光分外的亮，月光下只见花儿稀少。明月更惹起我对你的思念，愿这相思如月在你床前照耀。

词评

  "两心知"三字温厚，较"忆君君不知"更深。好在"分明""淡薄"四字。

——陈廷焯《白雨斋词评》

卷第六

欧阳炯　十三首

南乡子

[原　文]

嫩草如烟，石榴花发海南天①。日暮江亭春影渌，鸳鸯浴。水远山长看不足。

[说　明]

这首词写春日风光。

[注　释]

①**海南天：** 此处泛指我国南方。

[词　解]

南方的春景真美啊，无边碧草像轻烟一样，似火石榴花开得火红。天色暗了下来，江边亭子旁春天景物绿色的影子倒映在水中，水中鸳鸯戏水。绵延的青山，修长的流水，这样的南国春景真是看不够啊！

南乡子

[原　文]

画舸停桡，槿花篱外竹横桥①。水上游人沙上女，回顾，笑指芭蕉林里住。

[说　明]

这首词写南方水乡风光。

①槿花：木槿花，落叶灌木，有红、白、紫等色花。

词　解

彩漆大船在岸边停下，槿篱花墙的外边，横着竹桥一架。船上游人戏问沙上的少女，少女回头笑答话，手指着芭蕉林，"那儿就是我的家。"

词　评

徐士俊云：隐隐闻村落中娇女声。

——卓人月《古今词统》

南乡子

原　文

岸远沙平，日斜归路晚霞明。孔雀自怜金翠尾①，临水，认得行人惊不起。

说　明

这首词写南国风物。

注　释

①自怜：自己喜爱。

词　解

江岸远处，平平的沙滩，夕阳照着归路，归路上晚霞灿烂。一只孔雀临水自赏，敞开的翠尾七彩斑斓。路上的脚步似把它惊动，谁知它认得行人开屏依然。

词　评

徐士俊云：说惊起者浅矣。

——卓人月《古今词统》

南乡子

原　文

洞口谁家，木兰船系木兰花①。红袖女郎相引去，游南浦，笑倚春风相对语。

这首词写南国水乡的少女。

①**木兰**：用木兰树造的船，后用作船的美称。

洞口边是谁的家？木兰船系在木兰花下。红袖女郎相互邀约，去南浦游赏戏耍。笑语春风相依偎，有女笑问，有女笑答。

南乡子

二八花钿①，胸前如雪脸如莲。耳坠金环穿瑟瑟，霞衣窄，笑倚江头招远客。

这首词写南国少女。

①**二八**：指十六岁少女。**花钿**：首饰，此处借代戴花钿的少女。

十六岁的少女，正是如花的年华。胸前白如雪，面似粉荷花。耳坠金环穿碧珠，苗条的彩衣如云霞。斜倚着江岸招手，笑应远客问答。

南乡子

路入南中①，桄榔叶暗蓼花红。两岸人家微雨后，收红豆，树底纤纤抬素手。

这首词写南国风情。

①**南中**：南国。

路入岭南腹地，水边的蓼花紫红，映着棕榈叶的暗绿。一场微雨之后，家家把红豆采集，树下翻扬纤纤细手，一双双雪白如玉。

词 评

好在"收红豆"三字，触物生情，有如此境。

——陈廷焯《白雨斋词评》

南乡子

原 文

袖敛鲛绡①，采香深洞笑相邀。藤杖枝头芦酒滴②，铺葵席，豆蔻花间趁晚日。

说 明

这首词写南国老人的生活。

注 释

①鲛绡：薄纱之类的丝织物。此处指手帕。②芦酒：以芦管放于酒器中，吸而饮之。

词 解

衫袖里笼着手帕，笑语相约深洞采香去，藤杖挑挂着酒葫芦，荡出芦酒一滴滴。铺上葵叶席地而坐，饮酒豆蔻花丛里。直到夕阳落山，浪漫忘归去。

词 评

趁，昨和切，《通俗文》，短也。欧阳炯词"豆蔻花间趁晚日"。

——张德瀛《词征》

南乡子

原 文

翡翠鵁鶄①，白蘋香里小沙汀。岛上阴阴秋雨色②，芦花扑，数只渔船何处宿。

说 明

这首词写秋雨时分的南国风景。

①鸂鶒：水鸟名。②阴阴：指秋雨时节天气幽暗。

词 解

翡翠色的鸂鶒鸟，在长满白蘋的小沙洲上嬉戏。小岛笼罩在阴沉沉的秋雨之中，芦花随着风雨扑倒，几只渔船歇息在何处去避雨呢？

词 评

写蛮乡新异景物，以妍雅之笔出之，较李《南乡子》词尤佳。

——俞陛云《唐五代两宋词选释》

献衷心

原 文

见好花颜色，争笑东风。双脸上，晚妆同。闭小楼深阁，春景重重。三五夜①，偏有恨，月明中。　　情未已，信曾通。满衣犹自染檀红。恨不如双燕，飞舞帘栊。春欲暮，残絮尽，柳条空。

说 明

这首词写春日怨情。

注 释

①三五夜：中国农历每月十五夜。

词 解

看那春花鲜艳，竞开着笑迎春风，晚妆后的双脸，像花儿一样的粉红。紧闭了小楼深阁，躲开那春景重重。偏是十五的明月，不怜人离恨别情，又把多情的月光，洒进绣帘窗枢。

情思总是难断，信里也诉过衷情，如今衣上还印满着泪迹斑斑的檀红。恨不如双飞的春燕，能自由在你屋前飞行。春天就要过去了，春柳的残絮已飘尽，柳条挂满沉重的绿叶，无力再飞花传情。

词 评

画家七十二色中有檀色，浅赭色所合，妇女画眉似之。唐人诗词惯善用此。此其一也。

——汤显祖《玉茗堂评花间集》

贺明朝

原文

忆昔花间初识面，红袖半遮，妆脸轻转。石榴裙带，故将纤纤玉指偷捻，双凤金线①。 碧梧桐锁深深院，谁料得两情，何日教缱绻。羡春来双燕，飞到玉楼，朝暮相见。

说明

这首词写男子的怀人之情。

注释

①**双凤金线**：指裙带上用金丝所绣的双凤图案。

词解

记得当初花丛里初次相见，你举着红袖，半遮住羞怯的脸，涂过妆粉的面庞，轻轻地扭过一边。纤纤如玉的手指，轻轻地揉着石榴裙带，搓捻着绣成双凤的金线。

浓绿的梧桐树，锁住了你深深的庭院，谁知我俩的相思，何时才能结成难舍难分的姻缘？真羡慕春天的双燕，能飞上玉楼，飞入深院，朝朝暮暮，都能与你相见。

词评

寒鸦日影，千古相思。

——茅暎《词的》

贺明朝

原文

忆昔花间相见后，只凭纤手，暗抛红豆。人前不解，巧传心事。别来依旧，辜负春昼。 碧罗衣上蹙金绣，睹对对鸳鸯，空裛泪痕透①。想韶颜非久，终是为伊，只恁偷瘦②。

说明

这首词写女子的怀人之情。

注释

①**裛**：沾湿。②**恁**：如此。

词 解

追忆当初在花丛间相见之后，她只凭借纤纤玉手暗抛红豆，在众人前不能直吐思恋，只能这样巧妙地传递心事。分别以后她依旧独守空闺，辜负了一个个春光美好的日子。

碧绿的罗衣上用金线绣着一对对鸳鸯，看到这图样她的泪水湿透了衣裳。她知道青春的容颜不能长久，却不料只因为思念他，竟然如此憔悴消瘦。

词 评

无甚雕巧，只是铺排妥当，自无村妆羞涩态。

——汤显祖《玉茗堂评花间集》

江城子

原 文

晚日金陵岸草平①，落霞明，水无情，六代繁华②，暗逐逝波声。空有姑苏台上月，如西子镜，照江城。

说 明

这是一首怀古词。

注 释

①**金陵：**今江苏省南京市。②**六代繁华：**东吴、东晋、宋、齐、梁、陈都定都在金陵。

词 解

傍晚，落日的余晖照着故都金陵，茵绿的春草与江岸连平，晚霞烧红了江天，大江东去滔滔无情。当年六朝的繁华，已暗随江波消逝在涛声中。只有明月空挂姑苏台上，如西子姑娘的妆镜，照尽六朝的兴亡，照着千古江城。

词 评

此词妙处在"如西子镜"一句，横空牵入，遂尔推陈出新。

——李冰若《栩庄漫记》

凤楼春

原 文

凤髻绿云丛，深掩房栊。锦书通，梦中相见觉来慵，匀面泪，脸珠融。因想玉郎何处去，对淑景谁同①。　　小楼中，春思无穷。倚栏颙

望，暗牵愁绪，柳花飞起东风。斜日照帘，罗幌香冷粉屏空。海棠零落，莺语残红。

说明

这首词写春日闺怨。

注释

①淑景：美景。

词解

乌黑的头发盘成凤凰发髻，深掩闺房的帘枕。远方的锦书寄来，梦中相见是多么欢愉，醒来却依然独自一人，她只感到慵懒无力，擦去脸上的泪痕，泪珠融进了梳妆的香粉。她遥想情郎不知身在何处，又正在与谁共赏这春日美景。

她幽居在小楼中，满怀春愁与相思。倚着栏杆凝神远望，春风中柳絮漫天飞舞，暗暗牵惹起她绵绵无尽的愁思。夕阳的余晖斜照着绣帘，罗帐里熏香已冷，粉屏依然空空如也。海棠花零落满地，黄莺声声啼鸣仿佛是为了落花而悲泣，她的如花青春也像海棠一样正在渐渐消逝。

词评

因想者，因梦而有想也，泪痕血点。

——陈廷焯《白雨斋词评》

和　凝　二十首

和　凝

和凝（898—955），后晋词人，字成绩，郓州须昌（今山东东平县）人。十九岁登进士第。后唐时为翰林学士，知贡举，后历任晋、汉、周诸朝，累官至中书侍郎同中书门下平章事，封鲁国公。他才思敏捷，少年时好为曲子词，流传颇广，时称"曲子相公"。现存词20余首，其词大都以浮艳辞藻写男女情事，或歌颂太平之声。

小重山

春入神京万木芳①，禁林莺语滑，蝶飞狂。晓花擎露妒啼妆②，红日永，风和百花香。　　烟锁柳丝长，御沟澄碧水，转池塘。时时微雨洗风光，天衢远③，到处引笙簧。

说 明

这首词写京城春日风光。

注 释

①**神京**：京城。②**妒啼妆**：带妒含泪的样子。③**天衢**：皇城中的大道。

词 解

春的脚步悄悄地踏入京城，万木舒展开春的芳容。禁苑林中的莺鸟，欢快地唱起清脆流畅的歌，彩蝶纷纷翩翩狂舞，尽情嬉戏着暖暖的春风。清晓的鲜花捧出晶莹的晨露，仿佛少女带泪的妆红，朗朗的红日普照大地，春风和煦飘散百花香浓。

长长的柳丝细细如烟，轻轻地把浓雾梳拢，护城河里清亮的春水，汩汩地淌着流入池塘中。一阵阵温柔的春雨，把大地的烟尘洗净，宽敞的街道长长的，直通向天子的皇宫。春风飘来笙曲的悠扬，弥散着弦管欢乐的歌声。

词 评

　　此词颇尽宫中幽怨之意，且妒啼妆，天衢远上见之。
　　　　　　　　——李廷机《新刻注释草堂诗馀评林》

小重山

原 文

正是神京烂漫时，群仙初折得，郊诜枝①。乌犀白纻最相宜②，精神出，御陌袖鞭垂。　　柳色展愁眉，管弦分响亮，探花期③。光阴占断曲江池，新榜上，名姓彻丹墀④。

说 明

这首词写新及第的进士得意欢喜之情。

注释

①郄诜：晋人。据《晋书·郄诜传》载：郄诜对武帝说："臣举贤良策为天下第一，犹桂林之一枝，昆山之片玉。"②乌犀白纻：黑色的带钩，白色的夏布衣衫。谓新进士的穿着。③探花期：指进士初宴的时间。唐时进士在曲江、杏园初宴，称探花宴，以进士少俊者二人为探花使。④丹墀：宫殿前红漆的台阶。

词解

正是京城春花烂漫的时节，新科的进士如群仙登月，感谢天子，拆得郄诜所说的桂枝，让他们获得做官的资格。乌黑的犀角带钩，衬出夏衫的白色，精神焕发，得意扬扬，袖笼玉鞭驰马过御街。

春柳舒展开细枝绿叶，一洗寒冬枯黄的愁色，欢宴里探花游园时，弦管的旋律分外激越。曲江池畔欢歌笑语，到处洋溢着春的欢乐。因为他们的姓名，都已列入敕封的皇榜名册。

词评

贫病愁人，所不堪而宜于诗词。乌纱帽，人所艳称，而反不宜，可见富贵也有用不着处。

——汤显祖《玉茗堂评花间集》

临江仙

原文

海棠香老春江晚，小楼雾縠空蒙。翠鬟初出绣帘中，麝烟鸾佩惹蘋风^①。　　碾玉钗摇鸂鶒战，雪肌云鬓将融。含情遥指碧波东，越王台殿蓼花红。

说明

这首词写春日闲情。

注释

①鸾佩：指佩饰的玉器。

词解

海棠花的馨香已经残尽，春江正临日暮时分，小楼笼罩在轻纱一般的薄雾里，那么缥缈迷蒙。在珠绣的帘子中，美丽的发鬟刚刚束成，麝香的烟气和鸾凤的玉佩，引来阵阵春风。

宝玉发钗一步一摇，钗上的鸂鶒花饰相随颤动。如雪的肌肤和如云的发鬟就像要化解消融，她满怀深情遥指绿水的东面，那里是越王的亭台宫殿，蓼花开得正红。

临江仙

原 文

　　披袍窣地红宫锦，莺语时啭轻音。碧罗冠子稳犀簪[1]，凤凰双飐步摇金。　　肌骨细匀红玉软，脸波微送春心。娇羞不肯入鸳衾，兰膏光里两情深[2]。

说 明

　　这首词写男女欢情。

注 释

　　①**犀簪**：用犀角制成的发簪。②**兰膏**：代指兰灯。

词 解

　　她披着宫锦红袍，长长的衣裙拖曳在地；她的语音轻柔婉转，清脆如黄莺娇啼。碧罗冠上稳稳地插着犀角发簪，金钗上的一双凤凰随着她的脚步轻轻晃动。

　　她身材苗条匀称，肌肤细腻红润好像温软的红玉，眼中秋波流转传送着一片春心。她满怀娇羞不肯同入鸳鸯锦被，只在兰灯光下相互倾诉深情。

词 评

　　精工宕丽，足分温韦半席。

　　　　　　　　　　　　——汤显祖《玉茗堂评花间集》

菩萨蛮

原 文

　　越梅半拆轻寒里，冰清淡薄笼蓝水[1]。暖觉杏梢红，游丝狂惹风。闲阶莎径碧[2]，远梦犹堪惜。离恨又迎春，相思难重陈。

说 明

这首词写早春怀人之情。

注 释

①蓝水：泛指碧蓝的春水。②莎：莎草。

词 解

初春时节，天气微寒，越梅含苞绽放，那冰清淡薄的风姿映照在蓝水中。杏梢在丝丝暖意中渐露红色，游丝在风中漫天狂舞。

石阶空空，小径上长满碧绿的莎草，那遥远的相思梦境还值得珍惜。在无尽的离恨中又迎来了春天，那满怀的相思已难以再向人倾诉。

词 评

《菩萨蛮》及《望梅花》，则近于清言玉屑矣。

——况周颐《花间集评注》引

山花子

原 文

莺锦蝉縠馥麝脐，轻裾花早晓烟迷。鸂鶒战金红掌坠，翠云低。

星靥笑偎霞脸畔，蹙金开襜衬银泥①。春思半和芳草嫩，碧萋萋。

说 明

这是一首写闺妇春思的词。

注 释

①蹙金：金丝盘绣。

词 解

她的衣裳锦绣如莺羽，轻薄好似蝉翼，浑身散发着浓郁的芳香，轻盈的衣襟上绣着花草，宛如清晨迷梦的烟云。金钗上的鸂鶒轻轻颤动，钗上坠着红掌垂饰，乌黑如云的发髻低垂。

花靥装点着她的笑脸，好像星辰依偎在彩霞边，银光闪闪的裙饰衬托着金丝盘绣的外衣。她那春日里的愁思如同嫩绿的芳草，碧绿萋萋，连绵无际。

词 评

"星靥"二句，置之温尉词中，可乱楮叶。

——李冰若《栩庄漫记》

山花子

银字笙寒调正长^①，水纹簟冷画屏凉。玉腕重因金扼臂，淡梳妆。
几度试香纤手暖，一回尝酒绛唇光。伴弄红丝蝇拂子，打檀郎^②。

说明

这首词写少年夫妇闺房嬉戏的情形。

注释

①**银字笙**：笙上用银做字，表明音调高低。②**檀郎**：指少妇所爱的郎君。

词解

清冷的月夜中，银笙的曲调悠扬，给水纹竹席带来丝丝清冷，给画屏送来阵阵凉爽。沉甸甸的金镯子，戴在她雪白的手腕上，长发随意地梳拢，脸上带着淡淡的粉妆。

几次用手去试探香炉，纤纤的玉手暖又香，勉强尝过一口酒，脸如朱唇红又亮。假装着娇弱不胜酒，满脸嗔怪生气的样儿，轻轻地舞弄着红丝蝇拂，作势要打心爱的情郎。

词评

"寒""冷""凉"三字迭用。

——茅暎《词的》

河满子

正是破瓜年几^①，含情惯得人饶^②。桃李精神鹦鹉舌，可堪虚度良宵。却爱蓝罗裙子，羡他长束纤腰。

说明

这首词写男主人公对少女的爱慕之情。

注释

①**破瓜年几**：十六岁的年纪。古人说"瓜"字可以分为二八字，故诗文中称十六岁为破瓜之年。②**惯**：常。

〔词 解〕

那少女正是十六岁的如花年纪，含情脉脉让人心相倾。桃李花开一样的风采，俏舌鹦鹉一样的机灵。只可惜她在虚度青春，尚未懂得人间的真情。真羡慕那浅蓝的罗裙，常把她的纤腰拥在怀中。

〔词 评〕

"却爱蓝罗裙子，羡他长束纤腰。"为和词名句。其源盖出于张平子《定情诗》，陶公《闲情赋》尚在其后。

——李冰若《栩庄漫记》

河满子

〔原 文〕

写得鱼笺无限，其如花锁春晖。目断巫山云雨，空教残梦依依。却爱熏香小鸭①，羡他长在屏帏。

〔说 明〕

这首词写男子的相思之情。

〔注 释〕

①熏香小鸭：鸭形小香炉。

〔词 解〕

情书写了一封又一封，他所爱的姑娘依然像春花一样锁在深闺中。望断了巫山的云雨，却只有依依残梦，还是不能与她相会。他真羡慕那鸭形的小香炉，时时都陪伴在她的屏帏中。

〔词 评〕

和成绩《河满子》末二语，为世所推重。

——李冰若《花间集评注》引

薄命女

〔原 文〕

天欲晓，宫漏穿花声缭绕。窗里星光少，冷霞寒侵帐额①，残月光沉树杪②。梦断锦帏空悄悄，强起愁眉小。

这首词写女子的幽怨之情。

注 释

①**帐额**：帐门上面的横条遮檐，其上绣有图案装饰。②**树杪**：树梢。

词 解

天就要亮了，宫漏缠绵的响声缭绕在庭院的花丛中。方方的窗格里，闪烁着几颗稀落的星星。寒冷的霞光，映照着绣帐上的帘额；西边的树梢上，挂着残月西沉的影。相思梦断的时候，锦帐里依旧空空；勉强起得身来，愁眉仍锁住相思的情。

词 评

冲寂自妍，末只一句尽却怨意。

——沈际飞《草堂诗馀正集》

望梅花

原 文

春草全无消息，腊雪犹遗踪迹。越岭寒枝香自坼①，冷艳奇芳堪惜。何事寿阳无处觅②，吹入谁家横笛。

说 明

这是一首咏梅词。

注 释

①**越岭**：越城岭。在今广西全州、资源等县之间。②**寿阳**：宋武帝寿阳公主人日卧于含章殿下，有梅花落于额上，成五出之花，拂之不去。

词 解

春草还没有透露春的消息，腊月的雪仍然留着些残迹，越岭的寒梅枝头香苞初绽，冰清玉洁的艳丽，浓郁的芳香，让人格外地珍重怜惜。谁说寿阳公主的梅花妆无踪可寻、无迹可觅？你听听是谁家的横笛，正在吹奏那《梅花落》，那歌咏梅花的小曲。

天仙子

原　文

　　柳色披衫金缕凤，纤手轻拈红豆弄，翠蛾双敛正含情。桃花洞，瑶台梦①，一片春愁谁与共。

说　明

　　这首词借用天台神女典故写春日闺愁。

注　释

　　①**桃花洞、瑶台**：指仙女的居所。

词　解

　　柳色一样的嫩绿衣衫上，金色的丝线绣着双双凤凰，纤纤玉手轻拈红豆在手中摆弄，一双翠眉轻䫜正在含情脉脉。身住在桃花仙洞，瑶台上做起相思的梦，这一片春愁有谁知道，这一片春光又能与谁共度？

词　评

　　刘改之别妾赴试作《天仙子》，语俗而情真，世多传之，遇此不免小巫。

——汤显祖《玉茗堂评花间集》

天仙子

原　文

　　洞口春红飞簌簌①，仙子含愁眉黛绿。阮郎何事不归来，懒烧金，慵篆玉②。流水桃花空断续。

说　明

　　这首词借天台神女事写春日闺愁。

注　释

　　①**春红**：春花。②**篆玉**：烧盘香。

词　解

　　洞口的清风吹走暮春的残红，簌簌地在空中飘来飘去，修行的美女眉色深浓，阮郎为什么还不归来，哪里才能找到他的踪迹？无心去为金炉添香，也懒得让玉盘重燃烟絮。看桃花在流水中空空地漂荡，如心底的相思断断续续。

【词 评】

　　　　花雨霏红，愁眉锁绿，年年流水依然，奈阮郎不返。写闺思而托之仙子，不作喁喁尔汝语，乃词格之高。

　　　　　　　　　　　　——俞陛云《唐五代两宋词选释》

春光好

【原 文】

　　纱窗暖，画屏间，亸云鬟①。睡起四肢无力，半春闲。　　　玉指剪裁罗胜，金盘点缀酥山②。窥宋深心无限事③，小眉弯。

【说 明】

　　这首词写少女怀春之情。

【注 释】

　　①亸：下垂。②酥山：以牛羊乳脂凝制而成的山，作观赏用。③窥宋：形容少女怀春多情之意。宋玉《登徒子好色赋》："此女（东家之子）登墙窥臣三年，至今未许也。"

【词 解】

　　温暖的阳光射进纱窗，画屏静立在闺房中间，她的云鬟凌乱地垂下。醒来起身的时候四肢无力，这样悠闲地度过春天。

　　百无聊赖时用纤纤玉指剪裁罗胜，随手点缀金盘中的酥山。她好像窥视那宋玉的东家之子，心中深藏无限情思，可是无人知道她的心事，只见那修长的眉毛又细又弯。

春光好

【原 文】

　　蘋叶软①，杏花明，画船轻。双浴鸳鸯出绿汀，棹歌声。　　　春水无风无浪，春天半雨半晴。红粉相随南浦晚，几含情。

【说 明】

　　这首词写春游的情景。

注 释

①**软**：柔嫩。

词 解

蘋叶柔嫩轻软，杏花鲜艳分明，画船轻盈地漂荡在水波上。一双新浴的鸳鸯浮出春水，游过江中小洲，阵阵船歌四处传扬。

宁静的春水无风也无浪，美好的春天半雨又半晴。红粉佳人结伴出游赏春，直到南浦天色渐晚，含情嬉戏令人欢畅。

词 评

"春水""春天"二语，写出春光骀荡之状。

——李冰若《栩庄漫记》

采桑子

原 文

蜻蛉领上诃梨子①，绣带双垂，椒户闲时②，竞学樗蒲赌荔枝③。

丛头鞋子红编细，裙窣金丝。无事颦眉，春思翻教阿母疑。

说 明

这首词写少女春思。

注 释

①**蜻蛉**：天牛的幼虫，色白身长，借以比喻女子颈项之美。**诃梨子**：即诃梨勒，开白花，籽似栀子。古代妇女常依其形绣作领上花纹。②**椒户**：椒泥涂饰的屋子。③**樗蒲**：古代的一种赌博游戏。

词 解

绣着诃梨子花的衣领，裹着白如蜻蛉的细长脖颈，衣襟上绣带双垂，袅袅地轻轻摆动。在椒泥涂墙的香闺里，闲得竟学樗蒲博戏，赌着几颗荔枝的输赢。

鞋尖上堆着绢花丛丛，丝编的鞋带又细又红，金线绣花的长裙曳地，走路时拖起阵阵轻风。无事的时候轻皱着双眉，若有所思地仿佛心事重重，倒叫母亲疑她动了春情。

柳 枝

原 文

软碧摇烟似送人①，**映花时把翠蛾攒。青青自是风流主，慢飐金丝待洛神。**

说 明

这首词咏洛水旁的柳树。

注 释

①**软碧摇烟**：柔嫩的绿柳袅袅的样子。

词 解

温柔的绿色摇动柳丝如烟漫飞，仿佛送人远行的手在空中轻挥，当春的花儿与翠绿相映的时候，那绿绿的柳叶儿如姑娘的黛眉。青翠的绿色自然是春风的主流，她慢摇着柳丝等待洛神来相会。

柳 枝

原 文

瑟瑟罗裙金缕腰，黛眉偎破未重描。醉来咬损新花子①，**拽住仙郎尽放娇。**

说 明

这首词写妇人撒娇的情态。

注 释

①**花子**：画饰。

词 解

碧光闪闪的罗裙上金丝绣带束着纤纤细腰，柔情依偎抹掉了眉上的黛色，还没来得及重新描画。醉后被吻破了新贴的花子，她拽住情郎不住地撒娇。

"醉来"句但觉其妙，诗词中此类极多，如李白"双鬓入秋浦"等，若一一索解，几同说梦。

——汤显祖《玉茗堂评花间集》

柳 枝

原文

鹊桥初就咽银河，今夜仙郎自姓和①。不是昔年攀桂树②，岂能月里索姮娥。

说明

这首词是作者自述游冶之乐。

注释

①**自姓和**：和凝自称。②**攀桂树**：比喻举进士。

词解

幽咽的银河上鹊桥初成，今夜与织女相会是和凝。若不是昔年苦读举进士，岂能登天求来仙女的情？

词评

前二首不脱《柳枝》窠臼，远不及温韦之作，此诗则非咏柳枝矣。唐进士及第多冶游，如《北里志》所载可考，和词盖夫子自道耳。

——李冰若《栩庄漫记》

渔 父

原文

白芷汀寒立鹭鸶，蘋风轻剪浪花时①。烟幂幂，日迟迟。香引芙蓉惹钓丝②。

说明

这首词写渔父垂钓的情景。

注释

①**蘋风**：微风。②**惹**：沾染。

长满白芷的绿水边，清晓的风里立着一只白鹭，风儿在水面剪出朵朵浪花，浮萍点点如跳动着的音符。水汽蒸腾如轻烟袅袅，阳光和煦。荷花飘来一阵幽香，无意间把渔父的钓丝缠住。

[词 评]

较志和作自远不逮，而遣词琢句，精秀绝伦，亦佳构也。

——陈廷焯《云韶集》

顾 敻 十八首

顾 敻

顾敻，后蜀词人，生卒年不详。前蜀时任茂州刺史，入后蜀，累官至太尉。工诗词，其词多写艳情，真挚热烈，浓丽动人。

虞美人

[原 文]

晓莺啼破相思梦，帘卷金泥凤。宿妆犹在酒初醒，翠翘慵整倚云屏①，转娉婷。 　　香檀细画侵桃脸，罗袂轻轻敛。佳期堪恨再难寻，绿芜满院柳成阴，负春心。

[说 明]

这首词写闺中春怨。

[注 释]

①翠翘：一种发钗。

[词 解]

破晓时分，黄莺的啼鸣声将她从相思的梦中惊醒，眼前的垂帘上描着泥金凤凰。昨夜的妆容还在，酒醉刚刚才醒，她无心整理头上的翠翘，只慵懒地倚着云屏，身姿是那样娉婷。

檀香在桃花一般的脸庞上仔细描画，罗袖轻轻敛起妆匣。只恨佳期错过难以再寻，庭院中长满青草，柳树成荫，那远行不归的情郎真是辜负了她的一片春心。

[词评]

　　虞美人草，一出褒斜谷中，状如鸡冠花，叶相对；一出雅州名山县，唱《虞美人》曲，应拍而舞，故《酉阳杂俎》云"舞草"，盖谓此。

——汤显祖《玉茗堂评花间集》

虞美人

[原文]

　　触帘风送景阳钟[①]，鸳被绣花重。晓帏初卷冷烟浓，翠匀粉黛好仪容，思娇慵。　　起来无语理朝妆，宝匣镜凝光。绿荷相倚满池塘，露清枕簟藕花香，恨悠扬。

[说明]

　　这首词写闺怨之情。

[注释]

　　①景阳钟：南齐武帝以宫深不闻端门鼓声，置钟于景和殿上。宫人闻钟声，早起妆饰。

[词解]

　　景阳楼的声声晨钟，随着风儿飘进帘枕，晨曦映照着鸳鸯被，照亮被上绣花重重。刚刚把帏帐卷起，飘来的晨雾又凉又浓，那思妇娇美的脸上，还带着相思的娇慵。

　　起身默默地梳理晨妆，镜里凝着痴情的目光，窗外已是无边的春色，嫩绿的荷叶挤满池塘；露珠在荷叶上晶莹滚动，席枕也染上荷花的幽香，面对美景更添相思的愁，愁思随着春风飘向远方。

[词评]

　　全词与陈宫无涉，而嵌入"景阳宫"三字，是为堆砌。

——李冰若《栩庄漫记》

虞美人

[原文]

　　翠屏闲掩垂珠箔，丝雨笼池阁。露沾红藕咽清香，谢娘娇极不成狂，罢朝妆。　　小金鹧鸪沉烟细，腻枕堆云髻。浅眉微敛注檀轻①，旧欢时有梦魂惊，悔多情。

【说　明】

这首词写闺怨之情。

【注　释】

①**注檀**：以绛红色颜料涂唇。

【词　解】

翠绿的屏风闲掩，珠帘低垂，丝丝细雨笼罩着池塘边的闺阁。露珠沾在红色的荷花上，染上了阵阵清香，那美丽的闺中人娇恼欲狂，竟不肯梳理晨妆。

鹧鸪图案的小铜香炉里细细的烟雾缭绕，枕头上满是泪痕，发髻散乱如云。她轻蹙双眉浅涂红唇，梦中常常回忆起旧日的欢情，她不禁后悔自己太过多情，如今只是平添了梦醒时的怅恨和痛苦。

【词　评】

露沾红藕，以藕代花，殊嫌生硬。

——李冰若《栩庄漫记》

虞美人

【原　文】

碧梧桐映纱窗晚，花谢莺声懒。小屏屈曲掩青山，翠帏香粉玉炉寒，两蛾攒①。　　癫狂年少轻离别，辜负春时节。画罗红袂有啼痕，魂销无语倚闺门，欲黄昏。

【说　明】

这首词写少妇的离愁。

【注　释】

①**两蛾攒**：双眉紧蹙。

【词　解】

碧绿的梧桐映在纱窗上，天色已晚，花儿凋谢，黄莺也懒得再歌唱。曲折的小屏风掩藏起屏上的青山风景，翠绿的罗帏上沾满香粉，玉炉中香烬炉寒，她幽居在这寂静冷清的深闺中，紧紧皱着蛾眉。

轻狂的少年郎将离别看得太容易，让她独守空闺年华虚度，辜负了美好春光。红罗衣袖上满是泪痕，她黯然神伤地倚靠在闺房门前，默默地等待他归来，转眼间又到了黄昏时分。

虞美人

原　文

深闺春色劳思想①，恨共春芜长。黄鹂娇啭泥芳妍，杏枝如画倚轻烟，锁窗前。　　凭栏愁立双蛾细，柳影斜摇砌。玉郎还是不还家，教人魂梦逐杨花，绕天涯。

说　明

这首词写闺中怀人之情。

注　释

①劳：忧愁。

词　解

满园春色叩开我的闺房，拨动闺中人的愁思苦想，我心中不尽的怨愁啊，伴随着芳草一天天滋长。花丛里黄鹂在娇婉地啼鸣，薄薄的春雾飘浮在红杏枝上；我在琐窗前无限惆怅。

在思愁中凭栏远望，一双蛾眉又细又长，只见柳影斜斜地摇动长廊。玉郎还是不回家来，我的梦魂在柳枝的飘摇里幻化，思绪在追逐纷飞的杨花，在天涯里寻觅，在天涯里飘荡。

词　评

味深隽，诗词转关之际。

——沈际飞《草堂诗馀别集》

虞美人

原　文

少年艳质胜琼英①，早晚别三清②。莲冠稳簪钿篦横③，飘飘罗袖碧云轻，画难成。　　迟迟少转腰身袅，翠靥眉心小。醮坛风急杏花香，

此时恨不驾鸾凰，访刘郎。

〔说　明〕

这首词写女道士的情思。

〔注　释〕

①**琼英**：似玉的美石。②**三清**：道家仙境。③**篸**：通"簪"。

〔词　解〕

她年轻美艳、天生丽质，胜过了白玉美石，早晚会告别道冠。莲花冠上稳稳地篸着钿篦，轻飘飘的罗袖好像碧云一样轻盈。她的美貌实在难以用画笔描成。

她缓缓转过身来，纤腰柔软，小小的翠靥贴在眉心。一阵疾风吹过醮坛，吹来杏花的芳香。此时她恨不能驾上鸾凤乘风飞去，去寻访刘郎，了却她的满怀情思。

〔词　评〕

杂出别调，绝非本情。今人作有韵之文，全用散法，而收以韵脚数语，为本文张本，大都类是。

——汤显祖《玉茗堂评花间集》

河　传

〔原　文〕

燕扬，晴景。小窗屏暖，鸳鸯交颈。菱花掩却翠鬟欹，慵整。海棠帘外影。　　绣帏香断金鸂鶒①，无消息，心事空相忆。倚东风，春正浓。愁红，泪痕衣上重。

〔说　明〕

这首词写闺中春恨。

〔注　释〕

①**金鸂鶒**：指有鸂鶒图案的铜香炉。

〔词　解〕

燕子轻轻飞舞，晴日的景色多么明媚。小窗里的屏风也染上了春日的温暖，屏上的鸳鸯交颈相依。她掩起菱花镜，无心整理低斜的翠鬟。海棠花在帘外轻轻摇动，透下片片花影。

绣帐中鸂鶒图案的铜香炉已经烟断香冷，那远行的人杳无消息，她满怀心事却只能空自相忆。她倚在春风中，看着眼前春光正浓，红艳的春花更增添了她的愁怨，衣衫上落满了重重泪痕。

河　传

原　文

　　曲槛，春晚。碧流纹细，绿杨丝软。露花鲜，杏枝繁，莺啭。野芜平似剪。　　直是人间到天上，堪游赏，醉眼疑屏障①。对池塘，惜韶光。断肠，为花须尽狂。

说　明

　　这首词抒发了赏春之情。

注　释

　　①"醉眼"句：谓为春色所陶醉的眼光所见的风物，疑是屏上的画图。

词　解

　　弯曲的回廊，弯曲的栏杆，弯曲着春日晚景的流连，水在细纹里流淌着碧绿，柳在长丝上轻舞着缠绵。杏花如刚刚经过雨露滋润，在枝头穿满了如锦的红艳。莺歌在她的婉转里，跳出一个个响亮的音符，平坦的旷野披上绿色的绒毡。

　　这样的春游仿佛从人间到天上，这样的春景连神仙也值得游赏，当你带着酒意陶醉其中的时候，你会怀疑这是真实的春色，还是画屏上的风光？面对着池塘缓缓的流水，我更珍惜流逝的春光，若为华年的渐逝而伤愁断肠，我更愿为花的盛开高歌我的狂放。

河　传

原　文

　　棹举，舟去。波光渺渺，不知何处。岸花汀草共依依，雨微，鸥鹭相逐飞。　　天涯离恨江声咽，啼猿切，此意向谁说。倚兰桡，独无聊。魂销，小炉香欲焦①。

说　明

　　这首词写行人旅思。

【注　释】

　　①**欲焦**：犹言将要烧成灰烬。

【词　解】

　　划动船桨，小船随波远去，浩渺的烟波中，不知将漂泊到何处。江岸边的野花和江洲上的青草仿佛都满含依依不舍之情，阵阵微雨中，鹧鸪相互追逐着在空中飞翔。

　　滔滔江声呜咽，仿佛在倾诉漂泊天涯的无穷离恨，凄切的猿猴啼鸣声更是增添了游子心中的哀愁，可是他的满怀愁恨却不知向谁诉说。他独自倚着小船，感到寂寞无聊。小炉中香烟就快烧尽，他也黯然魂销。

【词　评】

　　凡属《河传》题，高华秀美，良不易得。此三调，真绝唱也。

　　　　　　　　　　　　——汤显祖《玉茗堂评花间集》

　　顾夐《河传》三首，末阕上半首不愧简劲二字，若士概誉之为绝唱，何也？

　　　　　　　　　　　　——李冰若《栩庄漫记》

甘州子

【原　文】

　　一炉龙麝锦帏旁，屏掩映，烛荧煌。禁楼刁斗喜初长①，罗荐绣鸳鸯②。山枕上，私语口脂香。

【说　明】

　　这首词写男女欢情。

【注　释】

　　①**刁斗**：小铃。此处指宫中传夜铃。②**罗荐**：华美的垫席。

【词　解】

　　一炉龙麝熏香缭绕在锦帐旁，屏风掩映，蜡烛时明时暗。宫中传来夜铃声，漫漫长夜更让相聚的情人感到欢喜。华美的垫席上绣着双双鸳鸯，山枕上，他们相对私语，彼此倾诉衷肠，口脂的香气令人心醉。

【词　评】

　　"刁斗"无聊之思。

　　　　　　　　　　　　——汤显祖《玉茗堂评花间集》

甘州子

　　每逢清夜与良晨，多怅望，足伤神。云迷水隔意中人，寂寞绣罗茵①。山枕上，几点泪痕新。

说 明

　　这首词写深夜怀人之情。

注 释

　　①**罗茵**：丝罗褥子。

词 解

　　清夜和良晨让人更加惆怅，惆怅已伤透了相思的心。迢迢的水、漫漫的云，隔开了意中的人，只有那空寂的绣垫，在陪伴那颗孤独的心。山枕上，又印上几滴新的泪痕。

词 评

　　读辽后《十香词》，则知顾敻《甘州子》之疏淡也。

　　　　　　　　　　——李冰若《栩庄漫记》

甘州子

原 文

　　曾如刘阮访仙踪，深洞客，此时逢。绮筵散后绣衾同，款曲见韶容①。山枕上，长是怯晨钟。

说 明

　　这首词写男女恋情。

注 释

　　①**款曲**：殷勤的心意。**韶容**：美貌的容颜。

词 解

　　我曾像刘晨、阮肇一样寻访仙踪，那深洞的仙客今夜终于相逢，盛宴后我们携手同入绣帐，倾诉尽我长久的殷切思念，博得她那天仙一样的笑容。山枕上，我们在爱河里缠绵流连，总是怕听到早早响起的晨钟。

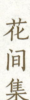

花间集

［词　评］

"长是怯晨钟"，春宵苦短之意。鸡鸣戒旦之义，则已微矣。

——李冰若《栩庄漫记》

甘州子

［原　文］

露桃花里小楼深①，持玉盏，听瑶琴。醉归青琐入鸳衾②，月色照衣襟。山枕上，翠钿镇眉心。

［说　明］

这首词写宴乐后入睡的情形。

［注　释］

①**露桃：**露井边的桃树。②**青琐：**雕花的窗。此处代指闺房。

［词　解］

露井边的桃花丛里，小楼笼罩着寂寞的阴森，她在瑶琴的曲中举杯独饮，醉了，趔趄地走向闺房，又去绣被里把旧梦追寻，月光照亮泪湿的衣襟。山枕上，翠钿压着那紧锁的眉心。

甘州子

［原　文］

红炉深夜醉调笙，敲拍处，玉纤轻①。小屏古画岸低平，烟月满闲庭。山枕上，灯背脸波横。

［说　明］

这首词写女主人公醉后情态。

［注　释］

①**玉纤：**纤细白皙的手指。

［词　解］

深夜的红炉边，她在醉后又吹起银笙，纤纤玉指在轻轻敲动。屏上的古画画着低平的江岸，轻纱般的月色洒满院庭。山枕上，她的目光在灯影里闪动，相思无眠让她难入梦境。

首章与此结隽名也，小语致巧，此其一斑。

——汤显祖《玉茗堂评花间集》

玉楼春

原 文

月照玉楼春漏促，飒飒风摇庭砌竹。梦惊鸳被觉来时，何处管弦声断续。　　惆怅少年游冶去①，枕上两蛾攒细绿。晓莺帘外语花枝，背帐犹残红蜡烛。

说 明

这首词写闺中思妇深夜怀人之情。

注 释

①游冶：冶游，野游。后世多指声色娱乐。

词 解

月光照耀着玉楼，春漏声声，飒飒夜风摇动着庭院里台阶边的翠竹。闺中思妇睡在鸳鸯绣被中，她从梦中惊醒，听见不知何处传来断断续续的管弦声。他人的欢乐更反衬出她的寂寞孤单。

年少的郎君外出游冶娱乐，她满怀惆怅地躺在枕上，紧紧皱着一双修长的蛾眉。垂帘外清晨的黄莺在花枝上婉转娇啼，天亮了他还不曾回来，锦帐后还点着红色的残烛，她依然在痴痴地等待着。

词 评

徐士俊云：《玉楼春》得名，以首句故。

——卓人月《古今词统》

玉楼春

原 文

柳映玉楼春日晚，雨细风轻烟草软。画堂鹦鹉语雕笼，金粉小屏犹半掩。　　香灭绣帏人寂寂，倚槛无言愁思远。恨郎何处纵疏狂①，长使含啼眉不展。

说 明

这首词写春闺幽怨。

注 释

①**疏狂**：狂放不羁的样子。

词 解

绿柳掩映着玉楼，给小楼涂上一层绿色的幽暗，细雨飘洒着雾一样的朦胧，风儿轻摇着嫩草的柔软。雕笼里的鹦鹉在自言自语，涂过金粉的小屏风，弯弯曲曲地半遮半掩。

绣帏内静悄悄的无一丝声响，燃尽的香炷飘散着一缕残烟，她倚着窗栏默默无语，哀愁的思绪已飘得很远很远。恨郎君不知又去何处放纵轻狂，常使她在孤独里含泪饮泣，愁眉紧锁着深深的恨怨。

玉楼春

原 文

月皎露华窗影细，风送菊香沾绣袂。博山炉冷水沉微①，惆怅金闺终日闭。　　懒展罗衾垂玉箸，羞对菱花簪宝髻。良宵好事枉教休，无计那他狂耍婿②。

说 明

这首词写闺怨。

注 释

①**博山**：香炉名。**水沉**：香料名。②**那**：奈何。**狂耍婿**：轻狂玩乐的夫婿。

词 解

皎洁的月光映照着带露的花朵，在窗户上投下细细的疏影，夜风吹来菊花的清香，彩绣的衣袖上也沾染上一缕芬芳。博山香炉已冷，水沉香已经烧烬，她却还是满怀惆怅，终日紧闭房门独守着空闺。

她无心铺展丝罗锦被，脸上挂着两行如玉箸一般的眼泪，更不敢对着菱花镜梳理发髻。良辰美景只能白白虚度，她对那只知轻狂玩乐的夫婿却是毫无办法。

玉楼春

花间集

原文

　　拂水双飞来去燕，曲槛小屏山六扇。春愁凝思结眉心，绿绮懒调红锦荐①。　　话别情多声欲颤，玉箸痕留红粉面。镇长独立到黄昏，却怕良宵频梦见。

说明

　　这首词写离情。

●春愁凝思结眉心

注释

　　①绿绮：古琴名。

词解

　　燕子飞来又飞去，成双成对地拂过水面，我用六扇画屏隔开回廊，在曲折的栏旁为你送别饯行。春天的离别更使人伤愁，那愁思都凝结在我的眉心间，我已无心去调理红锦垫上的绿绮琴弦。

　　惜别的话儿说也说不完，越是临别声音越低颤。止不住的泪水在不停地流，泪珠在粉脸上冲出两道线。别后我久久地伫立在黄昏里，害怕在良宵的梦中，又与你频频相见。

词评

　　后二章尤秀媚可人，而合之足称全璧。

　　　　　　——汤显祖《玉茗堂评花间集》

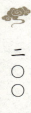

卷第七

顾 夐 三十七首

浣溪沙

原 文

　　春色迷人恨正赊①，可堪荡子不还家，细风轻露着梨花。　　帘外有情双燕飏，槛前无力绿杨斜，小屏狂梦极天涯②。

说 明

　　这首词写春日闺情。

注 释

　　①赊：长。②屏：屏风。

词 解

　　春色迷人而愁怨却正长着，怎能忍受丈夫远游不归。和暖的春风吹拂，轻柔的雨露滋润，梨花盛开。

　　帘外的春燕似有情般相伴同飞，槛前的绿杨树无力地斜向一边，小屏风后只能空做着天涯相随的梦。

词 评

　　"细风轻露著梨花"，巧致可咏，结句振起全阕。

　　　　　　　　　　　　——李冰若《栩庄漫记》

浣溪沙

原　文

　　红藕香寒翠渚平，月笼虚阁夜蛩清①，塞鸿惊梦两牵情。　　宝帐玉炉残麝冷，罗衣金缕暗尘生，小窗孤烛泪纵横。

说　明

　　这首词写秋日闺思。

注　释

　　①**虚阁**：空阁。**蛩**：蟋蟀。

词　解

　　青翠的小洲与江水连平，红莲的香风里飘来夜的清冷。月光笼罩的空阁里，传来蟋蟀一声声啼鸣，塞外飞鸿牵缠着我遥远的思念，惊断了我相思的梦。

　　宝帐内的玉香炉里，兰麝熏香已燃尽烟冷，金丝绣成的罗衣上，已暗暗蒙上轻尘一层，小窗前那只孤烛滴着蜡泪，我的脸上也有泪花纵横。

词　评

　　婉雅芊丽，不背于古。

——陈廷焯《词则·闲情集》

浣溪沙

原　文

　　荷芰风轻帘幕香，绣衣鸂鶒泳回塘，小屏闲掩旧潇湘①。　　恨入空帏鸾影独②，泪凝双脸渚莲光，薄情年少悔思量。

说　明

　　这首词写闺怨。

注　释

　　①**潇湘**：指屏风上所画的潇湘山水。②**鸾影**：鸾镜中的人影。

词　解

　　微风吹动帘幕，吹来一阵荷花的清香；鸂鶒的羽毛五彩斑斓好像锦绣的衣裳，它们正双双对对在池塘中游泳嬉戏。小小的画屏依旧闲掩，画上依旧是潇湘山水的风光。

这些景物无不让女主人公感到孤单寂寞，满怀哀怨忧伤。她带着愁恨躲入空空的帘帐，孤单的身影还不如那成双的鸳鸟；她那光彩照人的脸上凝着眼泪，就像露珠凝结在荷花上。只恨那年少情郎是如此薄情，总让她独守空闺，她的心里充满悔恨，后悔将他日日放在心上。

全词以景衬情，细腻深婉地描摹出女主人公爱恨交织的相思。

浣溪沙

原　文

　　惆怅经年别谢娘①，月窗花院好风光，此时相望最情伤。　　青鸟不来传锦字，瑶姬何处琐兰房，忍教魂梦两茫茫。

说　明

　　这首词写男子怀人之情。

注　释

　　①经年：一年。

词　解

　　自从我离开那美丽的姑娘，一年里天天在相思中惆怅，在这花好月圆的夜晚，明月又照亮小院，映透纱窗，此时的相思深情，更叫人难忍相思的愁伤。

　　至今我还未收到织锦的书信，传递情书的青鸟也未飞来身旁。美丽的姑娘你在哪里，在哪里深闭在空空的闺房？怎忍这梦里相思魂游的寻觅，相思和寻觅两茫茫。

浣溪沙

原　文

　　庭菊飘黄玉露浓，冷莎偎砌隐鸣蛩①，何期良夜得相逢。　　背帐风摇红蜡滴，惹香梦暖绣衾重，觉来枕上怯晨钟。

说　明

　　这首词写女子相思之梦。

注释

①冷莎偎砌：莎草偎倚庭阶而长。

词解

　　庭中的菊花舞弄着它的金黄，滴滴露水如玉珠在花瓣上滚动，清凉的莎草偎依着清凉的石阶，隐住了蟋蟀高歌求欢的身影；不知今夜是什么吉祥的时辰？想不到在这美景中与你相逢。

　　帐后的红烛滴下鲜红的蜡泪，闪烁的光焰摇动着夜的清风。暖暖的熏香，暖暖的绣被，温暖着甜蜜的合欢之梦；醒来在枕上回味梦里的欢愉，怕听那一声又一声的晨钟。

词评

　　写梦境极婉转。

——李冰若《栩庄漫记》

浣溪沙

原文

　　云淡风高叶乱飞，小庭寒雨绿苔微，深闺人静掩屏帷。　　　　粉黛暗愁金带枕①，鸳鸯空绕画罗衣，那堪辜负不思归。

说明

　　这首词写秋日闺情。

注释

①粉黛：指代女子。

词解

　　淡淡的云在高空中轻轻地飘过，风儿吹着落叶飘舞纷飞，小小的庭院经过一夜寒雨，湿润的空气滋润着初生的青苔。幽幽的空楼人声寂寂。屏风帷帐掩着寂寞的空闺。

　　闺中的人斜倚在金带枕上，心中的愁绪紧锁着她的愁眉，看着罗衣上织锦的鸳鸯，鸳鸯的缠绵，缠绕着她的伤悲。如何忍受这难堪的寂寞，他辜负了深情的期待不思归。

词评

　　婉约。

——陈廷焯《词则·闲情集》

浣溪沙

原文

雁响遥天玉漏清①，小纱窗外月胧明，翠帏金鸭炷香平。　　何处不归音信断，良宵空使梦魂惊，簟凉枕冷不胜情。

说明

这首词写秋夜怀人之情。

注释

①**玉漏**：玉制的滴漏计时器。

词解

遥远的天边传来大雁的鸣叫，伴着玉漏一声又一声。小纱窗外的月光，时而明亮时而朦胧。绿帏帐旁的金香炉，鸭嘴里吐出烟絮重重。

他在哪里还不回来，为什么书信不捎回家中？在这美景良宵里，空让雁叫惊断我的梦。孤寂的清冷浸透席枕，更难忍相思断肠的愁情。

词评

"炷香平"，其幽静可想。

——李冰若《栩庄漫记》

浣溪沙

原文

露白蟾明又到秋，佳期幽会两悠悠，梦牵情役几时休。　　记得泥人微敛黛①，无言斜倚小书楼，暗思前事不胜愁。

说明

这首词写男子的怀人之情。

注释

①**泥**：留恋。

词解

明月映照着晶莹的露珠，深秋时分，不知何时才能再与她幽会共度佳期，梦中时常萦绕着期待，那深情的相思和牵挂几时才能罢休？

记得当初离别的时候，她恋恋不舍，轻轻皱着黛眉，默默无语地斜倚着小书楼。回想那甜蜜的往事，只让人更加难以忍受相思的哀愁。

酒泉子

原　文

　　杨柳舞风，轻惹春烟残雨。杏花愁，莺正语，画楼东。　　　锦屏寂寞思无穷，还是不知消息。镜尘生[1]，珠泪滴，损仪容。

说　明

　　这首词写春日怀人之情。

注　释

　　①**镜尘生**：镜久不用而生起尘土。

词　解

　　柳树在春风中轻轻摇曳，惹起了青烟残雨。画楼的东边，莺鸟婉转鸣啼，杏花沾满了雨水，像伤愁的人儿饮泣。

　　锦屏空掩着寂寞，寂寞缠绕着无穷的思绪，只因还是得不到他的消息。看妆镜蒙上了轻尘，难忍伤心泪滴，伤心的泪损伤芳颜容仪。

酒泉子

原　文

　　罗带缕金，兰麝烟凝魂断[1]。画屏欹，云鬓乱，恨难任。　　　几回垂泪滴鸳衾，薄情何处去。月临窗，花满树，信沉沉。

说　明

　　这首词写闺怨。

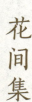

①**兰麝**：兰与麝香，皆为香料。

词　解

　　轻抚着罗带上的金丝线，看香烛燃尽的缕缕残烟，如凝固的思绪时续时断。画屏斜掩着相思的人，发髻蓬松云鬓零乱，难以忍受这离别的恨怨。

　　多少次泪珠一滴滴坠落，在鸳鸯绣被上留下泪痕斑斑。薄情的郎君到哪儿去了？只有明月照临窗前相伴。窗外已是春花满树的季节，心上人却仍是音信不见。

酒泉子

原　文

　　小槛日斜，风度绿窗人悄悄。翠帏闲掩舞双鸾，旧香寒。　　别来情绪转难拼①，韶颜看却老。依稀粉上有啼痕，暗销魂。

说　明

　　这首词写闺中人与她的情郎分别后的情形。

注　释

①**拼**：舍弃。

词　解

　　夕阳斜斜地坠过小窗的栏杆，凉爽的风吹拂着绿色的窗帘，窗内的人静静地孤守着寂寞，翠绿的帏帐将她的身影遮掩。风摇动帐上的绣凤似在轻舞，香炉已冰冷得没有一丝香烟。

　　自从与郎君分别后，总是难舍相思的缠绵，眼看着芳颜如玉的光彩，一天天在相思中憔悴枯黯，妆粉上依稀可见点点的泪痕，心底的相思常伴着断魂的期盼。

酒泉子

原　文

　　黛薄红深，约掠绿鬓云腻。小鸳鸯，金翡翠①，称人心。　　锦鳞无处传幽意，海燕兰堂春又去。隔年书，千点泪，恨难任。

这首词写闺怨。

①鸳鸯、翡翠：皆指头饰。

淡淡的细眉，深深的红唇，随手一拢长发，好似摇过一溜绿云。鸳鸯金钗翡翠簪，金玉相配好相称。

书信无处传递，无处传递悠悠的爱心，燕归兰堂春天又逝去，没有一点归来的音信。难禁脸上千滴泪，难忍心中的离愁别恨。

酒泉子

掩却菱花①，收拾翠钿休上面。金虫玉燕，锁香奁，恨厌厌②。
云鬟半坠懒重簪，泪侵山枕湿。银灯背帐梦方酣，雁飞南。

这首词写闺情。

①菱花：菱花镜。②厌厌：精神不振的样子。

掩起菱花镜，收拾起翠钿首饰，再也无心妆饰。金虫坠、玉燕钗都锁进了妆匣，她满怀离恨，精神不振。

云鬟散乱半垂，她也懒得重簪，只任由眼泪浸湿了山枕。掩上绣帐在银灯光照中入眠，相思的酣梦却又被南飞大雁的鸣叫声惊断。

酒泉子

水碧风清，入槛细香红藕腻。谢娘敛翠，恨无涯，小屏斜。　　　堪

花间集

二〇八

憎荡子不还家，谩留罗带结^①。帐深枕腻炷沉烟，负当年。

说 明

这首词写女子对丈夫远游不归的怨恨之情。

注 释

①谩留：空留。

词 解

水波碧绿，微风清凉，红莲微微的清香透进了栏杆里。闺中人紧皱着翠眉，心里含着无穷的怨恨，小屏风斜掩着她的身影。

可恨那浪荡的夫君还不回家，空留下罗带结成的同心结。幽深的锦帐里，枕头上沾满泪痕，熏香的烟雾缭绕，是他辜负了当年的誓言。

酒泉子

原 文

黛怨红羞，掩映画堂春欲暮。残花微雨，隔青楼，思悠悠。　　芳菲时节看将度^①，寂寞无人还独语。画罗襦，香粉污，不胜愁。

说 明

这首词写春日怨情。

注 释

①芳菲时节：指百花盛开的春天。

词 解

眉上黛色深深的如相思的愁怨，脸上妆粉红红的如悔恨的羞惭，画堂掩映着欲逝的春色，春花在微微细雨中凋残。华美的楼阁锁不住相思的愁绪，相思的愁绪悠悠难舍绵绵不断。

鸟语花香的春季即将过去，寂寞的深闺仍无人相伴，无人的时候只能与自己交谈。丝绸短袄上的朵朵花儿，已被泪滴的香粉浸染，禁不住的泪流不尽相思的愁怨。

词 评

顾夐《酒泉子》七首，意少词多，似温飞卿。

——李冰若《栩庄漫记》

杨柳枝

原 文

　　秋夜香闺思寂寥，漏迢迢①。鸳帏罗幌麝烟销，烛光摇。　　正忆玉郎游荡去，无寻处。更闻帘外雨潇潇，滴芭蕉。

说 明

　　这首词写女子秋夜怀人之情。

注 释

　　①迢迢：形容漏声悠长。

词 解

　　秋夜，深闺弥漫着无聊和空寂，她的思绪犹如远处的更漏声声，滴答地响着，时断时续。夜风吹动罗帐的罗纹如水，帐上的绣鸳鸯似在窃窃私语，烛光轻摇着它孤独的影子，熏炉的香烟正悄悄地散去。

　　心中在把心上的人回忆，他正漫游天涯浪荡无迹，无处得知他的音信，无处去把他寻觅。只听得帘外雨潇潇，如不尽的相思泪，滴落在芭蕉叶上。

词 评

　　凄凉情况，即香山"暮雨潇潇郎不归"意也。

　　　　　　　　　　　　　——陈廷焯《白雨斋词评》

遐方怨

原 文

　　帘影细，簟纹平。象纱笼玉指①，缕金罗扇轻。嫩红双脸似花明，两条眉黛远山横。　　凤箫歇，镜尘生。辽塞音书绝，梦魂长暗惊。玉郎经岁负娉婷，教人争不恨无情。

说 明

　　这首词写闺中思妇怀人之情。

注 释

　　①象纱：纱名。

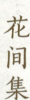

竹帘投下细细的影子，竹席的细纹平整。象纱笼着纤纤玉指，手里的金丝罗扇是那么轻巧。娇嫩的双脸像花朵一样明媚动人，一双黛眉修长，犹如横卧的远山。

　　这美貌的女子却独守闺中，百无聊赖。她无心歌舞作乐，凤箫早已闲置；也无心梳妆，镜子上落了灰尘。辽阳边关的书信已经断绝，没有征人的消息，她常常从相思的梦中惊醒。郎君远别一年，又辜负了她的青春，让人怎能不恨他无情呢？这深深的怨恨之中，实是藏着深深的痴情和思念。

词 评

　　铺饰丽字，恙无情致。

——李冰若《栩庄漫记》

献衷心

原 文

　　绣鸳鸯帐暖，画孔雀屏欹。人悄悄，月明时，想昔年欢笑，恨今日分离。银钉背①，铜漏永，阻佳期。　　小炉烟细，虚阁帘垂。几多心事，暗地思惟。被娇娥牵役，魂梦如痴。金闺里，山枕上，始应知。

说 明

　　这首词写离别之后男女相互思念之情。

注 释

　　①银钉背：银灯灭。

词 解

　　鸳鸯帐里温暖如春，斜放着孔雀画屏，夜是静悄悄的，月光分外明。回忆往年相聚时的欢笑，更添今日分离后的怨情。银灯的光渐渐地熄了，铜漏仍一声接着一声，佳期错过恐难再相逢。

　　小小的香炉轻烟细细地缭绕，静静的垂帘遮住空阁的寂寥。多少心事缠绵在相思里，思绪暗暗地在心头缠绕。相思如被美丽的姑娘放飞的风筝，她常牵引着我的思魂在梦里遨游。我的心在她的深闺里跳动，我的情在她枕边耳语悄悄，我的相思只有她才知道。

词 评

　　顾敻《献衷心》词"绣鸳鸯帐暖，画孔雀屏欹"，此词中折腰句法也。今《词谱》并断为句，非。

——李调元《雨村词话》

应天长

原　文

瑟瑟罗裙金线缕，轻透鹅黄香画袴。垂交带，盘鹦鹉，袅袅翠翘移玉步。　　背人匀檀注①，慢转横波偷觑。敛黛春情暗许，倚屏慵不语。

说　明

这首词写少女怀春之情。

注　释

①**匀檀注**：点口红。

词　解

碧绿的罗裙金线镶，薄薄的透出裤管的鹅黄，交结的裙带垂落，鹦鹉盘绣在裙带上。她轻柔地移动玉步，头上的翠翘轻轻摇晃。

背着人涂点檀红在唇上，慢慢地转眼送秋波，偷看一旁的少年郎。翠眉轻蹙已将春情暗许，却倚着屏风不说话，做出一副娇慵无心的模样。

诉衷情

原　文

香灭帘垂春漏永，整鸳衾①。罗带重，双凤，缕黄金。窗外月光临，沉沉。断肠无处寻，负春心。

说　明

这首词写春夜怨情。

注　释

①**鸳衾**：绣着鸳鸯的被子。

词　解

熏炉里熏香已灭，静静的垂帘外，传来更漏一声接着一声。她整理好鸳鸯绣被，又欲枕上去寻相思的梦。只见裙上罗带相重，相重处正是金绣的双凤。窗外的明月照亮窗纱，照着深夜沉沉的寂静。令人相思断肠的人，何处能找到你的踪影，你辜负了相思的人的一片春情。

诉衷情

原 文

永夜抛人何处去①？绝来音。香阁掩，眉敛，月将沉。争忍不相寻？怨孤衾。换我心，为你心，始知相忆深。

说 明

这首词写闺怨。

注 释

①永夜：漫漫长夜。

词 解

漫漫的长夜你抛下了我，到什么地方去了？竟然没有一点音信。空掩的闺阁里，我紧锁着愁眉，看着明月一点点儿西沉。怎能忍得住对你的相思？孤独的我在被里拥抱着孤独，拥抱着孤独的怨恨。把你的心换成我的心，你就会知道，我对你的爱有多么深。

词 评

要到换心田地，换与他也未必好。

——汤显祖《玉茗堂评花间集》

到底是单相思。

——茅暎《词的》

荷叶杯

原 文

春尽小庭花落，寂寞。凭槛敛双眉，忍教成病忆佳期。知摩知，知摩知①？

说 明

这首词写女子伤春怀人之情。

注 释

①知摩知：知道吗？

暮春时节，小小的庭院里春花片片凋落，让人感到无比寂寞。她倚靠着栏杆，紧皱着双眉，在对往日佳期的回忆中相思成病。她的这份深情，远方的情郎知道吗，知道吗？

词 评

《荷叶杯》又一变法，终是作者负题。

——汤显祖《玉茗堂评花间集》

荷叶杯

原 文

歌发谁家筵上，寥亮。别恨正悠悠，兰钉背帐月当楼①。愁摩愁，愁摩愁？

说 明

这首词写离情。

注 释

①兰钉背帐：帐边香灯熄灭。

词 解

谁家宴席上传来阵阵歌声，这样清越嘹亮？歌的悠悠，正如我的离恨别愁。一个人背倚帘帐，独守兰灯，看明月照亮小楼。遍地月光里，有多少愁，有多少愁？

荷叶杯

原 文

弱柳好花尽坼①，晴陌。陌上少年郎，满身兰麝扑人香。狂摩狂，狂摩狂？

说 明

这首词写女主人公春游的情形。

注 释

①尽坼：尽裂。

纤弱的柳条在风中摇曳，鲜艳的春花绽开了花骨朵，晴朗的阳光照耀着大路。路上是谁家的少年郎，满身的兰麝芳香扑面而来，叫人心生爱慕。怎么这样轻狂，怎么这样轻狂？全词开朗愉悦，颇有民歌风味。

荷叶杯

记得那时相见，胆战。鬓乱四肢柔，泥人无语不抬头[①]。羞摩羞，羞摩羞？

这首词写幽会的情景。

①泥人：软缠人。

记得相见的那时候，她的心不停颤抖。鬓发散乱，四肢娇柔无力，软缠着人默默无语地不肯抬头。有多么害羞，有多么害羞？

"柔"字入木三分。

——李冰若《栩庄漫记》

荷叶杯

夜久歌声怨咽[①]，残月。菊冷露微微，看看湿透缕金衣。归摩归，归摩归？

这首词写女子月夜等待情人归来。

①怨咽：哀怨低沉。

夜已深，哀怨低沉的歌声还在飘扬，一弯残月高挂在天空中。菊花沾染了寒意，凝结着细细的露水，眼看这秋露渐渐湿透了金缕罗衣。她久久伫立等待着情郎，那薄情的人儿几时才会归来，几时才会归来？全词以景衬情，含蓄哀怨。

荷叶杯

原 文

我忆君诗最苦，知否。字字尽关心①，红笺写寄表情深。吟摩吟，吟摩吟？

说 明

这首词写相思之情。

注 释

①关心：指与相思相爱之心关联在一起。

词 解

回忆往事的时候，把思情写在诗里吟读，你知道这多么痛苦？每个字都是我的惦念，每个字都是爱的凝铸。诗中写尽我的深恋，把它抄在红笺上，再寄到你的住处。你可会读，你可会读？

荷叶杯

原 文

金鸭香浓鸳被①，枕腻。小髻簇花钿，腰如细柳脸如莲。怜摩怜，怜摩怜？

说 明

这首词描写了一个娇美的女子。

注 释

①金鸭：鸭形的铜香炉。

词 解

鸭形铜香炉里点着浓郁的熏香，锦被上绣着双双鸳鸯，枕头上沾满了泪痕。小巧的发髻上簇着花钿，她的纤腰好似细柳，娇脸如红莲。有多么惹人怜爱，有多么惹人怜爱？

荷叶杯

原　文

　　曲砌蝶飞烟暖①，春半。花发柳垂条，花如双脸柳如腰。娇摩娇，娇摩娇？

说　明

　　这首词描写了一个娇美的少女。

注　释

　　①**曲砌**：曲折的台阶。

词　解

　　石阶堆砌成曲折的线条，暖暖的春烟把飞蝶缠绕。春已过去一半，相思的人仍音信全无。春风吹开了鲜花，春风吹拂着低垂的柳条，花儿如我的双靥，垂柳似我的细腰。为谁妖娆，为谁妖娆？

荷叶杯

原　文

　　一去又乖期信①，春尽。满院长莓苔②，手捻裙带独徘徊。来摩来，来摩来？

说　明

　　这首词写怀人之情。

注　释

　　①**乖**：违背。②**莓苔**：青苔。

词　解

　　他远去不归，又违背了原来约定相见的时间，眼看春天就要过去了。庭院里长满了青苔，闺中人手捻着裙带独自在院中徘徊。她在等待她的情郎。他什么时候回来，什么时候回来？

徐士俊云：调佳则词易美，如此数阕皆人所能言，然曲折之妙，有在词句外者。

——卓人月《古今词统》

渔歌子

原文

晓风清，幽沼绿①，倚栏凝望珍禽浴。画帘垂，翠屏曲，满袖荷香馥郁。　　好摅怀②，堪寓目，身闲心静平生足。酒杯深，光影促，名利无心较逐。

说明

这首词写淡泊闲适之乐。

注释

①幽沼：深池。②摅：抒发。

词解

清晨微风清爽，深深的池塘多么碧绿，倚着栏杆凝望池中的珍禽欢乐嬉戏。画帘低垂到地，翠绿的屏风曲折闲掩，袖子上沾染着荷花浓郁的芳香。

面对着美丽的景色，正好抒发情怀，正好放眼欣赏，生活这样悠闲，心情这样恬静，平生只愿如此便足够。深深的酒杯斟满美酒，人生短暂如光影飞逝，但愿如此淡泊闲适，无心计较追逐名利。

词评

身闲心静，自不较逐名利矣。词有汲汲顾景之感。

——李冰若《栩庄漫记》

临江仙

原文

碧染长空池似镜，倚楼闲望凝情，满衣红藕细香清。象床珍簟，山障掩①，玉琴横。　　暗想昔时欢笑事，如今赢得愁生。博山炉暖淡烟轻。蝉吟人静，残日傍，小窗明。

说　明

这首词写怀人之情。

注　释

①山障：绘有山景的屏风。

词　解

天空碧蓝，平静的池水清澈如镜，闺中人倚着小楼凝神闲望，衣服上沾染着红莲细细的清香。象牙床上铺着珍贵的竹席，绘有山景的屏风斜掩房中，一张玉琴横放在桌上。

暗暗回忆往昔那些欢笑的情事，欢乐却只给今日带来无尽的哀愁。温暖的博山炉里飘散着淡淡的轻烟，蝉儿不住地嘶鸣，四周人声悄悄。夕阳投来一抹余晖将小窗映照得分外明亮。

词　评

下阕与"今日鬓丝禅榻畔，茶烟轻飏落花风"一般怅惘。

——李冰若《栩庄漫记》

临江仙

原　文

幽闺小槛春光晚，柳浓花澹莺稀。旧欢思想尚依依，翠鬟红敛，终日损芳菲①。　　何事狂夫音信断，不如梁燕犹归。画堂深处麝烟微，屏虚枕冷，风细雨霏霏。

说　明

这首词写闺中思妇怀人之情。

注　释

①芳菲：本指花草，这里比喻容颜。

词　解

深闺中，小巧的栏杆曲折蜿蜒，春天就要过去，浓密的柳树上黄莺渐渐稀少，朵朵春花也凋零暗淡。回忆往昔的欢乐时光，怀念之情还是那样依依不舍，闺中人皱着愁眉，红润的脸庞日益憔悴消瘦，她那如花的容颜在终日相思中凋谢。

不知为什么，那轻狂放纵的夫君断了音信，还不如梁间的燕子每年春天都会归来。画堂深处缭绕着淡淡的兰麝香烟，屏风虚掩，枕头冰凉，一阵微雨将霏霏细雨吹进房中。

设色蒨丽，意亦微婉。

临江仙

原 文

月色穿帘风入竹，倚屏双黛愁时。砌花含露两三枝①，如啼恨脸，魂断损容仪。　　香烬暗消金鸭冷，可堪辜负前期。绣襦不整鬓鬖欹，几多惆怅，情绪在天涯。

说 明

这是一首闺怨词。

注 释

①砌花：台阶边的花。

词 解

月光透过竹帘撒下斑斑光影，风儿吹动竹林摇起唰唰响声，皱紧双眉为相思发愁的时候，她那纤弱的娇身斜倚着云屏。石阶边的花儿含着露珠点点，三三两两地显得孤零零，如姑娘刚刚啼哭后的泪脸，含泪的脸上泪花纵横。相思已使她魂飞肠断，泪水又在憔悴她的芳容。

香燃尽时烟絮暗暗消散，金鸭香炉透出丝丝冰冷。怎能忍他违背相约的佳期，辜负了姑娘一片春情。绣花的短袄零乱不理，鬓发散乱在耳边飘零。有多少相思的惆怅，就有多少相思的情，任凭着相思的魂魄在天空漫游，让思绪去天涯海角追寻他的行踪。

词 评

此阕过于率露，不及前作多矣。

醉公子

原 文

漠漠秋云澹，红藕香侵槛。枕欹小山屏，金铺向晚扃①。　　睡起横波慢，独望情何限。衰柳数声蝉，魂消似去年。

说 明

这首词写闺妇秋思。

注 释

①扃：关锁。

词 解

　　淡淡的秋云飘在天空中，红莲的清香飘进了门槛。小山屏风虚掩，绣枕斜放在床上，傍晚时分她关上了香闺的房门。

　　她刚从睡梦中醒来，眼光散漫无神，独自遥望远方，心中含着无穷的愁情。衰残的柳树上传来几声凄切的蝉鸣，她相思魂销，还同去年一样。

词 评

　　"衰柳"二句，语淡而味永，韵远而神伤。

——李冰若《栩庄漫记》

醉公子

原 文

　　岸柳垂金线，雨晴莺百啭。家在绿杨边，往来多少年。　　马嘶芳草远，高楼帘半卷。敛袖翠蛾攒，相逢尔许难①。

说 明

这首词写少女怀春之情。

注 释

①尔许难：如此难。

词 解

　　岸边的丝丝垂柳，如条条轻拂的金线，雨后初晴的时候，莺鸟啼叫着千百种的娇转。她的家就住在江岸，在杨柳成行的路边。来来往往的过客，不知有多少风流少年。

　　骏马嘶叫着，踏着芳草渐渐走远，珠帘半掩的高楼上，姑娘的目光满含慕恋。黛眉微微地轻蹙，举翠袖遮住光线，空对来来往往的众人，他与她的相逢竟如此之难。

词 评

　　丽而有则。

——陈廷焯《白雨斋词评》

更漏子

原文

旧欢娱，新怅望，拥鼻含颦^①楼上。浓柳翠，晚霞微，江鸥接翼飞。帘半卷，屏斜掩，远岫参差迷眼。歌满耳，酒盈樽，前非不要论。

说明

这是一首抒怀之作。

注释

①**拥鼻含颦**：掩鼻皱眉，表示心酸难过的愁苦之状。

词解

忆起旧时欢娱，只是新添了如今的惆怅，他掩鼻忍住心中的酸楚，紧锁愁眉伫立在楼上远望。浓密的柳树是那么翠绿，淡淡的晚霞中，江上的沙鸥一只接一只地飞去。

屋里垂帘半卷，屏风斜掩，远处的山峦参差起伏，让眼中满是迷蒙。还是让欢乐的歌声不绝于耳，让美酒斟满酒杯，不要再说从前的是非对错，再多的议论回想也只是一场空。

孙光宪　十三首

孙光宪

孙光宪（约895—968），字孟文，自号葆光子，唐代诗人，陵州贵平人（今四川仁寿县向家乡贵坪村人）。家世业农。唐末为陵州判官，后唐天成初（约926前后），避地江陵，为荆南高从诲书记，历检校秘书，兼御史大夫；后归宋，为黄州刺史。乾德末年卒。性嗜经籍，聚书凡数千卷。其词题材较为广泛，词风疏朗清丽，以情景交融、婉约缠绵见长。

浣溪沙

原　文

蓼岸风多橘柚香，江边一望楚天长，片帆烟际闪孤光①。　　目送征鸿飞杳杳②，思随流水去茫茫，兰红波碧忆潇湘③。

说　明

这首词写送别之情，词意含蓄。

注　释

①孤光：指片帆在日光照耀下的闪光。②征鸿：远飞的大雁，此喻离别而去的亲人。杳杳：深远貌。③兰红：即红兰，植物名，秋季开红花。

词　解

长满蓼花的岸边，风里飘来橘柚浓浓的香，我伫立在江边远眺，楚天寥廓，江水滔滔流向东方。那一片远去的孤帆，在水天交汇处泛起一点白光。

我的目光追随着飞去的鸿雁，直到它的身影消失在远方。思绪如无尽的江水，随着茫茫的江涛漂荡。秋的红兰，江的碧波，一定会让他怀念深情的潇湘。

词　评

"片帆"句妙矣。

——李冰若《栩庄漫记》

浣溪沙

原　文

桃杏风香帘幕闲，谢家门户约花关①，画梁幽语燕初还。　　绣阁数行题了壁，晓屏一枕酒醒山，却疑身是梦魂间。

说　明

这首词写在妓家醉酒之乐。

注　释

①约花关：把花关在院内。

词　解

桃花、杏花在春风中散发着芳香，帘幕悠闲地低垂着，她家的院门把春花都关在了院内。画梁间燕子初归旧巢，正在呢喃私语。

酒酣之时，他在绣阁的墙壁上题下几行诗句；酒醒之时，清晨的阳光已照亮了房中的画屏山枕。一时间他忘了身在何处，还以为仍然在梦里流连。

浣溪沙

原 文

花渐凋疏不耐风，画帘垂地晚堂空，堕阶紫藓舞愁红。　　腻粉半沾金靥子，残香犹暖绣薰笼，蕙心无处与人同[①]。

说 明

这首词是咏落花之作。

注 释

①蕙心：指纯美之心。蕙，香草。

词 解

花儿渐渐凋零了，已不能再承受春风的多情，画帘静静地垂落在地上，衬着傍晚空空的客厅。花瓣飘舞着陨落在石阶上，石阶长满苔藓已少有人行。

泪水冲破化妆的脂粉，玷污了贴脸的金靥花星，绣套里的熏炉还有一丝温暖一缕残香在袅袅地飘动。没有人在意花的残落，我的心却与这落花相同。

词 评

"蕙心无处与人同"，非深于情者不能道。

——李冰若《栩庄漫记》

浣溪沙

原 文

揽镜无言泪欲流，凝情半日懒梳头，一庭疏雨湿春愁。　　杨柳只知伤怨别，杏花应信损娇羞，泪沾魂断轸离忧[①]。

说 明

这首词写春愁。

注　释

①轸：悲痛。

词　解

看着镜中憔悴的容颜，她默默无语地流下了眼泪，半日沉浸在相思的愁情中，懒得梳头。庭院里稀疏的细雨仿佛沾湿了她的满怀春愁。

路边的杨柳只知道为行人的离别而悲伤，杏花是否相信思念能让她娇羞的容颜消瘦？她无处诉说自己的离愁，只能任由眼泪流淌，魂断神伤。

词　评

"一庭疏雨湿春愁"，秀句也。

——杨慎《词品》

浣溪沙

原　文

半踏长裾宛约行①，晚帘疏处见分明，此时堪恨昧平生。　　早是销魂残烛影，更愁闻着品弦声②，杳无消息若为情③！

说　明

这首词写男子的思慕之情。

注　释

①宛约：柔美的样子。②品：弹奏。③若为：怎样，如何。

词　解

她提着长长的裙裾，踏着轻柔的细步姗姗前行，傍晚时我从帘栊缝里看到的形象是那样鲜明。这时的我深恨自己的无用，竟与她素不相识无法传情。

那窗前残烛旁的倩影，早已把我的魂魄牵动，听到她幽婉的琴声，令我的相思更浓。可惜得不到她一点消息，教我如何表白爱慕的深情。

词　评

会少情多，缠绵乃尔。

——李冰若《栩庄漫记》

浣溪沙

原　文

兰沐初休曲槛前①，缓风迟日洗头天，湿云新敛未梳蝉。　　翠袂半将遮粉臆，宝钗长欲坠香肩，此时模样不禁怜。

说　明

这首词写女子洗发后的娇美情态。

注　释

①兰沐：用兰香洗头发。

词　解

刚刚用兰香洗过长发，她在弯弯曲曲的栏杆前休息；暖暖的风里暖暖的阳光，正是沐浴梳妆的好天气。湿漉漉的长发如带雨的云，随意绾拢着还未将蝉鬓梳理。

绿色的衣襟半遮半掩的，半露出她那粉白的胸际，坠落在香肩的长发上的玉钗还挂着闪亮的水滴；那一副娇柔妩媚的模样，不禁让人心生怜爱之意。

词　评

词笔细腻，想亦忍俊不禁矣。

——李冰若《栩庄漫记》

浣溪沙

原　文

风递残香出绣帘，团窠金凤舞襜襜①，落花微雨恨相兼。　　何处去来狂太甚，空推宿酒睡无厌，争教人不别猜嫌。

说　明

这首词写女子的妒忌之情。

注　释

①团窠金凤：指绣帘上的图案。

词　解

风吹送着残香飘出了绣帘，帘上的团窠金凤凰随风飘动，仿佛是在翩翩起舞。微雨中落花片片凋零，这暮春的景象让她愁绪无穷。

花间集

可恨她的情郎太轻狂，不知从何处寻欢作乐回家来，只推说宿酒未醒睡个不够，竟不理会她的温存和思恋，怎么不教人心里猜疑，难道他已移情别恋？这猜疑之中，饱含着女主人公的一片真情。

词　评

真情在猜嫌上。

——沈际飞《草堂诗馀别集》

浣溪沙

原　文

轻打银筝坠燕泥，断丝高罥^{juàn}画楼西，花冠闲上午墙啼^①。　　粉籜^{tuò}半开新竹径^②，红苞尽落旧桃蹊，不堪终日闭深闺。

说　明

这首词写闺情。

注　释

①花冠：鸡冠，此处借代公鸡。②籜：竹笋之皮。

词　解

一曲清越的银筝声，震落梁间燕巢的泥，震断了墙角的蛛丝，游丝高挂在画楼西壁，也惊扰了那只公鸡的悠闲，竟跳上午墙高声鸣啼。

一条清幽的小路穿过竹丛，一棵棵新竹刚刚挣破竹笋外衣，路边的桃花尽落，一片片残红遍地，终日相思的姑娘哟，已再不能忍受深闺的空寂。

词　评

五句虽皆写景，而字句妍炼，兼含凄寂。至结句言终日闭闺，则所见景物，徒为愁人供资料耳。

——俞陛云《唐五代两宋词选释》

浣溪沙

原　文

乌帽斜敧倒佩鱼^①，静街偷步访仙居，隔墙应认打门初。　　将见客时微掩敛，得人怜处且生疏，低头羞问壁边书。

【说 明】

这首词写男主人公娼门游冶的情景。

【注 释】

①佩鱼：唐时五品官以上的佩饰，称佩金鱼袋。

【词 解】

斜戴着乌帽，倒挂着佩鱼，他偷偷走上寂静的街道，寻访仙女的居所。刚刚敲打门环，院里的人隔着墙已知道了来意。

初见客时她微微敛着秀眉，得到了客人的怜爱却又作生疏不肯亲热，低着头满含娇羞地问墙上的题诗写得如何。

【词 评】

情态毕现。

——陈廷焯《词则·闲情集》

河　传

【原 文】

太平天子，等闲游戏，疏河千里。柳如丝，偎倚绿波春水，长淮风不起。　　如花殿脚三千女，争云雨，何处留人住？锦帆风，烟际红，烧空，魂迷大业中①。

【说 明】

这是一首怀古词，对隋炀帝的荒淫无度进行了揭露和讽刺。

【注 释】

①大业：隋炀帝年号。

【词 解】

号称太平天子的隋炀帝，为了他荒淫的消闲游戏，征用千万民夫，开凿运河千里。河岸遍栽翠绿的杨柳，如丝的垂柳偎依着碧绿的春水。悠长的淮河水面没有一丝风，浪平江阔，正可纵目，密密匝匝的风也刮不起。

挽缆的三千少女，个个争风头，欲博君王垂意，却哪里留得住君王金履？锦帆如风飘行而去，花船如火映红天际，这火终于烧毁了一切，把大业皇帝的迷梦，付之一炬。

索性咏古，感慨之下，自有无限烟波。

——汤显祖《玉茗堂评花间集》

河 传

原 文

柳拖金缕，着烟笼雾，濛濛落絮。凤皇舟上楚女，妙舞，雷喧波上鼓。　　龙争虎战分中土，人无主[1]，桃叶江南渡。襞花笺[2]，艳思牵。成篇，宫娥相与传。

说 明

这是一首咏史词。

注 释

① **"龙争"句**：指隋末群雄争斗，瓜分国土，天下无人主宰。② **襞**：折叠。

词 解

柳树摇曳着金丝一般的柳条，笼罩在烟雾之中，柳絮随风纷纷飘落。雕龙刻凤的大船上，楚女漫舞长歌，鼓声如春雷喧嚣，响彻秦淮河。

诸侯争霸中原，燃起熊熊战火，万千百姓流离失所。达官携美女南渡。偏安只记得花笺传情，思与美女寻欢乐。写得一篇篇词曲，教宫女传唱情歌。

河 传

原 文

花落，烟薄，谢家池阁。寂寞春深，翠蛾轻敛意沉吟。沾襟，无人知此心。　　玉炉香断霜灰冷，帘铺影，梁燕归红杏。晚来天，空悄然。孤眠，枕檀云髻偏[1]。

说 明

这首词写春日闺怨。

注 释

① **枕檀**：以檀木为枕。

　　春花在渐渐地凋落，水上薄薄的烟雾，笼罩住池边闺阁，弥散着深春的寂寞。她微微地皱着眉，在脉脉思情里沉吟，泪珠悄悄地洒落衣襟。有谁能理解此时此刻她的心。

　　玉炉的烟絮散尽，如霜的香灰透着清冷，帘影在地面铺满细纹，红杏枝头的燕子也飞回梁间巢中。夜幕降临的时候，天空中悄悄地布满了晦暗，她在孤独中入睡，偏坠的发髻，散落在檀香枕边。

河　传

原　文

　　风飐，波敛。团荷闪闪，珠倾露点。木兰舟上，何处吴娃越艳，藕花红照脸。　　《大堤》狂杀襄阳客[①]，烟波隔，渺渺湖光白。身已归，心不归。斜晖，远汀鸂鶒飞。

说　明

　　这首词写在湖上游览的所见所感。

注　释

　　①**大堤**：即《大堤曲》，乐府名。**襄阳客**：诗人自指。

词　解

　　一阵凉爽的风轻轻地吹皱平滑如镜的水面，波光里闪动一团团荷叶，倾落露珠一点一点。在那木兰小舟上，不知是何处的美女，个个如吴越女子般娇艳，粉红的莲花映红了她们的脸。

　　一曲悠悠的《大堤》歌，唤起我心中的狂热，欲寻那唱歌的人，却被银光浩渺的烟波阻隔。虽已带着满怀的惆怅归来，心还留在那里辗转反侧。在夕阳的余晖里不停地寻找，随着鸂鶒的双翼，一次次从沙洲上飞过。

词　评

　　"身已归，心不归。"情至语不嫌其直率。

　　　　　　　　　　　　——李冰若《栩庄漫记》

卷第八

孙光宪　四十八首

菩萨蛮

月华如水笼香砌，金环碎撼门初闭。寒影堕高檐，钩垂一画帘。碧烟轻袅袅，红颤灯花笑。即此是高唐^①，掩屏秋梦长。

这首词写男女相聚之恋情。

①**高唐**：指楚王游高唐梦神女事。

清凉如水的月光映照着台阶，零乱的门环声里，闺门刚刚关上。寒月把高楼的飞檐投影到地面，玉钩无声地坠落下来，床前垂下半边帘帐。

青淡的烟絮袅袅地缥缈，红烛闪动的光焰里，灯芯爆出一声微笑。这正是楚王神女相会的良辰，我们关掩上屏风，把长长的秋梦拥抱。

徐士俊云：烛啼有泪，灯笑生花。

——卓人月《古今词统》

菩萨蛮

原　文

花冠频鼓墙头翼，东方淡白连窗色。门外早莺声，背楼残月明。
薄寒笼醉态，依旧铅华在①。握手送人归，半拖金缕衣②。

说　明

这首词写黎明送别的情景。

注　释

①铅华：搽脸用的粉。②拖：下垂，摇曳。

词　解

公鸡在墙头频频地扇动翅膀，唱出一声声破晓的晨歌；东方淡淡的朝晖，把窗纱染成鱼肚白色。门外的晓莺婉转地啼鸣，楼后的飞檐挑起一弯残月。

薄薄的寒雾遮住了我的醉容，还似昨夜脂粉涂过的妆红，我握着你的手，把你送到归途中，身后半拖着金缕长裙，在晨风中轻轻飘动。

词　评

情事历历如绘。

——李冰若《栩庄漫记》

菩萨蛮

原　文

小庭花落无人扫，疏香满地东风老。春晚信沉沉，天涯何处寻。
晓堂屏六扇，眉共湘山远。争奈别离心，近来尤不禁①。

说　明

这首词写暮春怀人之情。

注　释

①不禁：禁不住。

词　解

小小的庭院中，花落了却无人扫去遍地残红，稀疏的香气里，飘来几缕无力的东风。晚春时他仍无一点消息，不知去哪里才能与他相逢。

花间集

二三二

晓光映亮堂前的六扇画屏，那是我们共赏的湘山美景，山像我的眉一样的弯，绿如我的愁一样浓，怎忍这长久离别的孤寂，近来更难抑制相思的痴情。

词评

气幽情快。

——沈际飞《草堂诗馀别集》

菩萨蛮

原文

青岩碧洞经朝雨，隔花相唤南溪去。一只木兰船，波平远浸天。扣舷惊翡翠①，嫩玉抬香臂。红日欲沉西，烟中遥解觿②。

说明

这首词写渔家女。

注释

①翡翠：鸟名。②觿：用以解绳结的用具。用象牙制成，形如锥。

词解

青岩碧洞，在朝雨后更加清丽，姑娘们隔着花丛在召唤，"走啊，我们到南溪去！"她驾着一只木兰小船，漂荡在水天相连的碧波里。

扣舷的船歌惊飞了翡翠鸟，摇桨的双臂白如嫩

●隔花相唤南溪去

玉，当夕阳染红绿水的时候，我远远地看到：她在烟波中与少年告别，正解下环佩赠给情侣。

词评

徐士俊云：孙有句云"片帆烟际闪孤光"，足括此八句。

——卓人月《古今词统》

菩萨蛮

原 文

木棉花映丛祠小，越禽声里春光晓^①。铜鼓与蛮歌，南人祈赛多。客帆风正急，茜袖偎樯立^②。极浦几回头，烟波无限愁。

说 明

这首词写南国风情。

注 释

①**越禽**：孔雀。②**茜袖**：红袖。

词 解

火红的木棉花映衬着丛林中小小的祠庙，孔雀的声声啼鸣，报道着梅岭春晓。南方山民频繁的敬神赛会，在铜鼓声中又荡起山歌的浪潮。

客船就在这时离去，那船帆鼓满了江风，她倚着樯杆在江风中伫立。在远浦的水边她曾几次回头，那回眸好像闪动着泪影，波光里荡漾着无边的愁绪。

词 评

南国风光，跃然纸上。

——李冰若《栩庄漫记》

河渎神

原 文

汾水碧依依^①，黄云落叶初飞。翠华一去不言归，庙门空掩斜晖。四壁阴森排古画，依旧琼轮羽驾^②。小殿沉沉清夜，银灯飘落香灺^③。

说 明

这首词写祠庙中事。

注 释

①**汾水**：汾河，在今山西省境内，流入黄河。②**琼轮羽驾**：神仙所乘的车。③**灺**：灯烛灰。

词 解

碧绿的汾水缓缓流淌，飘飞的落叶好似染黄了天空中的流云。神仙的翠华仪仗一

去不再回来，庙门空自掩映着落日斜晖。

　　四壁上排列着阴森的古画，依旧画的是神仙的琼轮羽驾。沉沉静夜里小殿上寂静无声，银灯不时飘落下些许香灰。

河渎神

[原文]

　　江上草芊芊，春晚湘妃庙前。一方卵色楚南天①，数行征雁联翩。独倚朱栏情不极，魂断终朝相忆。两桨不知消息，远汀时起鸂鶒。

[说明]

这首词写怀人之情。

[注释]

①**卵色**：谓鱼肚白色。

[词解]

　　芳草在江岸上撒满浓浓的茵绿，春晚时我又在湘妃庙前伫立。在鱼肚白色的楚天上，几行征雁正排着队向北方飞去。

　　独倚着朱栏我的情思无限，思魂里漂游着我长久的回忆。双桨小船载着她去无消息，只见鸂鶒鸟在沙洲远处时落时起。

[词评]

　　　　徐士俊云：杜诗"山鬼迷春竹，湘娥倚暮花"。二阕似从此中变化。

　　　　　　　　　　　　　　——卓人月《古今词统》

虞美人

[原文]

　　红窗寂寂无人语，暗澹梨花雨。绣罗纹地粉新描，博山香炷旋抽条①，暗魂销。　　　　天涯一去无消息，终日长相忆。教人相忆几时休？不堪枨触别离愁②，泪还流。

这首词写闺中怀人之情。

[注 释]

①旋抽条：形容香烟缕缕的样子。②枨触：触动。

[词 解]

红窗隔断悄无人声的寂寥，雨中的梨花也失去了往日娇娆。绣罗帐上又新描过金粉，博山炉里一丝丝烟絮缥缈，如我心底的思愁缭绕。

他远游天涯一走便无消息，我终日浮沉在相思里。这相思不知何时才能停歇？我已不忍回想分别的情景，伤心的泪却还在不停地滴。

[词 评]

《益州方物图赞》"虞"作"娱"，集中诸调，都不及虞姬事，想以此故。

——汤显祖《玉茗堂评花间集》

虞美人

[原 文]

好风微揭帘旌起，金翼鸾相倚。翠檐愁听乳禽声，此时春态暗关情，独难平。　　画堂流水空相翳①，一穗香摇曳。教人无处寄相思，落花芳草过前期，没人知。

[说 明]

这首词写春日相思。

[注 释]

①翳：遮掩。

[词 解]

阵阵春风微微揭开了帘幕，帘上的金翅凤凰好像在风中依偎起舞。翠绿的屋檐上雏鸟的娇啼又惹起了闺中人的愁绪。此时的春景暗暗牵动了她的相思，让她的心情难以平静。

画堂前曲折的流水空自遮掩，一缕香烟轻轻摇曳。她的满怀相思无处寄托，眼看落花飘零，已过了从前约定的佳期，却没有人知道她心中的愁情。

花
间
集

词评

没，《小尔雅》云："无也。"孙孟文词"没人知"。

——张德瀛《词徵》

后庭花

原文

景阳钟动宫莺啭，露凉金殿。轻飙^{biāo}吹起琼花旋，玉叶如剪。
晚来高阁上，珠帘卷，见坠香千片。修蛾慢脸陪雕辇①，后庭新宴。

说明

这首词讽咏陈后主耽于酒色的历史。

注释

①**修蛾慢脸**：长眉娇脸。

词解

景阳楼的钟声响起，宫中黄莺婉转娇啼，金殿上凝结着清凉的露水。轻风吹着琼花翩翩似舞，翠玉般的绿叶如天工裁剪。

夜里登上高阁，把珠帘绣帐高卷，只见轻风吹落了香花千片，长眉娇脸的贵妃伴着君王又乘御车在后庭游宴。

后庭花

原文

石城依旧空江国，故宫春色。七尺青丝芳草碧①，绝世难得。
玉英凋落尽，更何人识，野棠如织。只是教人添怨忆，怅望无极。

说明

这首词咏写陈后主荒淫失国事。

注释

①**七尺青丝**：南朝陈后主的贵妃张丽华发长七尺。

词解

石头城还像从前一样屹立在江边，旧日的宫殿里春色依然。贵妃的七尺青丝永世难以再见，只有碧绿的芳草绵延。

琼花已随着国家的灭亡尽数凋落，还有谁会识得它的娇艳，如今只见遍地开满了野海棠花。往事不堪回首，眼前的景象只让人平添无尽的惆怅，在久久地伫立远望中抒发怅惘的感慨。

生查子

原文

寂寞掩朱门，正是天将暮。暗澹小庭中，滴滴梧桐雨。　　绣工夫，牵心绪，配尽鸳鸯缕①。待得没人时，偎倚论私语。

说明

这是一首闺怨词。

注释

①鸳鸯缕：绣鸳鸯的彩色丝线。

词解

天将黄昏的时候，朱门掩住傍晚的空寂。幽暗的小庭院中，只听那梧桐叶上，滴滴答答的响声，一阵阵绵绵的春雨淅沥。

她在选配最好的丝线，在绣案上绣着鸳鸯相戏，那每条彩色的丝线，都在牵动着思春的情绪。等到没人的时候，她和鸳鸯偎依在一起，悄悄地说出心里的话。

词评

上半阕极写寂静，下半阕写幽怨。怨而不怒，足耐回味。

——李冰若《栩庄漫记》

生查子

原文

暖日策花骢，靷鞚垂杨陌。芳草惹烟青，落絮随风白。　　谁家绣毂动香尘①，隐映神仙客。狂杀玉鞭郎，咫尺音容隔。

花间集

这首词写少年公子出外游春时对游女一见倾心之情。

　　①**绣毂**：华丽的车子。

　　在和煦的阳光下，少年公子骑上骏马出外游春，缓缓行走在植有垂杨的大路上。绵绵芳草将春日的轻烟染作青碧，飘零的柳絮随风飞扬，漫天一片雪白。

　　大路上是谁家华丽的马车扬起一阵香尘？窗纱隐约透露出那神仙一般的美丽面容。她的美貌让马上手持玉鞭的少年郎痴醉如狂，可是她的音容虽然近在咫尺，他却仿佛天涯相隔，无法向她表达自己的爱慕。

　　"谁家"二字似不可少，其讽世人见利争趋意，当于言外得之。

　　　　　　　　　　　　——丁绍仪《听秋声馆词话》

生查子

　　金井堕高梧，玉殿笼斜月。永巷寂无人，敛态愁堪绝。　　玉炉寒，香烬灭，还似君恩歇。翠辇不归来①**，幽恨将谁说。**

　　这是一首宫怨词。

　　①**翠辇**：皇帝所乘的车子。

　　金井边高大的梧桐树落下片片黄叶，斜月的光辉笼罩着华丽的宫殿。永巷里寂静无人，幽居在这里的宫女收起笑容，满怀哀愁无处排遣。

　　玉炉已渐渐冷却，熏香的灰烬已经熄灭，就像君王的恩宠已经断绝。皇帝的翠辇再也不回来，她心中的幽怨能向谁人倾诉？

临江仙

原 文

霜拍井梧干叶堕，翠帏雕槛初寒。薄铅残黛称花冠，含情无语，延伫倚栏干①。　　杳杳征轮何处去，离愁别恨千般。不堪心绪正多端，镜奁长掩，无意对孤鸾。

说 明

这首词写离恨。

注 释

①延伫：久立。

词 解

秋霜沾满了井边的梧桐，干枯的树叶片片凋落，翠绿的罗帏、雕花的栏杆里，闺中人也感到了阵阵寒意。她脸上的脂粉已经淡薄，双眉只残留着一丝黛色，尽管无心妆饰，她依然美丽动人，足与花冠相称。她默默无语、含情脉脉，久久地倚着栏杆伫立在闺阁前。

自从他乘车走后就没有一点音信，如今不知他身在何方，她的心中满是离别的愁怨。这烦乱的心绪实在难以忍受，她掩上梳妆匣，不愿再面对镜子里那孤单的身影。

临江仙

原 文

暮雨凄凄深院闭，灯前凝坐初更。玉钗低压鬓云横，半垂罗幕，相映烛光明。　　终是有心投汉佩，低头但理秦筝。燕双鸾耦不胜情①，只愁明发，将逐楚云行。

说 明

这首词写闺怨之情。

注 释

①鸾耦：鸾偶。

词 解

傍晚时细雨纷纷，幽深的小院紧闭，更显得凄凉。闺中人痴痴坐在灯前，直坐到初更时分。玉钗低低地斜坠在散乱的云鬓上，罗幕半垂半卷，只有明亮的烛光映照着她孤单的身影。

虽然有心投汉佩相赠，却只是低着头抚弄秦筝。屏风上双双燕子、对对凤凰，都牵动着她心里的柔情。她只是忧愁情郎明日就要离去，伴随着楚云远行。

酒泉子

空碛无边①，万里阳关道路。马萧萧，人去去，陇云愁。　　香貂旧制戎衣窄，胡霜千里白。绮罗心，魂梦隔，上高楼。

说 明

这首词写闺中思妇怀念征人之情。

注 释

①碛：沙漠。

词 解

茫茫沙漠无边无际，阳关古道远在万里之外。战马萧萧嘶鸣，征人渐渐远去，陇西的浓云只让人感到万分愁苦。

旧日的香貂戎衣已有些窄瘦，胡地的寒霜结满大地，千里都泛着白光。那闺中人满怀都是思念征人的心情，魂梦相隔难以相见，她登上高楼久久地眺望着远方。

词 评

三叠文之《出塞曲》，而长短句之《吊古战场文》也，再读不禁酸鼻。
　　　　　　　　　　——汤显祖《玉茗堂评花间集》

酒泉子

原 文

曲槛小楼，正是莺花二月。思无聊，愁欲绝，郁离襟①。　　展屏空对潇湘水，眼前千万里。泪掩红，眉敛翠，恨沉沉。

说 明

这首词写闺中怀人之情。

注 释

①离襟：离情。

曲折的栏杆环绕着精巧的小楼，正是二月莺飞花开的时候。闺中人沉浸在相思中百无聊赖，满怀愁怨无处排遣，多少离情都郁结在心头。

她展开屏风，望着屏风上的潇湘山水而发痴，眼前仿佛出现了千山万水，关河阻隔。泪水流下沾湿了胭脂，一双黛眉紧锁着，她的怨恨是那样深沉无尽。

酒泉子

原 文

敛态窗前，袅袅雀钗抛颈①。燕成双，鸾对影，耦新知。　　玉纤淡拂眉山小，镜中嗔共照。翠连娟，红缥缈，早妆时。

说 明

这首词写女子早妆的情态。

注 释

①抛颈：垂在颈边。

词 解

她坐在窗前梳理晨妆，颈边的雀钗轻轻地摇晃。发上还戴着燕双飞的花饰，镜中的人儿也凤凰成双，那新郎就在她的身旁。

她用玉指在眉心处轻轻地描，时而嗔指镜中叫他不要共照。画成连娟细眉像一弯新月，扑上脂粉的双颊艳如鲜桃，早妆的时候新人更娇娆。

清平乐

原 文

愁肠欲断，正是青春半①。连理分枝鸾失伴，又是一场离散。

掩镜无语眉低，思随芳草萋萋。凭仗东风吹梦，与郎终日东西。

说 明

这首词写离别相思之情。

注 释

①青春半：仲春二月。

词 解

仲春二月，相思的哀愁让她柔肠寸断。就像连理枝被人分开、鸾鸟失去伴侣，她与情郎又要分别，经受一场离散。

她掩上妆镜，低着头默默无语，思念就像萋萋芳草绵延无际。任凭春风吹醒了梦魂，与情郎终日分隔东西。

词 评

东风吹梦，与郎东西，语极缠绵沉挚。

——李冰若《栩庄漫记》

清平乐

原 文

等闲无语①，春恨如何去？终是疏狂留不住，花暗柳浓何处②。
尽日目断魂飞，晚窗斜界残晖。长恨朱门薄暮，绣鞍骢马空归。

说 明

这首词写闺怨之情。

注 释

①等闲：平常。②花暗柳浓：指游冶处。

词 解

她像平常一样默默无语，满腔春恨该如何排遣？终究留不住那薄情轻狂的情郎，他不知到什么地方去寻欢作乐。

她终日极目远望，无尽的等待让她神魂迷乱，转眼又到了傍晚时分，夕阳将一抹余晖投在小窗上。她常常怨恨她的情郎，他总在夜晚薄雾笼罩着朱门的时候，才骑着绣鞍骏马醉醺醺地回来。

词 评

徘徊而不忘惠婉，恋而不激，填词中之有风雅者。

——汤显祖《玉茗堂评花间集》

更漏子

原 文

听寒更，闻远雁，半夜萧娘深院。扃绣户①，下珠帘，满庭喷玉蟾。

人语静，香闺冷，红幕半垂清影。云雨态，蕙兰心，此情江海深。

说　明

这首词写闺中人深夜待郎归的心情。

注　释

①**扃绣户：**关上窗户。

词　解

午夜，在闺阁深院里，听着寒夜里的更漏声声，远处又传来大雁凄切的啼鸣。关上窗户，放下珠帘，皎洁的月光映照着整个庭院。

人声悄寂，香闺里阵阵寒冷，半垂的红幕遮掩着她的清影。她情态温柔地等待情郎归来，一片芳心将他牵挂，这份柔情真是比江海还要深。

更漏子

原　文

今夜期①，来日别，相对只堪愁绝。偎粉面，捻瑶簪，无言泪满襟。银箭落②，霜华薄，墙外晓鸡咿喔。听咐嘱，恶情悰③，断肠西复东。

说　明

这首词写幽会之情。

注　释

①**期：**约会。②**银箭：**刻漏上的箭标。③**悰：**欢情。

词　解

今夜是我们幽会的佳期，明日却就要分别，我俩相对无言悲愁欲绝。我偎依在你的怀里，默默地拈捻着玉簪，泪珠无声地在衣襟上滴落。

报晓的银箭就要坠下了，霜花将大地染上薄薄的白色，墙外的雄鸡已"喔喔"地唱起晨歌。我听着你一句句的叮嘱，心里又恨你的多情将我折磨，让我断肠的相思跟你去天涯跋涉。

女冠子

原　文

蕙风芝露，坛际残香轻度。蕊珠宫，苔点分圆碧，桃花践破红。

品流巫峡外①，名籍紫微中②。真侣墉城会③，梦魂通。

说 明

这首词咏写女道士。

注 释

①**品流**：等级辈分。②**紫微**：指神仙的宫殿。③**墉城**：神仙居住的地方。

词 解

清风吹动着玉露，带着阵阵芳香，祭坛边残香缭绕。蕊珠宫里，点点浑圆的青苔上，飘落着片片桃花凋残的花瓣。

她的道行辈分闻名巫峡内外，名籍已列入紫微宫同仙人一样。她常常在梦中前往墉城，拜访居住在那里的神仙们。

女冠子

原 文

淡花瘦玉，依约神仙妆束。佩琼文，瑞露通宵贮，幽香尽日焚。
碧纱笼绛节，黄藕冠浓云。勿以吹箫伴①，不同群。

说 明

这首词咏写女道士。

注 释

①**吹箫伴**：用弄玉和萧史事。

词 解

她瘦削的身姿，淡雅的花饰，隐约一副神仙装束。她佩戴着彩纹的玉石，终日在焚香祈祷，通宵不息地收集着甘露。

轻薄如烟的碧纱袖笼了红色符节，黄杨木簪冠住她如云的浓发，香烟缭绕着她手中的尘拂。不要以为她是吹箫可求的伴侣，她早已将身心捐奉仙道，决不会与俗人为伍。

风流子

原 文

茅舍槿篱溪曲①，鸡犬自南自北。菰叶长②，水蕨开③，门外春波涨渌。听织，声促，轧轧鸣梭穿屋。

这首词写农家风光。

注 释

①槿篱：密植木槿树而成的篱笆。②菰：多年生草本植物，多生于南方浅水中。③水蕻：即空心菜。

词 解

茅草的房，槿木的篱，一条弯弯的小溪，鸡犬从南到北自由嬉戏。茭白摇着长长的绿叶，蕹菜开满了小花，门外的溪水，涨满了春的浓绿。听织机响处，轧轧声急。欢快的梭鸣穿透屋墙，唱着农家的田园曲。

词 评

田家乐耶？丽人行耶？青楼曲耶？词人藻，美人容，都在尺幅中矣。
——汤显祖《玉茗堂评花间集》

风流子

原 文

楼倚长衢欲暮，瞥见神仙伴侣。微傅粉①，拢梳头，隐映画帘开处。无语，无绪，慢曳罗裙归去。

说 明

这首词写男主人公乍见楼头美女的情景。

注 释

①傅粉：搽粉。

词 解

当暮色即将降临的时候，在长街边的楼阁上，我看到一位神仙般的美女，脸上淡淡的妆粉，长发随意地拢起，隐约如画中的人，站在掀开的画帘里。好像含情脉脉的无言无语，又像是了无心绪，慢拖着长长的罗裙，在片刻间飘然隐去。

词 评

情态逼真，令人如见，结三语有无限惋惜。
——陈廷焯《白雨斋词评》

风流子

金络玉衔嘶马①，系向绿杨阴下。朱户掩，绣帘垂，曲院水流花榭。欢罢，归也，犹在九衢深夜。

说 明

这首词写男子游冶情事。

注 释

①**金络**：镶金的马笼头。

词 解

将那笼金衔玉、不住嘶鸣的骏马拴在绿杨树下，敲开紧闭的大门，掀起垂帘，穿过曲折院落里的流水花榭来到她的香闺。欢娱之后他独自归去，只身走在深夜里的大街上。

定西番

原 文

鸡禄山前游骑①，边草白，朔天明②，马蹄轻。　　鹊面弓离短秋③，弯来月欲成。一只鸣髇云外④，晓鸿惊。

说 明

这首词写边塞生活。

注 释

①**鸡禄山**：在今内蒙古杭锦后旗西北部。②**朔天**：北方的天空。③**鹊面**：弓上的鹊形纹饰。④**鸣髇**：响箭。

词 解

巡边的骏马，在鸡禄山前驰骋。踏着经霜的秋草头顶北方的晴空，马蹄飞驰而过，卷起一阵阵轻风。神勇的骑手打开了箭袋，手中握住鹊纹硬弓，随手拉开了弓弦，硬弓已弯成月牙。一支响箭飞鸣着射向云天，惊飞的鸿雁已被射中。

词 评

随题敷衍，了无佳处。

——李冰若《栩庄漫记》

定西番

原 文

帝子枕前秋夜①，霜幄冷，月华明，正三更。　　何处戍楼寒笛，梦残闻一声。遥想汉关万里，泪纵横。

说 明

这首词咏写和亲公主。

注 释

①**帝子**：指去和亲的乌孙公主。

词 解

秋夜，乌孙公主的枕前格外清冷凄凉，帐篷结满了霜花，三更的明月，洒满遍地寒光。不知是何处戍楼，谁在寒夜中吹起横笛？她在梦里听到笛声悠扬，遥想中原远在万里，伤心的泪，不停地淌。

词 评

"寒笛"二句有"横笛偏吹行路难""一时回首月中看"之感。一言骑射精能，一言乡心怅触也。

——俞陛云《五代词选释》

河满子

原 文

冠剑不随君去，江河还共恩深。歌袖半遮眉黛惨①，泪珠旋滴衣襟。惆怅云愁雨怨，断魂何处相寻。

说 明

这首词写闺中怀人之情。

注 释

①**眉黛惨**：眉间露出愁苦之状。

词 解

夫君的冠帽和佩剑没有随他远去，让她不禁睹物思人，想那往日的恩爱就像滔滔江河一样深。歌袖半遮着她黛眉间的愁惨，泪珠止不住地滴在衣襟上。惆怅之时满天

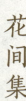

云雨都好像含着深深的愁怨，不知何处才能将他找寻，只让人枉自伤心断魂。

玉蝴蝶

原文

春欲尽，景仍长，满园花正黄。粉翘两悠飏①，翩翩过短墙。鲜飙暖②，牵游伴③，飞去立残芳。无语对萧娘，舞衫沉麝香。

说明

这首词咏蝴蝶。

注释

①**粉翘**：代指飞蝶类。②**鲜飙**：指春风。③**牵游伴**：谓蝴蝶双双飞舞。

词解

春天即将过去，可春景中仍荡漾着美好的春光，满园的春花，开得正狂。蝴蝶的双翅悠悠地飘动，翩翩轻舞着飞过短墙。

在暖暖的春风里，一会儿飞落在花上，一会儿又引来同伴，飞绕

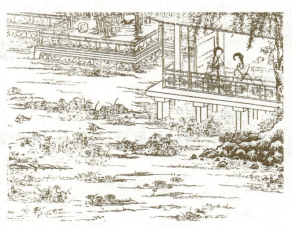

●无语对萧娘，舞衫沉麝香

在姑娘的身旁。姑娘默默地看着蝴蝶的舞姿，蝴蝶追逐着她舞衣上的熏香。

词评

《玉蝴蝶》，双调四十二字，前段五句四平韵，后段五句两仄韵，三平韵。此词前后段起，俱作三字两句，换头又间入两仄韵，与温词不同。

——王奕清等《词谱》

八拍蛮

原文

孔雀尾拖金线长，怕人飞起入丁香。越女沙头争拾翠①，相呼归去

背斜阳。

说 明

这首词写南国风情。

注 释

①**拾翠**：原指拾取翠鸟羽毛以为首饰，后指妇女春日嬉游。

词 解

孔雀的长尾好像拖着条条金线，它被行人惊动，飞起藏进了丁香丛中。南国的少女在沙滩上争着拾取翠鸟羽毛，尽情嬉戏游玩，当夕阳西下的时候，她们相互呼唤着一起回家去。全词生动活泼，富有情趣。

竹　枝

原 文

　　门前春水（竹枝）白蘋花（女儿）①，岸上无人（竹枝）小艇斜（女儿）。商女经过（竹枝）江欲暮（女儿），散抛残食（竹枝）饲神鸦（女儿）②。

说 明

这首词描写了南方风情。

注 释

①**竹枝、女儿**：唱歌时的和声。②**神鸦**：乌鸦。

词 解

门前一湾春水上漂着白蘋花，无人的岸边，一只小艇斜拴在树下。暮色欲临江边的时候，歌女的船从这里经过，她将一把残食，抛给神祠边的乌鸦。

词 评

　　徐士俊云：偶然小事，写得幽诞。

——卓人月《古今词统》

竹　枝

原 文

　　乱绳千结（竹枝）绊人深（女儿），越罗万丈（竹枝）表长寻①（女儿）。

杨柳在身（竹枝）垂意绪（女儿），藕花落尽（竹枝）见莲心（女儿）。

这首词借四种物象表现了女主人公的深情。

注　释

①寻：八尺。

词　解

满怀的深情就像零乱的绳索打着千百个绳结，深深将人牵绊；心中的真情虽像越罗一样缠绵万丈，表露出来的却只有短短一寻。手中的杨柳枝条低垂就像那满怀柔情，荷花的美貌只是一时，花瓣落尽才能见到不渝的莲心。

词　评

谐声和歌，《读曲》《子夜》之遗响也。

——李冰若《栩庄漫记》

思帝乡

原　文

如何？遣情情更多！永日水堂帘下，敛羞蛾。六幅罗裙窣地，微行曳碧波①。看尽满池疏雨，打团荷。

说　明

这首词写闺情。

注　释

①微行：小径。

词　解

为什么？越是消愁愁更多！终日徘徊在水堂帘下，把一双愁眉紧锁。六幅的长裙拖曳在池边，缓缓的脚步荡起水上碧波。看着那满池的疏雨，正无情地打着圆圆的嫩荷。

词　评

徐士俊云："如何如何，忘我实多"，添为词料矣。

——卓人月《古今词统》

上行杯

原 文

　　草草离亭鞍马，从远道，此地分襟，燕宋秦吴千万里①。　　无辞一醉。野棠开，江草湿。伫立，沾泣，征骑骎骎②。

●此地分襟，燕宋秦吴千万里

说　明

　　这是一首送别词。

注　释

　　①"燕宋"句：语出江淹《别赋》："况秦吴兮绝国，复燕宋兮千里"。②骎骎：马疾行的样子。

词　解

　　车马匆匆将要离别长亭，远游的旅客在这里分别。此去东西南北，秦吴燕宋都是千万里行程。

　　请不要再推辞送别的酒，今日别君不知何时重逢！野海棠的花盛开着令人伤愁的殷红，江边的芳草露泪盈盈。送行的人久久地伫立，个个为离愁泣泪涕零，怨征马骤驰太匆匆。

词　评

　　此词殊觉潦草。

　　　　——汤显祖《玉茗堂评花间集》

上行杯

原 文

　　离棹逡巡欲动①，临极浦，故人相送，去住心情知不共。　　金船满捧。绮罗愁②，丝管咽。回别，帆影灭，江浪如雪。

花间集

二五二

〔说 明〕

这是一首送别词。

〔注 释〕

①逡巡：迟疑不决的样子。②绮罗：穿绮罗之人，此指侍女、歌女。

〔词 解〕

客船徘徊着即将开动，故友又赶来水边相送，虽说是行客和送者心情各不相同，我们仍满饮大斗金杯，用酒来表达惜别之情。

歌女在唱着伤愁的送别曲，伴奏的弦管似鸣咽着别情。当我向远处回首告别的时候，一弯明月已高挂帆顶。只见如雪的浪花，涌动在浩渺的江中。

谒金门

〔原 文〕

留不得！留得也应无益。白纻春衫如雪色①，扬州初去日。　　轻别离，甘抛掷，江上满帆风疾。却羡彩鸳三十六②，孤鸾还一只。

〔说 明〕

这首词写离情。

〔注 释〕

①白纻：白而细的麻布。②彩鸳三十六：指鸳鸯三十六对。

〔词 解〕

留不住他！留下他也毫无用处，他那时身穿雪白的纻麻布春衫，是何等风流飘逸！行色匆匆地踏上旅途，径自前往扬州去。

他那样轻率地别离，已是甘心将我抛弃。江风鼓满了船帆，载着他疾驰而去。我好羡慕鸳鸯成双成对，自己却孤鸾一只空守孤寂。

〔词 评〕

起笔超脱，结笔妙。一"还"字，可知孤栖非一日矣。

——陈廷焯《白雨斋词评》

思越人

原 文

　　古台平，芳草远，馆娃宫外春深。翠黛空留千载恨[1]，教人何处相寻。　　　绮罗无复当时事，露花点滴香泪。惆怅遥天横绿水，鸳鸯对对飞起。

说 明

　　这首词是怀古之作，咏西施事。

注 释

　　[1]翠黛：翠眉，此处指西施。

词 解

　　古时的姑苏台已夷为平地，绵绵的芳草连着天际；馆娃宫外的荒草，也染上了深春的浓绿。人们还记得，西施的翠眉空载着千古幽恨，如今哪里还找得到，美人当年的遗迹？

　　当年西施的故事，今天已无处寻觅。那花瓣上的点点露珠，却还似美人的香泪滴滴。我在惆怅里遥望着天边横云，空漾的江水东流无际。在淹没了人间往事的涛声里，只见对对鸳鸯从江边飞起。

思越人

原 文

　　渚莲枯，宫树老，长洲废苑萧条。想象玉人空处所[1]，月明独上溪桥。　　　经春初败秋风起，红兰绿蕙愁死。一片风流伤心地，魂销目断西子。

说 明

　　这首词咏西施事。

注 释

　　[1]玉人：指西施。

词解

水边的荷花已经枯萎，旧日宫中的树木也已衰残，废弃的长洲苑一片萧条。想象昔日的西施的处所也应是空空如也，只有一轮明月还映照着过去的溪桥。

春天过去，秋风吹起，万物开始凋败，红兰绿蕙仿佛都在愁怨中渐渐枯死。回想这片土地上旧日的风流，如今只剩下无限伤心，那怅望的目光似乎还在将西施寻找。

词评

"月明独上溪桥"，所谓伤心人别有怀抱也。

——李冰若《栩庄漫记》

杨柳枝

原文

　　阊门风暖落花干，飞遍江城雪不寒[①]。独有晚来临水驿，闲人多凭赤栏干。

说明

这首词咏柳絮。

注释

①雪不寒：似雪而不寒。

词解

春风吹过阊门，干枯的落花片片凋落。柳絮在江城中漫天飞舞，好像一场大雪，却不让人感到寒冷。傍晚时分，诗人独自来到水边的驿站，只见人们大多悠闲地倚着赤红的栏杆，观看着空中飘飞的柳絮。

词评

"飞遍江城雪不寒"，得咏絮之妙。

●阊门风暖落花干

——李冰若《栩庄漫记》

杨柳枝

原 文

有池有榭即濛濛①，浸润翻成长养功。恰似有人长点检，着行排立向春风②。

说 明

这首词咏池边柳树。

注 释

①濛濛：柳絮飞舞状。②着行：成行。

词 解

有池的地方就会有榭台廊亭，有水就会有垂柳青青、飞絮扬扬。水常常将柳浸泡，却又滋养了柳的翠绿碧青。仿佛是有人着意安排，仿佛有人常将它梳拢。垂柳总是排立成行，迎着春风翩翩舞动。

词 评

"浸润"句，拙而蠢。

——汤显祖《玉茗堂评花间集》

杨柳枝

原 文

根柢虽然傍浊河①，无妨终日近笙歌。毵毵金带谁堪比，还共黄莺不较多。

说 明

这首词咏柳树。

注 释

①根柢：柳根。

词 解

树根虽然生长在污浊的河边，却不妨碍那婀娜的枝条终日在笙歌中起舞。细长的柳丝好似金色的带子，谁能与它的风姿媲美，只有黄莺娇嫩的羽毛与它差不多。

杨柳枝

原 文

　　万株枯槁怨亡隋，似吊吴台各自垂。好是淮阴明月里①，酒楼横笛不胜吹。

说 明

　　这首词咏柳。

注 释

　　①淮阴：今江苏淮阴。

词 解

　　千万株枯槁的垂柳，默立着仿佛在哀悼亡隋，又似在凭吊姑苏台上的西子，无力地把头低垂。明月笼罩着淮阴古城，在大地上遍洒银辉；不知是哪家酒楼上，横笛吹奏《杨柳枝》曲的声音不断传来。

望梅花

原 文

　　数枝开与短墙平，见雪萼è红跗fū相映①，引起谁人边塞情。　　帘外欲三更，吹断离愁月正明，空听隔江声。

说 明

　　这首词以咏梅而写离情。

注 释

　　①雪萼红跗：雪白的花萼，红色的花房。

词 解

　　几枝梅花开得与短墙一样高，只见雪白的花萼映衬着红色的花房，不知又引起谁人的边塞情思，吹起了哀伤的笛曲。

　　帘外已快到三更，悠悠笛声惊醒了离愁之人的好梦，醒来只见明月高照，听着那隔江的笛声，心中的愁情更是绵绵无尽。

渔歌子

原 文

草芊芊，波漾漾，湖边草色连波涨。沿蓼岸，泊枫汀，天际玉轮初上①。扣舷歌，联极望，桨声伊轧知何向。黄鹄叫②，白鸥眠，谁似侬家疏旷？

说 明

这首词写渔家生活。

注 释

①玉轮：月。②黄鹄：天鹅。

词 解

纤纤青草，碧波荡漾，青草与碧波连成一片翠绿。小船沿着长满蓼花的江岸前进，停泊在水中的小

●谁似侬家疏旷

洲旁，一轮明月刚刚升上了天空。

渔父扣着船舷唱起歌，四处远望，轧轧的桨声中不知他要去向何方。天鹅还在鸣叫，白鸥已经入眠，谁能像渔家一样自由疏旷？

渔歌子

原 文

泛流萤，明又灭，夜凉水冷东湾阔。风浩浩，笛寥寥，万顷金波澄澈。杜若洲①，香郁烈，一声宿雁霜时节。经雪水，过松江，尽属侬家日月。

说 明

这首词写渔家月夜泛舟自得其乐的情怀。

注 释

①**杜若洲**：长有杜若的水洲。

词 解

水边飞动着数不清的萤火，时而闪亮，时而又熄灭。夜凉水冷的时候，东湾的水面更加空阔。浩浩的夜风里飘来稀疏的笛声，将夜的沉寂打破。月光照亮清澈的湖水，湖上荡漾着万顷金波。

在这长满杜若的小洲上，香味十分浓烈，一声宿雁的啼叫，仿佛在报告着秋霜降临的季节。经过了雪溪，顺着松江河，水流汇入太湖，这里就是渔家的世界。

词 评

竟夺了张志和、张季鹰坐席，忒觉狠些。

——汤显祖《玉茗堂评花间集》

魏承班　二首

魏承班

魏承班（约 930 前后在世），前蜀王建养子魏宏夫之子，宏夫被赐姓名王宗弼，封齐王。承班仕蜀为驸马都尉，官至太尉。其词多言情之作，词风以浓艳为主，间有清朗之作。

菩萨蛮

原 文

罗裾薄薄秋波染，眉间画得山两点①。相见绮筵时，深情暗共知。翠翘云鬓动，敛态弹金凤②。宴罢入兰房，邀人解佩珰。

说 明

这首词写男主人公在筵席上与女子一见钟情的情事。

注 释

①**山两点**：指画眉如远山两点。②**金凤**：指饰有金凤图案的琴。

词　解

　　轻薄的罗裙好似秋波染成，精心描画的双眉有如远山两点。他们在这盛大的筵席上相见，款款深情只有两人暗自知道。

　　翠翘在她的云鬓边轻轻晃动，她凝神敛态弹起饰有金凤图案的瑶琴。酒宴之后他们同入兰房，邀人解下佩饰共享柔情。

词　评

　　艳冶似温尉。

——李冰若《栩庄漫记》

菩萨蛮

原　文

　　罗衣隐约金泥画，玳筵一曲当秋夜[①]**。声泛觑人娇，云鬟袅翠翘。酒醺红玉软**[②]**，眉翠秋山远。绣幌麝烟沉，谁人知两心。**

说　明

　　这首词写女主人公酒宴上的情态。

注　释

　　①**玳筵**：华丽的筵席。②**红玉**：红色玉石，此处喻美人。

词　解

　　她穿着轻薄的罗裙，绣金的内衣若隐若现，在秋夜的晚宴上，为我们清歌一曲。歌声娇颤，目光里娇情无限，鬓边的翠翘随着舞姿摆来摇去。

　　温柔的醉脸软软的如同红玉，两点山眉的黛色，如远山一般的浓绿。在那烟雾缭绕的绣帐里，她与情郎虽同入梦乡，有谁能知道他们的心曲？

词　评

　　艳丽。

——李冰若《栩庄漫记》

卷第九

魏承班 十三首

满宫花

雪霏霏，风凛凛，玉郎何处狂饮。醉时想得纵风流，罗帐香帏鸳寝。 春朝秋夜思君甚，愁见绣屏孤枕。少年何事负初心，泪滴缕金双衽。

说 明

这是一首闺怨词。

注 释

①凛凛：寒冷的样子。

词 解

漫天风雪，寒风凛凛，不知玉郎在何处狂饮？想他醉时纵情风流，香罗帐里鸳鸯同寝。

无论秋夜与春晨，我都在挂念我的夫君，真害怕看见绣屏孤枕。他为什么要违背当初的盟誓，教我涕泪洒满衣襟。

词 评

好个《满宫花》，只此平调，殊未快人心目。

——汤显祖《玉茗堂评花间集》

木兰花

原　文

　　小芙蓉，香旖旎，碧玉堂深清似水。闭宝匣，掩金铺①，倚屏拖袖愁如醉。　　迟迟好景烟花媚，曲渚鸳鸯眠锦翅。凝然愁望静相思，一双笑靥_{yè}顿香蕊。

说　明

　　这首词写相思之情。

注　释

　　①金铺：代指门。

词　解

　　屏风上小小的荷花，一朵朵是那样柔美，装点着她的碧玉堂幽深清静如水。她合拢镜匣，掩上绣扉，拖着长袖倚屏伫立，为相思愁得如痴如醉。

　　和煦的春日春景正美，烟花三月是那样娇媚。弯弯曲曲的小洲岸边，鸳鸯正头枕锦翅春睡。她在相思里默默地远望，伤愁的眼中凝着伤心的泪，那一双香蕊贴成的笑靥，深深地含满了思愁的苦味。

词　评

　　庸调。

——李冰若《栩庄漫记》

玉楼春

原　文

　　寂寂画堂梁上燕，高卷翠帘横数扇。一庭春色恼人来，满地落花红几片。　　愁倚锦屏低雪面①，泪滴绣罗金缕线。好天凉月尽伤心，为是玉郎长不见。

说　明

　　这首词写春日闺怨。

注　释

　　①雪面：白皙的颜面。

寂静的画堂中，梁间的燕子也已安眠。几扇窗子开着，窗口高卷着绿色的窗帘。满庭春色偏在人愁时扑面而来，教人徒增几分怨恨，满地的落花里，又飘落残红几片。

她愁闷地倚着绣屏，低垂着苍白的脸，泪珠一颗颗地滴落，湿透了绣罗衣上的金线。美好的天气、清凉的月色，本是良辰美景，相思却使她泪浸心田。为的是玉郎无信，相思的人儿已长久不见。

词评

结语说到尽头，了无余味。魏氏此等词，与毛文锡不相上下。

——李冰若《栩庄漫记》

此题集中凡三见，皆无一败笔，才故相匹。抑亦此题之足恣其挥洒也。

——汤显祖《玉茗堂评花间集》

玉楼春

原　文

轻敛翠蛾呈皓齿，莺啭一枝花影里。声声清迥遏行云，寂寂画梁尘暗起。　　玉罍满斟情未已^①，促坐王孙公子醉。春风筵上贯珠匀，艳色韶颜娇旖旎^②。

说　明

这首词写筵上歌女。

注　释

①**玉罍**：古代一种圆口三足的酒器。②**旖旎**：轻盈婀娜之态。

词　解

她轻皱蛾眉，微启朱唇露出洁白的牙齿；开口歌唱之时，婉转的歌声就像黄莺在花丛中娇啼。唱到高声处，清越的歌声在空中回荡，仿佛能让天上的流云也驻足；歌声萦绕在寂静的画堂中，震动梁上的轻尘暗暗飞起来。

筵席上的公子沉醉在美妙的歌声里，忘记了玉罍里还斟满美酒，歌声牵动着情思，让人如痴如醉。春风筵上聆听着优美的歌声，圆润的声音犹如串串珠玉，那娇艳美丽的容颜、婀娜旖旎的身姿更是让人赞叹。

诉衷情

高歌宴罢月初盈，诗情引恨情。烟露冷，水流轻，思想梦难成。
罗帐袅香平，恨频生。思君无计睡还醒，隔层城①。

说 明

这首词写相思之情。

注 释

①**层城**：据《淮南子》载，昆仑山有层城九重，分三级，上层叫层城，一名天庭，为太帝所居。此处喻指阻隔极远。

词 解

酒宴结束的时候，初圆的明月高挂在空中，席上刚刚歌咏的诗句，又撩起我怨愁的离情。夜雾和露水都是冷冷的，窗边的池水在轻轻流，我沉浸在无眠的相思里，久久难以入梦。

袅袅的香烟似乎已经凝固，烟絮平平地停滞在罗帐中，相思绵绵的愁绪里，凝结着我的怨恨重重。没有办法不去想念他，睡梦里也总看见他的身影，只是隔着重重的城楼，不知何日才能相逢。

诉衷情

原 文

春深花簇小楼台，风飘锦绣开①。新睡觉，步香阶，山枕印红腮。
鬓乱坠金钗，语檀偎。临行执手重重嘱，几千回。

说 明

这首词写女主人公与情人欢会后离别的情景。

注 释

①**锦绣**：此指锦绣帐子。

词 解

春深时分，丛丛春花簇拥着小巧的楼台，一阵春风拂过，掀开了锦绣的垂帘。一双情人刚刚从睡梦中醒来，他们在石阶上漫步，红晕的脸上还印着枕头的花纹。

她散乱的鬓发上坠着一支金钗，依偎着情郎倾诉绵绵情话。临别之际她紧紧拉着情郎的手，深情地叮嘱了千万回。

词评

"语檀偎"三字殊拙。

——李冰若《栩庄漫记》

诉衷情

原文

银汉云晴玉漏长，蛩声悄画堂[1]。筝簟冷，碧窗凉，红蜡泪飘香。皓月泻寒光，割人肠。那堪独自步池塘，对鸳鸯！

说明

这首词写深夜闺情。

注释

①**蛩声**：蟋蟀的叫声。

词解

银河里飘着几缕淡淡的轻云，玉漏声声格外悠长，画堂里蟋蟀的叫声若有若无，更显出夜的寂静。竹席冰冷，碧窗寒凉，红蜡烛流下滴滴飘香的烛泪。

皎洁的月亮倾泻下清寒的月光，这凄清的景象让闺中人愁肠欲断。她怎能忍受独自在池塘边漫步，对着池塘里的双双鸳鸯，她的孤单会更加凄凉。

词评

用相对写法，较有情味。"皓月泻寒光"，佳句也。

——李冰若《栩庄漫记》

诉衷情

原文

金风轻透碧窗纱，银釭焰影斜。倚枕卧，恨何赊[1]，山掩小屏霞。云雨别吴娃，想容华。梦成几度绕天涯，到君家。

说明

这首词写男子的相思之情。

①赊：悠远，此作多、无穷解。

词 解

秋风轻轻吹拂着碧绿的纱窗，银灯的光焰投下斜斜的影子。他倚着枕头卧在床上，不知有多少相思的忧愁，眼前只见画屏上小山掩映着霞光。

自从那一次云雨恩爱之后，他与心爱的情人分别，一直朝思暮想，思念着她的音容笑貌。梦里他的魂曾经几次寻遍天涯，到她的家里和她相会。

诉衷情

原 文

春情满眼脸红绡，娇妒索人饶①。星靥小，玉珰摇，几共醉春朝。别后忆纤腰，梦魂劳。如今风叶又萧萧，恨迢迢。

说 明

这首词写男子对情人的思念。

注 释

①索：讨取，得到。

词 解

还记得你满含春情的双眼，记得你的红脸上时涨时消的春潮，你常常伴作妒忌的嗔怒，你常常讨人喜欢的撒娇。一对小小的酒窝总是在笑，一双玉耳环总不停地摇……我们曾多少次举杯对饮，在欢情的陶醉里迎来春朝。

分别以后，我的回忆总在留恋你的细腰，它是那样纤弱，那样窈窕，但却能够承受，我的梦魂永远不尽的缠绕。如今又到了秋风落叶的季节，萧萧的风声正带去我遥远的思念，低吼着我心中期望的呼号。

词 评

徐士俊云："索人饶"比"索春饶"尤妙。

——卓人月《古今词统》

生查子

原文

烟雨晚晴天，零落花无语。难话此时心，梁燕双来去。　　　琴韵对熏风[1]，有恨和情抚。肠断断弦频，泪滴黄金缕[2]。

说明

这首词写闺情。

注释

①熏风：香风。②黄金缕：指衣上所饰。

词解

傍晚时分，如烟的细雨终于放晴，花瓣默默无语地零落满地。看着梁间燕子双双飞来飞去，她此时的心情不知怎样用语言表达。

对着熏风，她弹起瑶琴，琴声中满含着怨恨和痴情。她伤心肠断，几次弹断了琴弦，滴滴眼泪沾湿了衣上金黄的丝绣。

词评

远近含吐，精魂生怯。

——沈际飞《草堂诗馀别集》

生查子

原文

寂寞画堂空，深夜垂罗幕。灯暗锦屏欹[1]，月冷珠帘薄。　　　愁恨梦难成，何处贪欢乐。看看又春来，还是长萧索。

说明

这首词写春日闺怨。

注释

①欹：斜。

词解

深夜里罗幕静静地垂落，空空的画堂，充满了我的寂寞。斜放的锦屏里，灯暗暗的如一点萤火。薄薄的帐帘，浸透了月光的冷漠。

想入梦时梦却难成，只缘愁怨已太多太多。不知他今宵何处，又在何处寻欢作乐？看看室外的光景，春天又要来了，我却仍守着孤独，守着长久的萧索。

黄钟乐

原 文

池塘烟暖草萋萋。惆怅闲宵，含恨愁坐，思堪迷。遥想玉人情事远，音容浑似隔桃溪①。　　偏记同欢秋月低，帘外论心，花畔和醉，暗相携。何事春来君不见，梦魂长在锦江西。

说 明

这首词写女子深夜怀人之情。

注 释

①桃溪：桃花源。

词 解

池塘上飘浮着温暖的烟气，笼罩着萋萋芳草。在闲暇的夜里，她满怀惆怅，含愁独坐，思绪迷乱。遥想她与情人相聚的欢情，仿佛已事隔久远，他的音容笑貌就像隔着桃花源，再也无处找寻。

偏偏记得曾经在秋月下欢聚，他们在帘外倾诉心曲，在花丛旁一同欢饮，醉后牵着手相互扶携。为什么春天来了他却再无音信，空让她的梦魂徘徊在锦江西畔，寻觅他的身影。

渔歌子

原 文

柳如眉，云似发。蛟绡雾縠笼香雪①。梦魂惊，钟漏歇，窗外晓莺残月。　　几多情，无处说，落花飞絮清明节。少年郎，容易别，一去音书断绝。

说 明

这首词写闺情。

注 释

①縠：绉纱。

词 解

双眉宛如弯弯的柳叶，发如流云似轻拂，雾一样薄的轻纱，笼住她雪白的肤色。当她从梦中惊醒的时候，报晓的钟漏已经停歇，窗外的晓莺，啼叫着送走残月。

多少缠绵的恋情，却无处向人诉说，窗外已经春花凋残，又到了柳絮纷飞的清明时节。也许是郎君年少，容易轻看离别，一去便杳无音讯，连书信也没有一页。

词 评

只此容易别时，常种人毕世莫解之恨，那得草草？

——汤显祖《玉茗堂评花间集》

鹿虔扆　六首

鹿虔扆

鹿虔扆，后蜀时登进士第，累官至学士，生卒年不详。广政间（938—965），出为永泰军节度使，进检校太尉，加太保。与欧阳炯、毛文锡、阎选、韩琮俱以小词供奉后主，时称"五鬼"。蜀亡不仕。其词前期多浮丽之作，后期多感慨之音。

临江仙

原 文

金锁重门荒苑静，绮窗愁对秋空。翠华一去寂无踪。玉楼歌吹，声断已随风。　　烟月不知人事改，夜阑还照深宫。藕花相向野塘中。暗伤亡国，清露泣香红①。

说 明

这首词抒发了诗人的亡国之痛。

①**香红**：借代藕花。

词 解

层层宫门关锁，荒凉的皇家园林异常安静；我靠着窗户，含愁望秋天的夜空。自从皇帝去后，这里便一片寂静，再也看不到皇帝的踪影。宫殿里歌声乐声，也早已断绝，去追随那一去不返的风。

云雾笼罩的朦胧之月，不知人事已经变更，直到夜将尽时，还照耀着深宫。在荒废的池塘中，莲花正相对哭泣；它们像暗暗伤感亡国，清露如同泪珠，从清香的红花上往下滴。

词 评

"曲终人不见，江上数峰青"，似有神助。以此方之，可为勍敌。

——汤显祖《玉茗堂评花间集》

临江仙

原 文

无赖晓莺惊梦断，起来残酒初醒。映窗丝柳袅烟青，翠帘慵卷，约砌杏花零。　　一自玉郎游冶去，莲凋月惨仪形。暮天微雨洒闲庭，手挼裙带，无语倚云屏①。

说 明

这首词写女子终日相思。

注 释

①**云屏**：用云母为饰的屏风。

词 解

多事的晓莺早早开始了鸣叫，惊醒了闺中人的美梦，晨起之时，她才刚刚从昨夜的残醉中醒来。如丝的柳条掩映着窗户，好似舞动着袅袅的青烟。她懒洋洋地卷起翠绿的垂帘，台阶上落满了凋零的杏花。

自从情郎游冶远去，她日益憔悴消损了仪容。傍晚时分，一阵微雨遍洒庭院，她手里揉搓着裙带，默默无语地倚着云屏。

词 评

"约砌杏花零"，"约"字雅炼，残红受约于风，极婉款妍丽之致。

——况卜娱《织余琐述》

女冠子

凤楼琪树^①，惆怅刘郎一去，正春深。洞里愁空结，人间信莫寻。竹疏斋殿迥，松密醮坛阴。倚云低首望，可知心。

说 明

这首词写女道士的相思。

注 释

①**琪树**：神话中的玉树。

词 解

春深时分，凤楼玉树前，她正惆怅刘郎一去无踪。仙洞里只留下无尽的哀愁郁结在心头，那遥远的人间难以寻觅他的身影。

疏落的翠竹环绕着高大的斋殿，茂密的松林隐蔽着祭祀的醮坛。她倚着流云低头下望，回到人间的刘郎可知道她的一片痴心？

词 评

"竹疏""松密"二句，写道院风光宛然。

——李冰若《栩庄漫记》

女冠子

原 文

步虚坛上^①，绛节霓旌相向，引真仙。玉佩摇蟾影，金炉袅麝烟。露浓霜简湿^②，风紧羽衣偏^③。欲留难得住，却归天。

说 明

这首词写女道士的生活。

注 释

①**步虚**：道士诵经之声。②**霜简**：又称白简，本为御史弹劾官吏的奏章，此指道士招神用的手板。③**羽衣**：用羽毛编织成的衣服，后代指道士或神仙所穿之衣。

醮坛传来琅琅诵经之声，招神用的绛红符节和彩色旗帜相向而立，接引神仙的来临。她佩戴的玉饰映着月光摇动，铜炉里缭绕着袅袅香烟。

浓浓的露水浸湿了她手中的霜简，清冽的夜风吹得她的羽衣不住飘动。想要留住下凡的神仙，仙人却匆匆归天，只留给她无穷的遗憾和惆怅。

思越人

原 文

翠屏欹^①，银烛背，漏残清夜迢迢。双带绣窠盘锦荐，泪浸花暗香销。　　珊瑚枕腻鸦鬟乱，玉纤慵整云散。苦是适来新梦见，离肠争不千断？

说 明

这首词写相思。

注 释

①欹：倾斜。

词 解

斜放的画屏里，银烛的光在渐渐地暗淡，清夜里的残漏声，好像传得很远很远。绣花的双带垂在锦席上，已被泪水浸得花纹模糊，熏过的香气也暗暗消散。

珊瑚枕上浸满了湿湿的泪，乌黑的长发蓬松地垂落枕边。那双纤纤如玉的手，已无力再去梳理发髻的散乱。这般的酸楚凄惨，都因梦里刚刚与他相见，怎不让人愁肠断作千段？

词 评

结句酸楚，江文通、潘安仁悼亡诗不过如此。

——汤显祖《玉茗堂评花间集》

虞美人

原 文

卷荷香澹浮烟渚，绿嫩擎新雨。琐窗疏透晓风清，象床珍簟冷光轻，水纹平。　　　　九疑黛色屏斜掩①，枕上眉心敛。不堪相望病将成，钿昏檀粉泪纵横，不胜情。

说　明

这首词写妇人的相思之苦。

注　释

①九疑：九嶷，山名。在今湖南省宁远县。

词　解

含苞待放的荷花散发着阵阵清香，随风飘浮在轻烟笼罩的小洲上，嫩绿的荷叶高擎在新雨中仿佛一把把绿伞。一阵清凉的晨风从绣花窗户稀疏的窗格中吹进来，象牙床上珍贵的竹席闪动着轻轻的冷光，席上如水的细纹是那样平整。

斜掩的屏风上描画着九嶷山葱郁的风光，闺中人躺在枕头上，紧锁着含愁的秀眉。那难以忍受的期盼让她相思成病，花钿失去了光泽，眼泪和着妆粉在脸上流淌，那相思之情绵绵无尽。

阁　选　八首

阁　选

　　阁选，后蜀词人。终身布衣，以小词供奉蜀主，人称阁处士，生卒年不详。工于小词，风格浓艳。

虞美人

原　文

　　粉融红腻莲房绽①，脸动双波慢。小鱼衔玉鬓钗横，石榴裙染象纱轻，转娉婷。　　　　偷期锦浪荷深处②，一梦云兼雨。臂留檀印齿痕香，深秋不寐漏初长，尽思量。

说　明

这首词写男子秋夜回忆与情人幽会的情景。

注释

①**莲房**：莲蓬。②**偷期**：暗中约会。

词解

美人的脸上涂了脂粉，光滑泛红，就像绽开的莲房一样娇艳。她转动脸庞，目光随意游走，头上横插着小鱼形的头钗，身上穿着像纱一般轻薄的朱红色裙子，转动身体的姿态十分美好。

在荷叶繁茂、波浪泛着色彩的地方，美人和情郎偷偷约会，尽情欢爱，手臂上留下了口红的印迹和带着香味的齿痕。在这深秋的夜里，漏壶上显示的时间标记才刚刚开始上涨，女主人公却久久难眠，心中满是对情郎深深的爱意。

虞美人

原　文

楚腰蛴领团香玉，鬟叠深深绿。月蛾星眼笑微频，柳妖桃艳不胜春，晚妆匀。　　水纹簟映青纱帐，雾罩秋波上。一枝娇卧醉芙蓉，良宵不得与君同，恨忡忡①。

说　明

这首词写女子深夜情思。

注释

①**忡忡**：忧愁的样子。

词解

美人的腰很细，脖子白而长，肌肤白嫩有光泽，鬟发重叠，十分厚密。她的眉毛像弯月，眼睛像明星，笑起来略带愁意。晚上精心装扮以后，就连春天也比不上她那如柳枝般妖娆、如桃花般艳丽的美貌。

美人在竹席上躺着，水纹映在青纱帐上，她的眼神也好似笼罩上了一层薄雾。她像一枝芙蓉花那样醉卧在竹席上，如此美好的夜晚却不能和心上人一起度过，她的脸上充满了恨意和忧愁。

词评

诸相具足。又评末二句云：好句，同人也好。

——沈际飞《草堂诗馀别集》

临江仙

原　文

　　雨停荷芰逗浓香，岸边蝉噪垂杨。物华空有旧池塘，不逢仙子，何处梦襄王。　　珍簟对欹鸳枕冷，此来尘暗凄凉。欲凭危槛恨偏长，藕花珠缀①，犹似汗凝妆。

说　明

　　这首词写相思之情。

注　释

　　①珠：露珠。

词　解

　　雨停以后，荷花和菱花飘散出浓浓的香气，岸边的垂柳上有蝉在鸣叫。旧处的池塘空有美好的景物，没有遇见神女，楚襄王又在何处做梦呢？

　　鸳鸯枕头在竹席上相互倾斜地摆放着，已经冰冷；来到这里，气氛昏暗，让人满心凄凉。想要靠着高楼上的栏杆放眼远望，心中的悔恨偏偏却又很长。荷花上面点缀着露水，好像美人脸上流汗的模样。

临江仙

原　文

　　十二高峰天外寒，竹梢轻拂仙坛①。宝衣行雨在云端，画帘深殿，香雾冷风残。　　欲问楚王何处去？翠屏犹掩金鸾。猿啼明月照空滩，孤舟行客，惊梦亦艰难。

说　明

　　这首词描绘了神女庙的景色，抒发了行客的感受。

注　释

　　①仙坛：指神女的祠庙。

词　解

　　巫山十二峰高耸天外，高处不胜寒。竹梢轻轻拂在仙坛上，巫山神女穿着珍贵的神衣在云间施雨。绘着彩画的帘幕挂在深深的宫殿里，冷风吹散了透着香味的雾气。

楚王与神女相会后，又往何处去了？他已回到了人间，翠色的山屏仿佛掩映着他的金銮车驾。猿猴啼叫在明月映照着的河滩，孤舟里的行客，归乡的好梦被啼叫声惊断了，情感上也很难受。

浣溪沙

原 文

　　寂寞流苏冷绣茵，倚屏山枕惹香尘，小庭花露泣浓春。　　　刘阮信非仙洞客，嫦娥终是月中人，此生无路访东邻①。

说 明

　　这首词写男子对情人的思念。

注 释

　　①东邻：代指美女。典出宋玉《登徒子好色赋》："臣里之美者，莫若臣东家之子。东家之子，增之一分则太长，减之一分则太短。"

词 解

　　绣花垫褥寂寞地放在垂挂流苏的帐子里，已经冰冷，只有倚着屏风的枕头仍带着芳香的气味。小小的庭院里，花朵上的露珠就像哭泣时流下的泪水，连景物也带着浓浓的春意。

　　刘晨和阮肇确实不是仙洞里住着的人，而嫦娥终究是月宫中的仙子。这一生，我恐怕无法追求到自己心爱的女子！

词 评

　　"小庭"七字凄艳，下半阕已是元明一派。
　　　　　　　　　　　　　　　　　　　——陈廷焯《词则·闲情集》

八拍蛮

原 文

　　云锁嫩黄烟柳细，风吹红蒂雪梅残。光景不胜闺阁恨①，行行坐坐黛眉攒②。

［说　明］

这首词写闺怨。

［注　释］

①**光景**：风光景物。②**行行坐坐**：坐立不安，无聊之状。

［词　解］

烟雾笼罩着树林，柳树垂着嫩黄的细枝；春风吹起花朵的根蒂，连红梅也在不断凋零。风光明秀，引起了女子无限的闺阁怨情，她空虚无聊，行坐不安，秀丽的眉头皱成了一团。

［词　评］

仄声七言绝句，唐人以入乐府，谓之《阿那曲》，宋人谓之《鸡叫子》。平声绝句以入乐府者，非《杨柳枝》《竹枝》即《八拍蛮》也。
——汤显祖《玉茗堂评花间集》

八拍蛮

［原　文］

愁锁黛眉烟易惨，泪飘红脸粉难匀。憔悴不知缘底事①？遇人推道不宜春。

［说　明］

这首词写春日闺怨。

［注　释］

①**缘底事**：因何事。

［词　解］

因心中充满忧愁而锁紧了眉头，面上的胭脂也易于显出惨淡之色。眼泪洒在了脸上，脂粉被染得难以均匀。不知是因为何事才变得这样憔悴？遇到别人问起，却推说是由于不适应春天的气候环境。

［词　评］

徐士俊云：却不道四时天气总愁人。
——卓人月《古今词统》

河 传

原文

　　秋雨，秋雨，无昼无夜，滴滴霏霏。暗灯凉簟怨分离，妖姬[①]，不胜悲。　　西风稍急喧窗竹，停又续，腻脸悬双玉[②]。几回邀约雁来时，违期，雁归，人不归。

说明

　　这首词写秋日闺怨。

注释

　　①**妖姬**：妖艳妩媚的女子。②**双玉**：指两行泪水。

词解

　　秋雨不分昼夜滴滴飘洒。昏暗的灯光下，妖艳妩媚的女子独守着冰凉的竹席，她怨恨那无情的分离，心中充满了悲伤。

　　西风渐急，摇动着窗外的翠竹，时而静止时而继续。她那香粉细腻的脸上挂着两行如玉珠般的泪水。几次与他约定秋雁来时一定要回来，他却总是违背了期约，秋日的天空中只见大雁飞来，他却迟迟不归。

词评

　　三句皆重叠字，大奇大奇。宋李易安《声声慢》，用十重叠字起，而以"点点滴滴"四字结之，盖用其法，而青于蓝者。

　　　　　　　　　　　　——汤显祖《玉茗堂评花间集》

尹 鹗 六首

尹 鹗

　　尹鹗，锦城（今四川成都）人，生卒年不详。前蜀王衍时，为翰林校书，累官至参卿。性滑稽，工诗词，其词似韦而浅俗、似温而烦琐，独成一格。

临江仙

一番荷芰生池沼，槛前风送馨香。昔年于此伴萧娘。相偎伫立，牵惹叙衷肠。　时逞笑容无限态，还如菡萏争芳。别来虚遣思悠飏，慵窥往事①，金锁小兰房。

说 明

这首词写男子怀人之情。

注 释

①**慵窥**：懒于回顾。

词 解

一片绿荷菱花，生长在旧日的池塘，亭栏前的微风，又送来菱荷的馨香。昔年，我曾在此，陪伴着美丽的姑娘。我们相偎伫立，情意绵绵互诉衷肠。

她那时无拘无束的笑容，含情无限的模样，仿佛是与荷花在争艳斗芳。分别以后，我徒自相思情长。如今我已困倦了往事的回忆，只因她门前挂着金锁，人已不知去向。

词 评

托幽芳于芰荷。

——茅暎《词的》

临江仙

原 文

深秋寒夜银河静，月明深院中庭。西窗幽梦等闲成。逡巡觉后①，特地恨难平。　红烛半条残焰短，依稀暗背银屏。枕前何事最伤情？梧桐叶上，点点露珠零。

说 明

这首词写秋夜怨情。

注 释

①**逡巡**：不一会儿。

词解

深秋的寒夜里，天空中的银河是那么宁静；幽深的院落中，明亮的月光映照着中庭。西窗里，她正做着相思幽梦，不久梦醒之后，心中的怨恨更加难以平息。

红烛已烧去了一半，残焰越来越短，在银屏后依稀闪烁着。枕前这凄凉的景象最让人伤情，更何况屋外的梧桐树叶上，点点露珠滴答，真让人倍感幽怨。

词评

再检《临江仙》云："西窗幽梦等闲成。逡巡觉后，特地恨难平。"又，"昔年于此伴萧娘。相偎伫立，牵惹叙衷肠。"流递于后，令作者不能为怀，岂必曰《花间》《尊前》句皆婉丽也。

——沈雄《柳塘词话》

满宫花

原文

月沉沉，人悄悄，一炷后庭香袅。风流帝子不归来[①]，满地禁花慵扫。　　离恨多，相见少，何处醉迷三岛。漏清宫树子规啼，愁锁碧窗春晓。

说明

这是一首宫怨词。

注释

①**帝子**：指皇帝子女。

词解

月色低沉，人声悄寂，后庭的那一炷燃香，袅袅的烟絮飞旋缭绕。风流帝子不归来，宫禁内落花满地，也懒得去将它清扫。

离愁已经太多太多，相见却是可怜得少，不知他醉迷于哪座仙岛？凄清的更漏声中，宫苑树上的子规又在啼叫，我紧锁愁眉，碧窗又是春晓。

词评

绮丽风华，仿佛仲初宫词。

——陈廷焯《白雨斋词评》

杏园芳

严妆嫩脸花明①，教人见了关情。含羞举步越罗轻，称娉婷。
终朝咫尺窥香阁，迢遥似隔层城。何时休遣梦相萦，入云屏。

这首词写一男子的相思之情。

①严妆：端整装束。

她那娇嫩的脸庞认真地装扮，就像花儿一样明艳动人，让人见了不由得心生爱慕之情。她满含娇羞举步离去，越罗长裙轻轻飘荡，她的身姿是那样婀娜娉婷。

他终日窥视着她的香闺，虽然近在咫尺，却仿佛隔着遥远的层城，天上人间难以相见。什么时候才能让他走进那闺房里的云屏，而不仅仅在梦中与她相会。

尹鹗《杏园芳》第二句"教人见了关情"，末句"何时休遣梦相萦"，遂开屯田俳调。

——沈雄《柳塘词话》

醉公子

暮烟笼薜^{xiǎn}砌，戟门犹未闭①。尽日醉寻春，归来月满身。　　离鞍
偎绣袂，坠巾花乱缀。何处恼佳人，檀痕衣上新②。

这首词写公子日暮醉归的情态。

①戟门：指显贵之家。②檀痕：口红印迹。

暮烟已笼罩着长满苔藓的石阶，那华贵的大门还没有关闭。他终日醉醺醺地在外

花天酒地，归来时又是月光照耀着他的身影。

下马后他烂醉如泥，依偎在红袖佳人的怀里；佩巾坠落，包裹的花瓣乱撒在地上。是什么事又让佳人恼怒？只为他的衣服上新印着姑娘的口红。

词 评

　　"何处恼佳人，檀痕衣上新"，似怨以怜，娇嗔之态可想，而含意亦不轻薄。

——李冰若《栩庄漫记》

菩萨蛮

原 文

　　陇云暗合秋天白[①]，俯窗独坐窥烟陌。楼际角重吹，黄昏方醉归。荒唐难共语，明日还应去。上马出门时，金鞭莫与伊。

说 明

这首词写闺中少妇对丈夫的嗔怨。

注 释

　　①**陇**：田野。

词 解

　　田野上暗云四合，天色灰白惨淡。闺中人独自俯坐在窗前，看着暮霭笼罩的大路。城楼上的号角又一次吹响，黄昏时分她的丈夫才醉醺醺地归来。

　　他是那么荒唐，已很难与他说话，明日还会出门去寻欢作乐。她真是无可奈何，只好等他上马出门的时候，再不把金鞭拿给他。

词 评

　　尤有不尽之情，痴绝昵绝。

——况周颐《餐樱庑词话》

花间集

毛熙震　十六首

毛熙震

　　毛熙震，蜀（今四川省）人，生卒年不详。后蜀孟昶时，官至秘书监。通音律，工诗词，其词多写闺情，辞多华丽，亦有清淡之作。

浣溪沙

原文

　　春暮黄莺下砌前，水晶帘影露珠悬，绮霞低映晚晴天[①]。　　弱柳万条垂翠带，残红满地碎香钿[②]，蕙风飘荡散轻烟。

说明

　　这首词全是描绘暮春景象。

注释

　　①绮霞：彩霞。②香钿：头饰，比喻落花。

词解

　　暮春时分，黄莺飞落阶前，水晶帘上的珠影，仿佛串串露珠穿连。落日烧红灿烂的晚霞，低低地映亮傍晚的云天。

　　弱柳低垂着千万条翠带，残败的红花撒满庭院，如少女发上香钿坠落地上的碎片。暮烟袅袅升腾，随蕙风飘散。

浣溪沙

原文

　　花榭香红烟景迷，满庭芳草绿萋萋，金铺闲掩绣帘低。　　紫燕一双娇语碎，翠屏十二晚峰齐[①]，梦魂消散醉空闺。

营兰糖

【说 明】

这首词写春闺独守之情。

【注 释】

①**十二晚峰**：指画屏上巫山十二峰的晚景。

【词 解】

花树旁开满了芬芳红艳的花朵，轻烟笼罩着美景更显得迷离，庭院里长满了碧绿的芳草。她的闺房闲掩着大门，低垂着绣帘。

一双紫燕正在呢喃碎语，翠绿的屏风上巫山的十二座晚峰历历在目。她在空闺中神情如痴如醉，宛如梦境，魂魄飘散。

【词 评】

末句不成话。

——李冰若《栩庄漫记》

浣溪沙

【原 文】

晚起红房醉欲消，绿鬟云散袅金翘，雪香花语不胜娇。　　好似向人柔弱处，玉纤时急绣裙腰①，春心牵惹转无聊。

【说 明】

这首词写女主人公晚起后的情态。

【注 释】

①**玉纤**：指手指。

【词 解】

很晚了她才从华丽的闺房中起身，昨夜的醉意正要消尽；鬟边低垂着欲坠的金翘，乌黑的发鬟已散成一团乱云，雪白的肌肤，温柔的语音，娇滴滴的好一位佳人。

好像是一种着意的展示，她总是轻扭着柔弱的腰身，那双纤纤如玉的手，时常拢住腰间的绣裙，荡漾的春心牵扯着她的相思，转而又为相思消沉。

【词 评】

平淡之状而出以秾丽，使人之意也消。

——李冰若《栩庄漫记》

浣溪沙

一只横钗坠髻丛，静眠珍簟起来慵，绣罗红嫩抹酥胸。　　羞敛细蛾魂暗断，困迷无语思犹浓，小屏香霭碧山重①。

说 明

这首词是一幅睡美人图。

注 释

①**碧山重**：指屏上画景。

词 解

一支横簪的金钗坠落在鬓发丛中，她静静地睡在珍贵的竹席上，起来时只感到娇慵无力，嫩红的绣花罗衣遮住了她雪白丰满的胸脯。

她满含娇羞地皱起细长的蛾眉，正为了梦中的相思暗自魂销。她还迷茫着未曾清醒，默默无语，心中情思犹浓。小屏风前缭绕着阵阵香烟，掩起画屏上的重重青山。

词 评

细腻风光。

——李冰若《栩庄漫记》

浣溪沙

原 文

云薄罗裙绶带长，满身新裛瑞龙香①，翠钿斜映艳梅妆。　　伴不觑人空婉约②，笑和娇语太猖狂，忍教牵恨暗形相。

说 明

这首词描写了一位美人。

注 释

①**裛**：用香熏衣。**瑞龙香**：香料名。②**婉约**：娇羞状。

词 解

轻薄的罗裙飘着长长裙带，飘动着好似云飞扬；满身缭绕着浓浓的香味，仿佛刚刚熏过龙涎香。翠玉的花钿斜佩在鬓角，映衬着脸上娇艳的梅花妆。

假作不看别人的脸，装成柔美和顺的模样，娇语里常伴着无拘无束的笑，好似柔顺又似轻狂。故意引起我无缘搭话的幽恨，让我只能暗中将她端详。

[词评]

说风骚，千真万真，可敌光宪。

——沈际飞《草堂诗馀别集》

浣溪沙

[原文]

碧玉冠轻袅燕钗，捧心无语步香阶①，缓移弓底绣罗鞋。　　暗想欢娱何计好，岂堪期约有时乖，日高深院正忘怀。

[说明]

这首词写美人幽思。

[注释]

①捧心：两手敛袖抱胸，表示病态或娇态。

[词解]

碧玉冠上轻轻摇动着一支燕形的金钗，闺中人捧着胸口，默默无语地在石阶上漫步，缓缓地移动着弓底的绣花罗鞋。

她的心中暗暗回想着相聚的欢娱，却不知该如何安排约会，只怕他总是违背了期约，留给她难以忍受的哀愁。正午的太阳高高照耀着幽深的院落，她还在痴痴地思量着，全然忘了身边的一切。

[词评]

毛熙震词："缓移弓底绣罗鞋。"当为以弓鞋入词之始。着一"缓"字，神态具足。

——李冰若《栩庄漫记》

浣溪沙

[原文]

半醉凝情卧绣茵①，睡容无力卸罗裙，玉笼鹦鹉厌听闻。　　慵整落钗金翡翠，象梳欹鬓月生云，锦屏绡幌麝烟熏。

说　明

这首词写女子慵态。

注　释

①凝情：痴情。

词　解

她半醉半醒、眼含泪珠地躺在绣花垫褥上，满脸睡容，困倦得无力脱下罗裙，也不愿理会玉笼里的鹦鹉正在对着她学人说话。

翡翠金钗垂落下来她也懒得收拾，象牙梳子斜插在鬓发上，好似弯月边簇拥着缕缕浓云，兰麝香烟袅袅地熏着锦屏和绡帐。

临江仙

原　文

南齐天子宠婵娟，六宫罗绮三千。潘妃娇艳独芳妍，椒房兰洞，云雨降神仙。　　纵态迷欢心不足，风流可惜当年。纤腰婉约步金莲①，妖君倾国，犹自至今传。

说　明

这首词咏写南朝齐东昏侯萧宝卷专宠潘妃以致国亡身死的历史。

注　释

①步金莲：《南齐书》载：东昏侯凿金为莲花以贴地，使潘妃行其上，曰："此步步生莲花也。"

词　解

南齐天子宠爱美人，在他的后宫里，收罗了佳丽三千。潘妃以她的娇媚，却将三千宠爱独占。在她富丽豪华的居所，君王沉溺于朝云暮雨，快乐似神仙下凡。

他们纵情寻欢作乐，还觉得不足心愿，当年的那般风流，真是让人悲怜。她轻扭着柔美的细腰，每一步都要踏着一朵金莲。这妖惑君心、倾亡国家的故事到今天还在流传。

词　评

　　敷衍史实，味如土饭尘羹。

　　　　　　　　——李冰若《栩庄漫记》

临江仙

原文

幽闺欲曙闻莺啭，红窗月影微明。好风频谢落花声。隔帏残烛，犹照绮屏筝。　　绣被锦茵眠玉暖①，炷香斜袅烟轻。淡蛾羞敛不胜情。暗思闲梦，何处逐云行？

说明

这首词写女主人公幽闺怀人之苦。

注释

①眠玉：指美人睡态。

词解

清晨的曙光就要照亮幽暗的香闺，黄莺的声声娇啼从屋外传来，红纱窗上映着微明的月影。一阵好风频频地吹落残花，每一瓣落花都落地有声。帐外的那支残烛，还照着绣屏下的古筝。

绣被锦褥的呵护，使如玉的肌肤暖意融融，床边那炷燃香，斜旋的轻烟在袅袅飘动。她那淡淡的蛾眉含羞轻颦，满是无限的情思，仿佛暗中还在思量那相思的闲梦，恍惚梦魂还在追逐着行云，寻觅那远行的情人。

词评

婉转缠绵，情深一往，丽而有则，耐人玩味。

——陈廷焯《白雨斋词话》

更漏子

原文

秋色清，河影淡，深户烛寒光暗。绡幌碧，锦衾红，博山香炷融。更漏咽，蛩鸣切，满院霜华如雪。新月上，薄云收，映帘悬玉钩①。

说明

这首词是一幅幽闺秋夜的图画。

注释

①玉钩：指月。

●秋色清，河影淡

词解

　　清冷的秋色中，银河上飘着淡淡的云影，幽深的闺房里寒烛摇曳着暗淡的光芒。碧绿的纱帘笼着艳红的锦被，博山炉中缭绕着一炷香烟。

　　更漏声声仿佛在伤心地呜咽，蟋蟀叫得那样凄切，庭院里满地结着如雪的秋霜。一弯新月升上了天空，薄薄的云彩飘散，月影映在垂帘上就像悬挂着的玉钩。

更漏子

原文

　　烟月寒，秋夜静，漏转金壶初永①。罗幕下，绣屏空，灯花结碎红②。人悄悄，愁无了，思梦不成难晓。长忆得，与郎期，窃香私语时③。

说明

　　这首词写秋夜思妇怀人。

注释

　　①**金壶**：华美的铜漏壶。②**碎红**：指灯花的形状。③**窃香**：指男女幽会偷情之事。据《晋书·贾充传》载：韩寿美姿貌，贾充女见而悦之，潜通音好，时西域贡奇香，一着人则经月不歇，帝惟赐充，充女密窃而私贻寿。以后便以"窃香"来指代男女偷情之事。

词解

　　蒙蒙的月色弥散着清寒，笼罩着秋夜的寂静，金壶刚刚响起长夜的滴漏声。静静的罗幕下，绣屏内依旧空空，只有灯花爆出点点火红。

　　无眠的她默默无声，心底的思愁无尽无穷，恨愁思无梦，难熬到天明。往事总是萦绕在她的回忆里，那曾经与郎相约的幽会，那偷情私语时的欢乐时光。

词评

　　徐士俊云：词尾余情几许。

　　　　　　　　　　　——卓人月《古今词统》

女冠子

碧桃红杏，迟日媚笼光影，彩霞深。香暖熏莺语，风清引鹤音。翠鬟冠玉叶，霓袖捧瑶琴。应共吹箫侣①，暗相寻。

说 明

这首词写女道士的情思。

注 释

①**吹箫侣**：用弄玉和萧史事。

词 解

碧桃红杏在春风中盛开着鲜花，明媚的阳光映照着美丽的风景，天边飘着重重彩霞。温暖的香气中黄莺婉转娇啼，清爽的春风吹来一阵仙鹤的叫声。

她那乌黑的翠鬟上戴着玉叶头饰，彩袖捧着瑶琴。她在心里暗暗寻思，自己也应该和弄玉一样，找到吹箫的伴侣。

词 评

神清气肃。

——沈际飞《草堂诗馀别集》

女冠子

原 文

修蛾慢脸①，不语檀心一点，小山妆。蝉鬓低含绿，罗衣淡拂黄。闷来深院里，闲步落花傍。纤手轻轻整，玉炉香。

说 明

这首词写女道士的愁思。

注 释

①**慢**：通"曼"。

词 解

细细的眉毛，衬托出她清秀的面庞，一点檀红，点在她无言的唇上。发髻盘成小山形，薄薄的鬓发飘垂在耳旁，罗衣轻拂着淡淡的鹅黄。

愁闷的时候，她又来到深院里。伴着满地的落花残红，在花坛边闲步彷徨。时而用那双纤纤玉手，轻轻地整理香案，拨弄着玉炉中的燃香。

清平乐

原文

春光欲暮，寂寞闲庭户。粉蝶双双穿槛舞，帘卷晚天疏雨。　含愁独倚闺帏，玉炉烟断香微。正是销魂时节，东风满树花飞。

说明

这首词写春日闺愁。

词解

春天即将过去，空荡荡的庭院仍是一片静寂。双双飞舞的彩蝶，在亭栏间穿来穿去，傍晚的时候，帘外又在滴着稀稀落落的雨。

她含着深深的愁情，独自倚在绣帏里，玉炉中只剩下一点残香，袅袅的轻烟时断时续。这正是最让人愁苦不堪的时节，东风又吹得满树春花纷纷飞去。

词评

"东风"句六字精湛，凄艳。

——陈廷焯《白雨斋词评》

南歌子

原文

远山愁黛碧，横波慢脸明①，腻香红玉茜罗轻。深院晚堂人静，理银筝。　鬓动行云影，裙遮点屐声，娇羞爱问曲中名。杨柳杏花时节，几多情？

说明

这首词写少女以筝寄情。

注释

①横波：眼波。

词解

她那远山一样的黛眉上，仿佛带着淡淡的愁容，清秀的脸上一双明眸，流盼着秋水一样的波影。那一身轻飘飘的大红罗裙，映衬出她的香肤如玉般润红。在夜阑人静的画堂深处，她为我弹奏银筝。

鬓发在她的腮边轻轻飘动，宛如白雪上掠过一缕云影。拖地的长裙遮住了绣鞋，裙里却传出叩地的和拍声，不时娇羞地来问我："可知这曲子叫什么名?"在这柳绿杏红的时节，这是多么可爱的柔情！

词　评

    风流蕴藉，妖而不妖。

——陈廷焯《白雨斋词评》

南歌子

原　文

    惹恨还添恨，牵肠即断肠。凝情不语一枝芳，独映画帘闲立，绣衣香。　　暗想为云女①，应怜傅粉郎。晚来轻步出闺房，髻慢钗横无力，纵猖狂。

说　明

这首词写女子的相思怨情。

注　释

①**为云女**：指巫山神女。

词　解

相思惹起愁恨，越是相思越添恨，怀恋牵情肠，越是怀恋越断肠。她凝情不语像一朵鲜花，闲立的身影映在画帘里，绣衣飘散着缕缕幽香。

暗想当年像巫山神女般多情，应爱那美如何晏的少年郎，夜里偷偷地与情郎幽会，步履轻轻地溜出闺房。纵情狂欢后身软无力，发髻散漫如乱云，欲坠的凤钗横挂鬓发旁。

花间集

卷第十

毛熙震　十三首

河满子

寂寞芳菲暗度，岁华如箭堪惊。缅想旧欢多少事，转添春思难平。曲槛丝垂金柳，小窗弦断银筝。　　深院空闻燕语，满园闲落花轻。一片相思休不得，忍教长日愁生。谁见夕阳孤梦^①，觉来无限伤情。

说　明

这首词写春日闺情。

注　释

①**夕阳孤梦**：夕阳西下，孤独相思入梦。

词　解

美好的年华在寂寥中悄悄流逝，时光如箭让人心惊。回想旧时的欢情，有多少难忘的往事，只增添了今日的春思，使心中的忧愁更难以平息。曲折的栏杆边柳树垂下金丝般的枝条，小窗边放着断了弦的银筝。

幽深的院子中只听见声声燕语，空寂的园子里落花飘零。相思萦绕心头，怎忍终日沉浸在哀愁中。谁能见到她的忧伤，夕阳西下的时候，她孤独地带着相思入梦，醒来之时只感到无限伤情。

词　评

"谁见夕阳孤梦"二句，稍有情味。

——李冰若《栩庄漫记》

河满子

原文

　　无语残妆淡薄，含羞鞾袂轻盈①。几度香闺眠过晓，绮窗疏日微明。云母帐中偷惜，水晶枕上初惊。　　笑靥嫩疑花坼，愁眉翠敛山横。相望只教添怅恨，整鬟时见纤琼。独倚朱扉闲立，谁知别有深情。

说　明

　　这首词写美人的幽怨。

注　释

　　①鞾袂：垂袖。

词　解

　　她脸上留着残妆，默默无语独守闺中，含羞地垂下轻盈的衣袖。有多少次她在香闺中睡过了清晨，直到微明的阳光映照在绣窗上。云母帐里她暗暗惋惜，那水晶枕上的美梦刚刚被惊醒。

　　娇嫩的脸上，笑靥如花坼，含愁的黛眉宛如横卧的远山。望见镜中的身影只教她平添怅恨，梳理鬓发不时看见那纤纤玉手。她独自倚着朱门闲立，谁知道她的心里满怀着深情。

词　评

　　艳丽亦复温文，更不易得。若徒事铺排，中调即厌人，况长调乎？
　　　　　　　　　　——汤显祖《玉茗堂评花间集》

小重山

原文

　　梁燕双飞画阁前，寂寥多少恨，懒孤眠。晓来闲处想君怜，红罗帐，金鸭冷沉烟①。　　谁信损婵娟，倚屏啼玉箸②，湿香钿。四支无力上秋千，群花谢，愁对艳阳天。

说　明

　　这首词写美人春思的情状。

注　释

　　①金鸭：金鸭香炉。②玉箸：晶莹的泪行。

　　梁间的燕子双双飞到画阁前，她寂寥的心中，不知被撩起多少愁怨，无心再守着空枕独眠。清晨时又来到这幽静的地方，回想着郎君对她的爱怜。红罗帐里，金鸭炉冷，香絮早已飘散。

　　有谁相信，相思的憔悴，已损伤了她娇美的容颜，倚着屏风伤心地哭泣，满脸的玉泪，竟湿透衣上的花钿。四肢软软地无力再荡起秋千，群花都凋谢了，她却含愁面对艳阳天。

　　春思无限，而以"愁对艳阳天"点出，故是有致。

　　　　　　　　　　　　　　——李冰若《栩庄漫记》

定西番

　　苍翠浓阴满院①，莺对语，蝶交飞，戏蔷薇。　　　　斜日倚栏风好，馀香出绣衣。未得玉郎消息，几时归。

　　这首词写妻子对丈夫的怀念之情。

　　①苍翠：青绿色。

　　树木的浓荫将满院都染上苍翠。莺鸟在树上对鸣着，纷飞的彩蝶，又在戏弄蔷薇。清爽的晚风里，她倚栏看着落日的余晖，华丽的绣衣上，飘散出淡淡的香味。还是没有郎君的消息，不知他几时才归？

木兰花

　　掩朱扉，钩翠箔①，满院莺声春寂寞。匀粉泪，恨檀郎，一去不归花又落。　　　　对斜晖，临小阁，前事岂堪重想著。金带冷，画屏幽，宝帐慵熏兰麝薄。

注 释

①翠箔：翠色帘幕。

词 解

关上朱红的大门，挂上翠绿的窗帘，在春天寂寞里，我怕听那满院的莺歌。用妆粉抹去脸上的泪痕，我直把情郎怨恨，一去竟不知归来，又到了花落时节。

面对夕阳的斜晖，我登上小楼绣阁，往事已不堪回想，岂敢再将旧情品酌。金带的绣枕冰冷，画屏映着幽幽的暮色，薄薄的纱帐空空的，我懒得再为它重熏兰麝。

后庭花

原 文

莺啼燕语芳菲节，瑞庭花发。昔时欢宴歌声揭，管弦清越。　　自从陵谷追游歇①，画梁尘黩②。伤心一片如珪月③，闲锁宫阙。

说 明

这首词是后蜀灭亡后诗人的感慨之作。

注 释

①陵谷：指世事变迁。《诗经·小雅·十月之交》："高岸为谷，深谷为陵。"②黩：黄黑色。③珪月：洁净如玉的月亮。语出江淹《别赋》："秋月如珪。"

词 解

春光明媚，黄莺娇啼燕子低语，祥和的庭院中百花盛开。遥想往昔，这里曾有过多少次欢乐的宴会，清越的管弦声中，歌女的歌声嘹亮入云。

自从世事变迁后蜀灭亡，旧日的繁华风流都已不复存在，画梁间只剩下黄

●伤心一片如珪月

黑色的灰尘。一轮洁净如玉的明月不知人世变化，依然闲照着废弃的宫阙，这凄凉的景象是多么令人伤心慨叹。昔日的欢乐荣华与今日的衰败凋敝相对照，诗人的感情更加悲凉，感慨更加深沉。

后庭花

原　文

轻盈舞妓含芳艳，竞妆新脸。步摇珠翠修蛾敛①，腻鬟云染。
歌声慢发开檀点，绣衫斜掩。时将纤手匀红脸，笑拈金靥。

说　明

这首词写歌舞伎的形象。

注　释

①**步摇**：妇女的首饰。

词　解

舞女轻盈的舞姿好似一朵娇艳的鲜花，脸上新化着时髦的妆容。头上簪着步摇，戴着珠翠首饰，轻颦着修长的蛾眉，浓密的鬓发仿佛是乌云染成。

她微启朱唇唱起歌儿，绣花的舞衣斜掩在身前。她不时用纤纤玉手轻拂红晕的面庞，笑着抚过脸上的金靥装饰。

后庭花

原　文

越罗小袖新香蒨，薄笼金钏。倚栏无语摇轻扇，半遮匀面。
春残日暖莺娇懒，满庭花片。争不教人长相见①，画堂深院。

这首词写男子对女子的爱慕。

①争：怎。

飘香的大红越罗裁成她那小袖短襟的新衫，薄薄的袖笼，衬出她臂上的金钏。她倚着栏杆默默无语，轻轻地摇着手中的团扇，那团扇总是在她脸上晃动，半遮着她涂粉的芳颜。

春暮时阳光更加温暖，黄莺娇懒的歌声时续时断，凋残的春花纷纷飘落，庭中撒满残红千片。为什么不能教我经常与她相见，画堂咫尺相望，只隔着幽深的庭院。

酒泉子

闲卧绣帏，慵想万般情宠。锦檀偏①，翘股重②，翠云欹。　　暮天屏上春山碧，映香烟雾隔。蕙兰心，魂梦役，敛蛾眉。

这首词写闺情。

①锦檀：指以锦绣为套的檀木枕。②翘股：钗一类的首饰。

闲暇时躺在绣花罗帐里，懒懒地回想情郎的万般宠爱。斜枕在绣套的檀木枕上，头上的金钗翠翘重叠在一起，浓密如云的秀发散落在枕上。

傍晚的斜晖映照着画屏上青碧的春山，映出香炉中袅袅的烟雾。她的芳心沉浸在思念中，魂梦牵萦想着她的情郎，不知不觉轻轻皱起了蛾眉。

"手抵着腮，慢慢地想"，知从此处翻案，觉两两尖新。

————汤显祖《玉茗堂评花间集》

酒泉子

原　文

钿匣舞鸾[1]，隐映艳红修碧。月梳斜，云鬟腻，粉香寒。　　晓花微敛轻呵展，袅钗金燕软。日初升，帘半卷，对妆残。

说　明

这首词写女子早晨临镜梳妆的情景。

注　释

①钿匣：镜匣。

词　解

雕着飞鸾的镜匣，隐映出她面容的红艳，细长的黛眉弯弯。月牙形的梳子斜插发上，细细的鬓发，轻拂着脸上香粉的微寒。

清晓的花儿微微收拢，她轻轻地吹着让它舒展。软软的燕形金钗，在她的乌发间袅袅轻颤；日初升时她半卷帘枕，对着銮镜把残妆梳敛。

词　评

毛熙震词"象梳敧鬓月生云""玉纤时急绣裙腰""晓花微敛轻呵展，袅钗金燕软"，不止以浓艳见长也，卒章情致尤为可爱。

——沈雄《柳塘词话》

菩萨蛮

原　文

梨花满院飘香雪，高楼夜静风筝咽[1]。斜月照帘帷，忆君和梦稀。小窗灯影背，燕语惊愁态。屏掩断香飞，行云山外归。

说　明

这首词写深闺忆夫。

注　释

①风筝：悬挂于屋檐间的金属片。

词　解

满院的梨花如飘香的白雪，高楼的静夜里，檐下的风铃在风中鸣咽。弯月斜照帘帷，我思念的郎君，近来梦中也难相会。

小窗上映出幽暗的灯影，梁间的燕叫声，惊断了我的愁梦。屏风旁断断续续的香烟袅袅飞动，仿佛我刚刚梦到的行云，正从巫山飘回家中。

词 评

幽艳得飞卿之意。

——陈廷焯《词则·别调集》

菩萨蛮

原 文

绣帘高轴临塘看，雨翻荷芰真珠散。残暑晚初凉，轻风渡水香。
无聊悲往事，争那牵情思。光影暗相催①，等闲秋又来。

说 明

这首词写夏末初秋的情思。

注 释

①光影：时光。

词 解

她高高卷起绣帘，遥看着池塘边的风景，雨点打在荷叶上，好似一颗颗散落的珍珠。夏末的傍晚，天气刚刚凉爽下来，晚风从水面轻轻吹来，带着阵阵清香。

无聊的时候，她想起往事又感到悲伤，怎奈绵绵情思总萦绕着心头。光阴易流，暗暗催人年华老去，百无聊赖中秋天又快要来了。

词 评

"等闲秋又来"，无限怅惘。

——李冰若《栩庄漫记》

菩萨蛮

原 文

天含残碧融春色，五陵薄幸无消息①。尽日掩朱门，离愁暗断魂。
莺啼芳树暖，燕拂回塘满。寂寞对屏山，相思醉梦间。

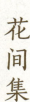

花间集

三〇〇

说　明

这首词写女子的哀怨。

注　释

①**五陵薄幸**：指薄情子弟。五陵，指汉高帝长陵、惠帝安陵、景帝阳陵、武帝茂陵，昭帝平陵。富豪家所居住的地方，多纨绔子弟。

词　解

碧蓝的天空仿佛将多余的颜色融进大地的翠绿。轻薄的五陵少年，一去又无消息。我整日关掩着朱门，思魂暗断在别愁里。

树上的花飘散着暖暖的芳香，自由自在的莺鸟在高声鸣啼，回塘的春水灌满池塘，低飞的燕子轻拂着满池涟漪。我寂寞地望着画屏山景，让相思陶醉在梦中的欢聚。

李　珣　三十七首

李　珣

　　李珣（约855—约930），前蜀词人，字德润，梓州（今四川三台）人。其妹李舜弦为蜀主王衍昭仪，他以秀才被举荐为朝官，前蜀灭亡后不仕。工诗词，题材较广，于男女闺情外亦有抒怀之作，描写南方风物颇有特色。其词风格清婉，在花间派词人中别具一格。

浣溪沙

原　文

入夏偏宜澹薄妆，越罗衣褪郁金黄。翠钿檀注助容光。　　相见无言还有恨，几回捹却又思量①。月窗香径梦悠飏。

说　明

这首词写女子夏日怀人之情。

● 相见无言还有恨

词 解

时节刚刚入夏，合时的装束应该是穿上淡薄的衣裳，越地丝绸做成的衣衫褪去了郁金草染成的金黄，翠色钗钿和红色胭脂更加增添了美艳的容光。

回想相见的时候不知道说什么，心里却还有一些离别的不爽；几次想说分手，最后总是没有开腔。明月满窗，花径幽幽，思念悠长恰似做梦一样。

词 评

李德润词大抵清婉近端己，皆词浅意深，耐人涵咏。

——李冰若《栩庄漫记》

浣溪沙

原 文

晚出闲庭看海棠，风流学得内家妆①。小钗横戴一枝芳。　　镂玉梳斜云鬓腻，缕金衣透雪肌香。暗思何事立残阳。

说 明

此词写一艳丽女子入时的装扮。

注 释

①内家妆：宫人的装扮。内家，指皇宫。

词 解

傍晚时分，她漫步闲庭观赏海棠花开，她刚学了宫廷内的新装扮，模样是那么风流俏丽。她横戴着小巧的金钗，插着一朵鲜花。

雕花的玉梳斜拢在鬓角，浓密的秀发细腻光洁，金丝绣花的衣衫衬着雪白的肌肤，透着淡淡的香味。夕阳西下，这样的美人为何在风中伫立暗自思量呢？

清深无际。

——沈际飞《草堂诗馀别集》

浣溪沙

原 文

访旧伤离欲断魂，无因重见玉楼人。六街微雨镂香尘①。　　早为不逢巫峡梦，那堪虚度锦江春。遇花倾酒莫辞频。

说 明

这首词抒发了男子对女子的一往情深。

注 释

①**无因**：没有机缘。

词 解

故地重游勾起我无尽的离恨，也许今生再没有机会，重见楼上我怀念的伊人；大街上突来一阵微雨，遍地落花荡起缕缕香尘。

早就遗憾见不到亲爱的人，梦里也难梦见巫山的暮雨朝云，如今岂能再虚度这锦江之畔的新春！在这春花烂漫的时节，我将倾杯寻醉频频痛饮。

浣溪沙

原 文

红藕花香到槛频，可堪闲忆似花人。旧欢如梦绝音尘。　　翠叠画屏山隐隐，冷铺纹簟水潾潾①。断魂何处一蝉新。

说 明

这首词写男子怀人之情。

注 释

①**水潾潾**：波光闪动的样子，形容竹席花纹。

词 解

轻风吹过亭栏，频频飘来红莲的香馨，叫我如何忍受悠悠的思念，我又想起那如

卷第十

花的佳人。旧日的欢情好似一场梦幻，此时的她早已杳无音信。

画屏上那重峦叠翠的山景，在我眼中模糊成团团绿云，清冷的竹席上，水一样的花纹漂动着宛如波光粼粼。不知何处骤响一阵蝉鸣，可是要召回我飘断的思魂？

"屏山""文簟"句，虽眼前景物，如隔山水万重；小桥南畔，不异天涯也。

——俞陛云《唐五代两宋词选释》

渔歌子

原 文

楚山青，湘水渌，春风澹荡看不足。草芊芊，花簇簇，渔艇棹歌相续。　　信浮沉①，无管束，钓回乘月归湾曲。酒盈樽，云满屋，不见人间荣辱。

说 明

这首词写渔夫的自在生活。

注 释

①信沉浮：任由其上下沉浮。

词 解

楚山青青，湘水明静，清风徐来，令人流连忘返。青草茂盛，繁花竞开，渔艇与小船往来穿梭，唱着歌儿悠然垂钓于清波之中。

任随船儿在水面上漂浮，不知夜幕早已降临，乘月归来，有酒盈樽，满屋是云雾蒸腾如登仙界。此情此景哪还有世间的荣辱觊争。

词 评

"楚山"三句，淡秀可爱。

——李冰若《栩庄漫记》

渔歌子

原 文

荻花秋，潇湘夜，橘洲佳景如屏画①。碧烟中，明月下，小艇垂纶初罢。　　　水为乡，篷作舍，鱼羹稻饭常餐也。酒盈杯，书满架，名利不将心挂。

说　明

这首词写渔夫的自由生活。

注　释

①橘洲：又称"橘子洲"，在今湖南省长沙市湘江中。

词　解

荻花在秋风中开放，夜色降临潇湘，橘子洲头的美景，宛如屏上的山水画。浩渺的烟波中，皎洁的月光下，我收拢钓鱼的丝线，摇起小艇回家。

绿水就是我的家园，船篷就是我的华厦，山珍海味也难胜过我每日三餐的糙米鱼虾。面对斟满美酒的酒杯，望着诗书满架，我已心满意足，再不用将名利牵挂。

词　评

此亦以渔夫自由为可乐也。

——刘永济《唐五代两宋词简析》

渔歌子

原　文

柳垂丝，花满树，莺啼楚岸春山暮。棹轻舟，出深浦，缓唱渔歌归去。　　　罢垂纶，还酌醑^{xǔ}①，孤村遥指云遮处。下长汀，临浅渡，惊起一行沙鹭。

说　明

这首词写渔夫生活。

注　释

①醑：美酒。

词　解

杨柳低垂着细长如丝的枝条，树上开满了鲜花，楚江两岸黄莺啼鸣，春山笼罩在暮色中。划起一叶轻舟，驶出深深的水浦，缓缓唱着渔歌悠悠归去。

放下垂钓的丝线，斟满一杯美酒，遥望白云笼罩的孤村。划过长长的沙汀，停泊在浅浅的渡口，惊起了一行栖息的沙鹭。

《渔歌子》即《渔家傲》也，老不如渔，良愧其言。

——汤显祖《玉茗堂评花间集》

渔歌子

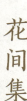

原 文

九疑山，三湘水，芦花时节秋风起。水云间，山月里，棹月穿云游戏。　　鼓清琴，倾绿蚁①，扁舟自得逍遥志。任东西，无定止，不议人间醒醉。

说 明

这首词写隐居江湖的乐趣。

注 释

①**绿蚁**：指酒。酒初熟有滓，浮如小蚁，故称。

词 解

三湘水的银波，倒映着九嶷山的苍绿，芦花飘白的时节，秋风荡起细细的涟漪。云在水里，山和月也在水里，我摇着弯弯的小船，如一弯新月在云间穿行游戏。

畅饮初蒸的美酒，弹着清越的琴曲，一叶扁舟自由地漂荡着，正是我所追求的逍遥飘逸。随着小船东游西荡，任它没有定止地漂来漂去，远远地离开人间的是与非，也不用议论谁清醒谁醉迷。

词 评

专写田园之佳趣。名利尘埃，高节可风矣。

——姜方锁《蜀词人评传》

巫山一段云

原 文

有客经巫峡，停桡ráo向水湄。楚王曾此梦瑶姬①，一梦杳无期。尘暗珠帘卷，香销翠幄垂。西风回首不胜悲，暮雨洒空祠②。

说 明

这首词写游经巫峡时的怀古之情。

【注 释】

①"楚王"句：用楚王梦神女事。②空祠：指萧索的神女庙。

【词 解】

行客经过巫峡，在水边停下了客船。楚王曾在这里与神女梦中相会，一梦之后，却从此相见无期。

暗淡的灰尘落满了高卷的珠帘，低垂的翠幄上熏香已渐渐消散。在西风中回首遥望，只见潇潇暮雨洒向空寂的祠堂，让人顿生无穷怀古的悲叹。

巫山一段云

【原 文】

古庙依青嶂①，行宫枕碧流。水声山色锁妆楼，往事思悠悠。

云雨朝还暮，烟花春复秋②。啼猿何必近孤舟，行客自多愁。

【说 明】

这首词写游经巫峡时的怀古之情。

【注 释】

①青嶂：即十二峰。嶂，形势高险像屏障的山峰。②烟花：美好的景色。

【词 解】

神女寺依傍着青山，楚王的细腰宫依旧枕着碧绿的江流。潺潺流水和暖暖翠岚环绕着昔日梳妆的楼台，悠悠往事真叫人感慨万千。

巫山从早到晚雨迷云轻，春去秋来花开花落，岁月就这般流逝。何必要猿啼声声传向孤舟，远行的旅客自有许多忧愁。

【词 评】

客子常畏人，酸语不减楚些。

——汤显祖《玉茗堂评花间集》

临江仙

【原 文】

帘卷池心小阁虚，暂凉闲步徐徐。芰荷经雨半凋疏，拂堤垂柳，蝉噪夕阳徐。　　　不语低鬟幽思远，玉钗斜坠双鱼①。几回偷看寄来书，离情别恨，相隔欲何如。

说　明

　　这首词写闺中离情。

注　释

　　①**双鱼**：钗上的鱼形饰物。

词　解

　　她卷起垂帘，走出池心的小阁楼，乘着雨后的清凉，在亭廊中漫步徐徐。菱花荷叶经过一阵骤雨，已有一半凋残稀疏，垂柳缀着欲落的斜阳，轻拂着长长的湖堤。一片蝉鸣，噪响在绿柳浓荫里。

　　她低着头沉默不语，发上的玉钗，斜坠着精致的双鱼；幽幽的思念，已远远地向边关飞去。曾几次偷看他寄来的书信，心中更增添了恨别怨离的愁意，相隔如此地遥远，如何才能相聚？

词　评

　　　　不了语作结，亦自有法。

　　　　　　　　　　　　——汤显祖《玉茗堂评花间集》

临江仙

原　文

　　莺报帘前暖日红，玉炉残麝犹浓。起来闺思尚疏慵，别愁春梦，谁解此情惊。　　　　强整娇姿临宝镜，小池一朵芙蓉①。旧欢无处再寻踪，更堪回顾，屏画九疑峰。

说　明

　　这首词写妇人早起的情态。

注　释

　　①**小池**：喻宝镜。

词　解

　　啼叫的莺鸟仿佛在报告着，暖暖的朝阳已映红帘枕，玉炉中的残香，缥缈的烟絮还很浓很浓。她懒懒地从闺中起来，思绪还缠绵在昨夜的梦境。在漫漫的别愁里，有谁知道，春梦带给她多少欢情？

　　强忍着心中的激动，她对着宝镜梳整妆容，那含羞的娇脸，宛如小池中的一朵芙蓉。旧时的欢娱，好似一场梦幻，如今已无处再寻踪影，更不忍回头观看那画屏上的九嶷群峰。

词评

　　工于形容，语妙天下。世之笨词，当以此为换骨金丹。

　　　　　　　　　　　　　　　　　　——李冰若《栩庄漫记》

南乡子

原文

　　烟漠漠，雨凄凄，岸花零落鹧鸪啼。远客扁舟临野渡①，思乡处，潮退水平春色暮。

说明

　　这首词写游子在江南暮春烟雨中的思乡之情。

注释

　　①扁舟：小舟。

词解

　　烟雾苍茫，风雨凄迷。岸边的花儿已凋谢，只听得鹧鸪声声啼。远客的小舟停泊在荒野的渡口，浪潮退去，江水平静，又是暮春时候，这凄清迷蒙的景象撩动着游子浓烈的乡愁。

词评

　　周草窗曰："李珣辈俱蜀人，各制《南乡子》数首以志风土，《竹枝》体也。"

　　　　　　　　　　　　　　　　　——沈雄《古今词话·词评》

南乡子

原文

　　兰棹举，水纹开，竞携藤笼采莲来。回塘深处遥相见，邀同宴，渌酒一卮红上面①。

[说　明]

这首词写采莲女的生活。

[注　释]

①渌酒：清酒。卮：酒杯。

[词　解]

举起船桨，划开平静的水面，采莲少女携着藤笼，竞相去采莲。在弯曲的水塘里她们遥遥望见，相邀一同开宴，喝下一杯清酒，红晕便浮上了面庞。

[词　评]

这般染法，亦画家七十二色之景，上乘也。墨子当此，定无素丝之悲。

——汤显祖《玉茗堂评花间集》

南乡子

[原　文]

归路近，扣舷歌，采真珠处水风多。曲岸小桥山月过，烟深锁，豆蔻花垂千万朵①。

[说　明]

这首词写采珍珠女夜归的情景。

[注　释]

①豆蔻：草本植物，生于南方。初夏花开，色淡黄。

[词　解]

归路渐近，姑娘们叩着船舷唱起歌儿，采珍珠的地方回荡着她们欢快的歌声。曲折的岸上架着一座小桥，一轮明月从山间穿过，轻烟笼罩着村庄，豆蔻垂下千万花朵。

南乡子

[原　文]

乘彩舫①，过莲塘，棹歌惊起睡鸳鸯。游女带香偎伴笑，争窈窕，竞折团荷遮晚照②。

说　明

这首词写莲塘游女。

注　释

①彩舫：画船。②团荷：荷叶。

词　解

乘着画船，划过莲塘，棹歌惊起了沉睡的鸳鸯。满身芳香的游女们相互依偎着嬉戏欢笑，争着媲美窈窕，竞相折下团团荷叶，遮挡傍晚的夕照。

词　评

景真意趣。

——茅暎《词的》

南乡子

原　文

倾绿蚁①，泛红螺②，闲邀女伴簇笙歌。避暑信船轻浪里，闲游戏，夹岸荔枝红蘸水。

说　明

这首词描绘了南方女子相伴江上泛舟游乐的情景。

注　释

①绿蚁：指酒。酒初熟有滓，浮如小蚁，故称。②红螺：用红螺做的酒杯。

词　解

满满斟上一杯酒，泛出红螺做的酒杯，闲暇之时邀请女伴前来游玩，悠扬的笙歌更增添了欢乐。任由小船在波浪里漂泊，避开暑日的炎热，闲来一同游戏。只见两岸红彤彤的荔枝映照在水面，这美丽的景色多让人心旷神怡。

● 闲邀女伴簇笙歌

南乡子

原 文

　　云带雨，浪迎风，钓翁回棹碧湾中。春酒香熟鲈鱼美①，谁同醉？缆却扁舟篷底睡。

说 明

　　这首词写钓翁生活。

注 释

　　①春酒：冬季酿制，及春而成的酒。

词 解

　　乌云带着细雨，波浪迎着清风，那垂钓的人穿过狂风暴雨，驾着小船驶回宁静的港湾中。船上飘来美酒鲈鱼的香味，莫非有谁与他同醉？原来他却在拴缆的扁舟篷下，独饮、独醉、独睡。

词 评

　　帆底一樽，马头千里，亦自有荣辱。如此睡，仿佛希夷。

——汤显祖《玉茗堂评花间集》

南乡子

原 文

　　沙月静，水烟轻，芰荷香里夜船行。绿鬟红脸谁家女？遥相顾，缓唱棹歌极浦去①。

说 明

　　这首词写水乡夜行的情景。

注 释

　　①棹歌：以桨击节而歌。极浦：远浦。

寂静的月光笼罩着沙滩，水雾如梦一样的迷离，在菱花红莲飘香的湖上，一条小船穿行在月光里。发浓如云，脸红似玉，那是谁家的娇女？她远远地看着我，慢慢地哼着船歌向远处驶去。

南乡子

原　文

　　渔市散，渡船稀，越南云树望中微①。行客待潮天欲暮，送春浦，愁听猩猩啼_{zhàng}瘴雨②。

说　明

　　这首词描写了南国渔市日暮时的情景。

注　释

　　①**越南：**越族所居，称百越。②**瘴雨：**南方湿热蒸气郁结而成。

词　解

　　渔市刚散，渡船渐渐稀少，南越那烟雾笼罩的树木，远远望去是那么迷茫。天色渐晚，远行的客人等待潮涨启航。送别的人将他送到春浦，听着猩猩在瘴雨中凄厉的啼叫声，心中的离愁更加浓烈了。

词　评

　　"啼瘴雨"三字，笔力精湛，仿佛古诗。

——陈廷焯《白雨斋词评》

南乡子

原　文

　　拢云髻，背犀梳，焦红衫映绿罗裙。越王台下春风暖①，花盈岸，游赏每邀邻女伴。

说　明

　　这首词写邻女相邀郊游的情形。

①**越王台**：汉代南越王赵佗所筑，遗址在今广州市越秀山上。

词 解

梳好了如云的发髻，把犀角梳子插在发间，绣罗衣襟的碧绿，映衬出小裙的红艳，越王台下春风正暖，春花开满珠江两岸，她频频邀唤邻家女，一同去赏花游玩。

南乡子

原 文

相见处，晚晴天，刺桐花下越台前。暗里回眸深属意，遗双翠①，骑象背人先过水。

说 明

这首词写南国少女与情郎幽会的情景。

注 释

①**双翠**：一双翠羽，女性头上饰品。

词 解

天朗气清，美丽的少女在越台前盛开的刺桐花下和一位风度翩翩、俊雅倜傥的少年偶然相遇。两人擦肩而过，她仍偷偷回望，深情地注视着少年，故意掉下一双翠羽，匆匆骑象离开游人，蹚过小河先走了。

词 评

有心耶，无心耶！又云：情态可想。

——陈廷焯《词则·闲情集》

女冠子

原 文

星高月午①，丹桂青松深处。醮坛开，金磬敲清露，珠幢立翠苔。
步虚声缥缈，想象思徘徊。晓天归去路，指蓬莱。

说 明

这首词写女道士所处的环境和单调的生活。

①**月午**：月挂中天。

词　解

星辰高悬天空，月亮挂在中天，在丹桂青松的深处，醮坛上的仪式刚刚开始，清凉的露水中铜磬声声敲响，仪仗的旌旗立在长满青苔的地面上。

缥缈的诵经声在空中回荡，徘徊的思绪遥想着神仙仙境。天亮时归去的路途，仿佛指向了海上的蓬莱仙岛。

女冠子

原　文

春山夜静，愁闻洞天疏磬①。玉堂虚，细雾垂珠佩，轻烟曳翠裾。对花情脉脉，望月步徐徐。刘阮今何处？绝来书。

说　明

这首词写女道士的春夜情思。

注　释

①**洞天**：洞中别有天地之意。

词　解

春山的夜笼罩着神秘的寂静，她更怕听那稀疏的钟磬，一声一声地敲击。空荡荡的庵堂里，在她身边相伴的，只有念珠上飘旋的薄雾、绿袍襟上缭绕的烟絮。

她含情脉脉地望着春花，好像在对花儿倾吐心曲，徘徊的漫步中举头望月，似乎在请月光把相思托寄。刘郎、阮郎，你们在哪里，为什么会断了书信，没有一点儿消息？

酒泉子

原　文

寂寞青楼①，风触绣帘珠碎撼。月朦胧，花暗淡，锁春愁。　　寻思往事依稀梦，泪脸露桃红色重。鬓欹蝉，钗坠凤，思悠悠。

这首词写青楼春愁。

注　释

①**青楼**：泛指女子所居处。

词　解

寂寞的青楼上，夜风吹动绣帘，摇碎帘上的珠光月影。朦胧的月光下，花儿也和我一样，仿佛锁在春愁里，暗淡得没一点笑容。

回想往事，隐隐约约地宛如梦境，我满脸的伤心泪啊，好似红颜桃花上珠露重重。风吹着鬓发在耳边斜飞，吹着凤钗的坠儿不停地摇动，把我悠悠的思念弥漫夜空。

酒泉子

原　文

雨渍花零，红散香凋池两岸。别情遥，春歌断，掩银屏。　　孤帆早晚离三楚①，闲理钿筝愁几许？曲中情，弦上语，不堪听。

说　明

这首词写别后愁思。

注　释

①**三楚**：指东楚、西楚、南楚，在今黄淮至湖南一带，春秋时楚国所在。

词　解

花朵在雨水浸渍中纷纷凋零，池塘两岸落满了芳香的残红。遥远的思念萦绕在心头，她停止了歌声，掩上银屏。

他远去的孤帆什么时候离开三楚，如今又不知漂泊在何处。她闲极无聊拨弄起古筝，却又撩起了无穷的哀愁。那忧伤的筝曲中满含深情，弦上的音符宛如低语悲鸣，让人不忍听闻。

酒泉子

原　文

秋雨连绵，声散败荷丛里①。那堪深夜枕前听，酒初醒。　　牵愁惹思更无停，烛暗香凝天欲曙。细和烟，冷和雨，透帘旌。

说　明

这首词抒写了秋夜愁怀。

注　释

①败荷：枯败的荷叶。

词　解

秋雨连绵，点点滴滴落在枯荷丛中。夜深人静的时候，她刚刚从酒醉中醒来，独自躺在枕上，怎忍再听见这凄凉的声音。

淅沥的雨声牵动着她的愁思，绵绵不绝让她难以入眠，眼见烛光渐渐暗淡，熏香已凝结，天色就快要黎明。那袅袅的细烟、冰冷的风雨，透过垂帘飘进屋里，更是增添了她的哀愁。

酒泉子

原　文

秋月婵娟①，皎洁碧纱窗外。照花穿竹冷沉沉，印池心。　　凝露滴，砌蛩吟，惊觉谢娘残梦。夜深斜傍枕前来，影徘徊。

说　明

这首词写女子秋夜梦醒后所见所闻所感。

注　释

①婵娟：形容姿态美好。

词　解

美好的秋月，带着皎洁的影子，飘然地漫游在碧纱窗外。它穿过竹丛，照亮花台，在地面洒满如霜的寒光，在池塘的中心，托起一块圆圆的玉牌。

当夜的凝露轻轻滴落的时候，石阶上的蟋蟀又叫了起来，惊断了姑娘的残梦，唤醒了她相思的愁怀。秋月似乎怜悯她深夜的孤独，多情地斜傍在她的枕前，徘徊着，徘徊着，不忍离开。

词　评

一意空翻到底，而点缀古雅，殊不强人意，似富于才而贫于学者。

——汤显祖《玉茗堂评花间集》

望远行

原文

　　春日迟迟思寂寥，行客关山路遥。琼窗时听语莺娇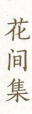①，柳丝牵恨一条条。　　休晕绣，罢吹箫，貌逐残花暗凋。同心犹结旧裙腰，忍辜风月度良宵。

说明

　　这首词写女子春日相思之情。

注释

　　①**琼窗**：华美精致的窗子。

词解

　　春的白昼越来越长，我越加难忍思愁的寂寥，遥想他远行在关山道上，与我相距万里迢迢。镂花的雕窗外，时时听到黄莺的娇语，窗外的丝丝垂柳，条条都牵着怨愁在心头缠绕。

　　我早已无心于刺绣，更没有情趣弹琴吹箫，美丽的面容如同深春的花瓣渐渐地凋落，暗暗地枯焦。昔日定情的同心结，仍束着我身穿旧裙的纤腰，我怎能忍心辜负这春风明月，独守空寂，虚度良宵。

望远行

原文

　　露滴幽庭落叶时，愁聚萧娘柳眉。玉郎一去负佳期，水云迢递雁书迟①。　　屏半掩，枕斜欹，蜡泪无言对垂。吟蛩断续漏频移，入窗明月鉴空帏②。

说明

　　这首词写女子秋夜怀人之情。

注释

　　①**迢递**：遥远。②**鉴**：照。

词解

露珠滴落在深院里的落叶上，那声响是多么凄凉，闺中人满含愁怨，紧锁着柳叶一样细长的蛾眉。情郎一去不回，辜负了大好佳期，远隔着迢迢云水，他的书信总是姗姗来迟。

半掩着画屏，斜放着枕头，蜡烛默默地垂下烛泪，对着同样默默流泪的她。蟋蟀断断续续的鸣声里夹杂着频频的更漏声，明月照进窗户，照见那空虚的罗帷。

词评

"明月鉴空帷"，自表孤贞，意在言外。

—— 李冰若《栩庄漫记》

菩萨蛮

原文

回塘风起波纹细，刺桐花里门斜闭。残日照平芜①，双双飞鹧鸪。征帆何处客？相见还相隔②。不语欲魂销，望中烟水遥。

说明

这首词写一女子的无名相思。

注释

①**平芜**：长满荒草的原野。②**相隔**：感情不通。

词解

清风吹过，弯曲的水塘上泛起细细的波纹，关闭了的院门，隐在刺桐花的斜影里。夕阳残照的旷野中，鹧鸪正双双结伴远远飞去。

远行的船不知要驶向何方，远远相隔又远远地相望。我默默地伫立在岸边，让思魂随着船帆在水上漂荡，直到帆影在天边渐渐消逝，寥廓的江天只剩下烟水茫茫。

词评

"残日照平芜"五字，精绝秀绝。

—— 陈廷焯《白雨斋词评》

菩萨蛮

原 文

等闲将度三春景①，帘垂碧砌参差影。曲槛日初斜，杜鹃啼落花。
恨君容易处，又话潇湘去。凝思倚屏山，泪流红脸斑。

说 明

这首词写离情。

注 释

①三春：指整个春季。

词 解

在百无聊赖中，春天不觉就要过去，低垂的绣帘在青碧的石阶上映着参差的倒影。
夕阳斜照着曲折的栏杆，飘零的落花间杜鹃凄切地啼鸣。

她恨情郎将离别看得太轻，又说要远去潇湘。她满含愁情倚靠着画屏，滴滴眼泪
在红晕的脸上留下斑斑泪痕。

词 评

此首音节凄断。

——陈廷焯《白雨斋词评》

菩萨蛮

原 文

隔帘微雨双飞燕，砌花零落红深浅。捻得宝筝调①，心随征棹遥。
楚天云外路，动便经年去②。香断画屏深，旧欢何处寻。

说 明

这首词写春日怀人之情。

注 释

①捻：拨弄，弹奏古筝的一种指法。②经年去：一去经年。

词 解

隔着垂帘，我看见微雨中双飞的春燕，石阶上飘满了落花，凋零的花瓣有深有浅。
手指虽在拨弄着筝曲，心已随着征帆漂得很远、很远。

去往南方的路，远在云外天边，他动辄便走了，一去就是一年。画屏深处烟消香冷，我不知去何处追寻旧欢。

西溪子

原　文

金缕翠钿浮动①，妆罢小窗圆梦。日高时，春已老，人来到，满地落花慵扫。无语倚屏风，泣残红。

说　明

这首词写闺中怀人之情。

注　释

①浮动：摇动。

词　解

她头上的金钗翠钿不停晃动，梳妆以后她坐在小窗前回想昨夜的美梦。太阳高高升起在天空，春天已到了暮春时节，相思的人几时才会来到，满地的落花她也懒得清扫。她默默无语地倚靠着屏风，为了残红而哭泣。

虞美人

原　文

金笼莺报天将曙，惊起分飞处。夜来潜与玉郎期，多情不觉酒醒迟，失归期①。　　映花避月遥相送，腻髻偏垂凤。欲回娇步入香闺，倚屏无语捻云篦，翠眉低。

说　明

这首词写男女幽会的情事。

注　释

①失归期：耽误了回去的时候。

词　解

　　金笼里的黄莺啼叫着天明，难分难舍的情侣，从甜蜜的梦中惊醒。夜来悄悄与情郎欢聚缠绵在多情的爱河里，不知不觉饮多了酒，醒时已误了归期。

　　避开残月傍着花丛，遥望着情郎远去的身影，耳边垂下偏坠的凤钗，风中飘动着鬓发一缕。她娇软地转身回到香闺里，倚着屏风默默无语，低头捻弄着手中的篦梳，还在回味着幽欢的甜蜜。

河　传

原　文

　　去去，何处？迢迢巴楚[①]，山水相连。朝云暮雨，依旧十二峰前，猿声到客船。　　愁肠岂异丁香结？因离别，故国音书绝[②]。想佳人花下，对明月春风，恨应同。

说　明

　　这首词写游子思乡怀人之情。

注　释

　　①**迢迢巴楚**：巴山楚水，相隔遥远。②**故国**：故乡，这里指蜀地。

词　解

　　终日奔走不停，哪里才是终点？巴楚虽山水相连，却也远隔千里。巫山十二峰前依旧飘荡着朝云暮雨，凄厉的猿声传到客船，撩动了游子的思乡之情。

　　他的思情像丁香般愁结，只因离别之后，乡书断绝。遥想家中的爱人，她在花丛下，对着春风明月，心中的离恨也和游子相同吧。

●愁肠岂异丁香结

河　传

原　文

　　春暮，微雨。送君南浦，愁敛双蛾[①]。落花深处，啼鸟似逐离歌，粉檀珠泪和[②]。　　临流更把同心结，情哽咽，后会何时节？不堪回首，相望已隔汀洲，橹声幽[③]。

说　明

　　这首词写送别。

注　释

　　①双蛾：双眉。②粉檀：粉脂。③幽：幽咽。

词　解

　　暮春时节，空中下着蒙蒙细雨。她送别情郎到了南浦，眉间含愁微皱。落花深处，鸟儿追逐着仿佛在唱离歌，她的眼泪和着妆粉不住滴落。

　　在离别的江边，她把罗带挽成同心结，心中的情话却说不出口，今日一别，不知何时才能再见。她不敢回头看，等再回头时小船已隔着江中的小洲，摇橹之声已渐幽微。

词　评

　　声情绵渺。以此结束《花间》，可谓珠璧相映。

　　　　　　　　　　　　——李冰若《栩庄漫记》